周大新——著

getting old slowly

天黑得很慢

人民文学出版社

图书在版编目(CIP)数据

天黑得很慢/周大新著. —北京：人民文学出版社，2019
ISBN 978-7-02-015036-6

Ⅰ.①天… Ⅱ.①周… Ⅲ.①长篇小说—中国—当代 Ⅳ.①I247.5

中国版本图书馆CIP数据核字(2019)第029594号

责任编辑　付如初
装帧设计　刘　静
责任印制　王重艺

出版发行　人民文学出版社
社　　址　北京市朝内大街166号
邮政编码　100705
网　　址　http://www.rw-cn.com

印　　刷　三河市西华印务有限公司
经　　销　全国新华书店等

字　　数　210千字
开　　本　640毫米×960毫米　1/16
印　　张　18.25　插页1
版　　次　2018年1月北京第1版
印　　次　2019年3月第1次印刷

书　　号　978-7-02-015036-6
定　　价　52.00元

如有印装质量问题，请与本社图书销售中心调换。电话:010-65233595

鸣 谢

本书引用了一些科学家的话和他们已公开发表的一些研究成果,使用了一些记者撰写的科研进展消息,在此,谨向这些科学家和记者表示最诚挚的谢意!引用和使用中若有讹误,责任全在笔者本人。

"万寿公园黄昏纳凉"本周主要活动安排

周一黄昏·陪护机器人薇薇小姐推介会

注:凭身份证入场。65岁以上人员(含65岁)方可参加。现场免费派送贵重纪念品,入场者每人1份。

周二黄昏·灵奇长寿丸发售

注:凭身份证购买。65岁以上老人每人最多只能买3盒,男女同等对待;初步证实,1盒吃罢可延寿1个月零7天。

周三黄昏·返老还青虚拟世界体验

注:凭身份证入场。限70岁以上(含70岁)老人入场,每人只能体验1次,体验费300元;体验者须预先准备1张本人20岁左右时的照片。经科学测试,体验1次可使心理年龄年轻2岁。

周四黄昏·"人类未来的寿限"讲座

注:特邀纽约"人类寿命研究院"华裔副院长林心涵主讲,内容是有关长寿的最新信息;因场地有限,要求入场者年龄最低达到30岁,即1987年以前出生者,凭身份证入场;讲座后免费派发最新研制的微型电子感应血压、血糖、血脂显示器,每人限领3个显示器中的1个。

周五黄昏·陪护老人经验谈(上)

注:只限持"北京陪护证"的家庭陪护人员参加,入场时要登记姓名及陪护证号码,其他人员禁入;讲授者要求不预先公开姓名,但绝对值得一

听;听者负有保密义务。

周六黄昏·陪护老人经验谈(中)
注:入场要求同上。

周日黄昏·陪护老人经验谈(下)
注:入场要求同上。活动结束时,到场的每个陪护员可凭陪护证免费领取家用急救箱一个,价值 880 元。本活动由谊达集团赞助。

以上活动均安排在本园南区半露天剧场内。

周 一 黄 昏

各位长者好！

首先郑重告知诸位，你们今天来到这个活动现场，等于比没有来的老人多了一个长寿的机会！因为我们碧泉养老院软硬件均优，现在又拥有了薇薇小姐，经世界养老权威机构考察评审，进入本养老院生活的老人，寿命有望比那些居家养老的老人平均高出3至5岁！

3至5岁呀！这可不是一个小数字！

我还要告诉大家一个好消息，今天每一个到场的老人，都可以在推介会结束后去2号桌领取一个贵重的纪念品。男士可领取的是心梗发作报警器，这个报警器可在心肌梗死发病15分钟之前发出预警；女士可领取的是脑中风报警器，此报警器可在脑中风13分钟之前发出预警。这两种报警器均是我院特聘医疗专家研制的，每个价值均在800元以上，由此诸位也可以了解我们的科研水平和经济实力。

接下来，我要代表碧泉养老院的董事会和全体工作人员，郑重欢迎你们来到这个推介会现场。我们推介的是目前全国最好最美的陪护机器人——薇薇小姐。

现在，我们以热烈的掌声欢迎薇薇小姐盛装出场。

薇薇小姐身高1米58，瓜子脸、柳叶眉，双目灵动，秀发纷披，旗袍合身;因要将有关内置物藏于胸内,她的胸部显得有点过于丰满,但没有超过男性喜欢的限度;她的臀部和双腿还是非常标准和秀美的。她的双脚,由于要支撑体内装载的东西,显得有些粗大,这是我们要请大家原谅的。薇薇的研制人员已经答应,下一步一定要让她的双脚变得小巧、白嫩、莹润起来。坐在前排的爷爷奶奶们可以伸手摸摸薇薇小姐的皮肤,是不是质感很好?我们的研制人员已经表示,很快就会改用更好的材料来做薇薇的肌肉和皮肤,到那时,你再摸到薇薇,那感觉就像摸到真实的姑娘一样,柔软而富于弹性,而且会闻到真的处女之身才能发出的馨香味道。

薇薇小姐的智力现在已经达到了 8 岁女孩的水平,凡 8 岁女孩能听懂能动手做的事情,她都能明白、都能做。研制者们有信心、有决心尽快把她的智力提高到 16 岁少女的水准,到那时,薇薇就真的变成一位靓女了。

薇薇小姐就诞生在我们碧泉养老院,她的爸爸妈妈都是我们的特聘科学家。我们碧泉养老院坐落在北京美丽的清泉山下。院子被山、树、竹、藤环绕;院内有大片的绿地和花园;有天然的山泉、温泉和人造水系;有供游览观景的亭台轩阁;有被绿植过滤了的澄澈空气;四季都有悦耳的鸟鸣和淙淙的流水声。现在又有了薇薇小姐,我们更有决心把养老院打造成一个适宜老人生活的人间天堂。

我们碧泉养老院本来就有一流的医生团队和陪护团队。医生中有全国最著名的老年病专家方家甄先生,他为世界上多个国家的高龄退休总统看过病;陪护人员中有在国际护士节上获得"南丁格尔奖"的林韵远女士。任何突发疾病的治疗和护理,本院都可以轻松完成。薇薇小姐的诞生和加入,将使我们的陪护质量得到进一步的提高。薇薇会提醒你何时服用什么药物,会测量你的脉搏和尿样,会触摸你的身体让你有一种温馨亲切的感觉,就好像你的孙女或外孙女来看望你了。她智力只有8岁,可身高挺高,这会给我们一个她已成熟的错觉,所以我要提醒先生们,最好不要故意去触摸她的身体,那样她会自动拍摄下来并传回中央控制室。(众人笑)

我们碧泉养老院,有着最先进的老人健身设备。薇薇小姐可以全程陪着你。走、跑、跳、举、拎、抢,她都会帮你;你想游泳,泡温泉,打门球、网球、羽毛球、乒乓球、室内高尔夫球、桌球,她都会给予周到的协助。你完全可以把她看成陪伴你的亲人。

我们碧泉养老院也有最先进的娱乐设备。薇薇小姐会陪你看电影,会扶你看戏剧,会依偎着你听音乐,会随同你逛超市;她还会同你对弈,下军棋和跳棋,抱歉的是眼下她还不会陪你下象棋。在看电影、戏剧和听音乐时,她可能会偎在你的肩头,小鸟依人,给你特别的温馨感;在同你下棋时,她偶尔会悔一下棋,你可以把这看作是她的撒娇之举,不必生气。

我们碧泉养老院,内设多个书吧、茶社、小酒馆和咖啡厅,薇薇小姐会在你读书时安静地坐在一边等待你;会在你品茶、饮酒、喝咖啡时为你唱歌跳舞助兴,还会陪你简单地聊聊家务事。她唱的歌有很多是二十世纪三十、四十、五十、六十、七十、八十、九十年代流行的,倘若你不想听某一首歌曲,你可以对着她摇摇头或摆摆手,她就会再换一首新的。她跳的舞蹈,动作都不复杂,但舞姿非常柔美,相信大家会喜欢。她陪你聊的家务事,只有最简单的几个方面,比如儿女不常来看你,比如女儿成了剩女却一点儿不着急,比如儿子不愿意相亲,等等。可能不会令你满意,但你要原谅她,她只是看起来像个大姑娘。

我们碧泉养老院内,设有几十家的京味、川味、湘味、上海味、淮扬味、鲁味、豫味、陕味等各地风味的小餐馆,无论你想吃哪一家,她都会去为你买了送到房间里。薇薇小姐能熟练地开门关门、上下楼梯和使用电梯。

我们碧泉养老院,设有雕塑、绘画、书法、编织、制陶、垂钓、庭院设计、盆景艺术等多个培训班,你若想再学门手艺和本领,薇薇小姐都会耐心地陪着你。

我们碧泉养老院里供老人住宿的房子有三种:第一种是这张照片上的单间,供单身老人使用,共有2000间。大家看到了,室内有一张最现代化的疗养用床,床头有最先进的监护设备。人一躺上床,血压、心率和血氧饱和度数值会自动显现出来;床可做各种角度的升降;还铺有自动按摩床垫,睡这种床,决不会得褥疮。室内设卫生间,卫生间里有浴缸和坐式淋浴设施,有供行动不便的老人使用的专用马桶。室内的家具电器大家从照片上也看到了:有衣柜、冰箱、电视机、沙发、餐桌。第二种是这张照片上的双人间,供有伴侣的老年男女使用,共有2000间。面积比单人间稍大些,摆两张疗养用床,其他的设施和设备与单人间相同。第三种,是这张照片上的豪华套间,共有1000间,供经济宽裕的老人使用,有专门的客厅和小厨房。老人入住后,我们会根据其口味配备厨师,做其喜欢吃的美食。这三种房子,都装有安全检测系统、紧急报警系统和红外监控系统,每间房子里都配有一名薇薇小姐来进行24小时陪护服务。当然,除了薇薇之外,每三个老人还配有一名真人护士。护士除了做好自己的工作之外,也负责为监管的几名薇薇小姐充电、清洁身子、换洗衣服和更新陪护程序。每个薇薇都有一个编号,便于大家区分。比如站在大家眼前的这位薇薇小姐,其胸前佩戴的铭牌编号为106,你可以叫她106号薇薇。

我们碧泉养老院因为开业时间还不长,所以到目前为止,三种房间都还有空置的,欢迎各位随时向我们提出入住申请。每种房间的收费标准,这个展板上都有标示。鉴于大家在这个闷热的黄昏赶来参加推介会,我们董事长为了回报大家的厚爱,特别提出,

凡在现场提出申请的,费用优惠1%。薇薇小姐每天陪伴你时,还会特意为你送上一个热吻。(众人笑)

若有哪位想买一个薇薇小姐回家,我们也非常欢迎。因为薇薇所穿衣服的布料、款式不同,价格也略有差异,价目表就在3号桌前的展板上。要是今天就签单,我们也优惠1%。

在你将薇薇小姐领回家后,我们的售后服务人员会定期上门对她进行体检和保养,以保证她每天都能提供正常服务。我在这儿特别声明:薇薇小姐决不会对用户造成任何伤害。我们的设计团队对其设计了三重安全闸门。她对服务对象能造成的最严重的问题只是罢工。她罢工时的面部表情是生气,嘟起小嘴看着你,一手叉腰,身子一动不动。(众人笑)是不是还有几分可爱?用户遇到这种情况只要拨打我们的维修电话就行了。

请问那位举手的老人,你有什么问题要我解答吗?薇薇小姐会不会照护老人大解?抱歉,眼下她还不能完成这样的任务,主要是因为她在擦拭老人身子时掌握不好动作的轻重,对老人的排便要求不能准确应对。也许在不久的将来,经过改进升级,她能有这种本领。你说要我们届时通知你?好的,请你留下你的姓名和联系方式。你叫符晓?好,你的手机号码是17799999089。请问这个孩子是你的孙子吗?哦,是儿子?!我的天,看样子你有八十多岁了吧?你还有这么小的孩子,真是可喜可贺!

下边,请感兴趣的老人,到1号桌前排队,我们有专门的服务顾问为您细致解答其他问题……

周 二 黄 昏

女士们、先生们,大家好!

我叫张景仰,是灵奇长寿丸研制团队的首席研究员。在售卖灵奇长寿丸之前,我先向你们介绍一下这款长寿药丸诞生的经过。

我们知道,世界上几乎所有的人都想让自己在人间活得时间长一些,当然也有极个别的人例外。我们在回首人类成长和发展的历史过程中会发现,生活水平的提高,尤其是先进药物的出现,也的确不断让人类的平均寿命得到了延长。青铜时代的欧洲人平均寿命只有18岁左右;古罗马时代欧洲人的平均寿命达到了29岁;到了文艺复兴时代,人们的平均寿命为35岁。普希金有句诗写道:"屋内走进一位30岁的老汉。"说的就是当时人们的寿命状况。他还有篇作品叫《叶甫盖尼·奥涅金》,其中的女主人公的母亲,36岁已被称作"老太太"了。在陀思妥耶夫斯基的长篇小说《罪与罚》中,男主人公杀害的"老太太"只有42岁。到19世纪末,欧洲人的平均寿命也才达到45岁。20世纪50年代,由于物质生活的丰富及大批延寿新药的出现,欧洲人的平均寿命一下子提升到了68岁。如今,他们的平均寿命大约在78岁。我们中国人的平均寿命,据专家推断,夏代是18岁,秦和西汉时期是20岁,东汉时期是22岁,到唐朝时是27岁,宋代时是30岁,清代达到了35岁。民国时期没有进步,仍是35岁。建国以后,由于生活水平提高、医疗技术水平提升和延寿新药的不断出现,目前的平均寿命为76岁左右。在一些大城市和长寿地区,平均寿命已达78岁甚至80岁。历史表明,延寿药物的力量巨大,人的寿命有很大的潜能可挖。

那么人的寿命极限究竟有多长?

眼下,推断寿命极限的方法有以下几种:其一是按生长期来推算。想必有些人了解"巴丰生命系数"。巴丰是法国的生物学家,他认为,人的生长期是20—25年,哺乳动物的寿命约为生长期的5—7倍,这样一算,人可活100—150年。其二是按性成熟的时间推算。人的性成熟期为14—15年,不论男的还是女的,长到14、15岁,在性上算是成熟了。一般哺乳动物的寿命是性成熟期的8—10倍,这样算下来,人可以活到110—150岁。其三是按细胞在体外分裂次数推算。美国有个海弗利克博士,在实验室条件下对人体细胞进行实验,发现人体的成纤维细胞在体外分裂到50次左右中止,50次因此被视为培养细胞的"传代次数",也叫"海弗利克限度",而细胞每次的分裂周期约为2.4年,据此推算,人类的寿命约为120年。其四是生命周期算法。俄罗斯的科学家穆尔斯基和库兹明认为,人的第一个生命周期是诞生时期,也即正常妊娠天数266天;第二个周期是266天的15.15倍,即11年;用11乘以15.15,为167岁。他们认为167岁是人类的寿命极限。

不管用上述的哪种推算方法来推算,人在世上能活的时间都比今天实际活的平均年龄要高很多,因此,我们应该不断去发明长寿药物来延长人的寿命,来挖掘人类寿命的潜能,为人类造福。目前,世界各国都在进行长寿药物的研究和制造,2006年的俄罗斯《共青团真理报》报道,莫斯科州立大学的研究人员已经发明了一种强大的抗氧化剂;如果这种抗氧化剂能在人体内持续起作用,可保证人们活到150岁以上。2010年,英国科学家说,他们已从千年冰川中提取到一种细菌,将其制成药物让人服下去,可以让人活到140岁,眼下遇到的困难是如何将这种细菌制成药物。还是2010年,美国纽约阿尔伯特·爱因斯坦医学院一个科研小组表示,他们已经找到三种基因,可以阻止老年疾病的发生,以此原理研制的药物,可以让绝大多数人活到100岁。我们中国也有很多科学家,在夜以继日地从事长寿药物的研发。我所在的研发团队今天带来的灵奇长寿丸,并不是体制内科学家的研究成果,而是一家民营企业自己召集一批国药高手,汲取历史上的神方妙药研制而成的。

在座诸位都是我的长辈,很多人都熟悉汉代历史,该知道汉武帝刘彻当年对常生之术是何等的感兴趣。这也可以理解,一般人都想长寿,何况顿顿有美食可吃、天天有华服可穿、时时有仙乐可听、夜夜有美女可拥的皇帝刘彻?他当然不想死了。为此,他想了很多办法去增寿,在派张骞出使西域诸国时,交代完如何联络西域各国对付匈奴,打通前往西域的商道,扩大大汉国丝绸和茶叶的销售渠道之后,还特别交代了一项秘密任务:到西域探求长生不老之药。为此,他把一位名叫姚鸣盛的御医安排进西域之行的队伍里,要姚鸣盛在沿途专办这件事。

张骞打通西域商道的事咱留给历史学家去说,我今天想给大家讲的是,那个名叫姚鸣盛的御医在西行路上的作为。这姚鸣盛每到西域一国,都背上一些丝绸和茶叶,雇一个懂得汉话的当地人做伴,走街串巷,到民间私访当地的名医和长寿名方。

在楼兰古国,他从一位白发医者口中得知,该国一批医者利用一种植物罗布麻与其他土药掺和,为楼兰国王制作了一种长生不老药丸,国王吃了觉得身体状况极好,确有延寿作用,但因为原料稀少,他们一个月只能做出三丸,做出后全部上交国王的总管。姚鸣盛随即向张骞报告了此事,张骞再见楼兰国王时,就直接提出了用最上等丝绸与楼兰国王交换罗布麻丸的事。楼兰国王思虑再三,觉得还是不得罪实力强大的大汉皇帝为好,当即取出了十二丸交予了姚鸣盛,告诉他,请汉皇每月食用一丸。在继续西行的路上,姚鸣盛在大月氏国探访民间名医得知,沙漠胡杨的根须经炮制有延寿作用;在大宛国得知,汗血宝马之马鬃在沸水中浸泡之后的水也有延寿作用。在龟兹国,他更听到一个惊人的消息:将罗布麻与汗血宝马的马鬃和千年胡杨的根须,还有几味当地草药按一定比例在沸水中浸泡,再加上当地一种无名果仁熬的汤汁,于午夜置于月下两个时辰后服用,服三匙可延寿半年。姚鸣盛悄悄用丝绸和茶叶换了这几样药材,每样虽都不多,可很齐全。但他辗转返国后,因并未弄清此药方的真假,没敢向皇帝刘彻报告,只是向刘彻献上了楼兰国王的那十二丸贡品。刘彻得到那十二丸长寿药时大喜,当即开始服用,并在此后多次派人携礼物去楼兰国交换这种长寿丸。就是这种长寿丸,使得刘彻最终活到了71岁,成为我国历史上第一位寿命超过70岁的皇帝。71岁在今天不起眼,但在平均年龄只有20岁的西汉时期,这已是很高很高的寿命了。

  我们放下刘彻不说,且说姚鸣盛。他回到汉宫之后,悄悄用从西域带回来的罗布麻、汗血宝马的马鬃、无名果仁、几味草药及千年胡杨的根须,开始试验。当时的大夫做药,并没有今天的小白鼠和志愿者可以试吃,只能自己服用着来看效果,跟神农尝百草差不多。他边做边吃,渐渐开始发现自己变得越来越有精神。他此时已经快到六十岁,原本手提几十斤的东西就觉吃力,慢慢竟能重新背负一百多斤的药材;原本掉下的牙齿,又生出了新牙;身上的皮肤重新变得光滑无比;阴茎又出现了晨勃。他暗暗称奇,知道是药物在发挥作用,但这时他想:反正此事无人知晓,我何必要进献给皇上?多一事还不如少一事,还是我自己来享用吧。于是他就用此方让自己活到了99岁。这在当时实在是大寿星了,朝野轰动。

当然,无人知道他长寿的原因。他死前,把自己做此长寿药的方法写在竹简上,交给了儿子。为了防止泄密,他在竹简上加了不少无用的字,用今天的说法就叫"加密"。他的儿子没再进宫做御医,只在民间行医,因此方的用料稀有,他无能力再配出长寿药,方子也就渐渐弃置于木箱之内,几代人过后,竟已无人能看懂那竹简的内容了。后来,西汉亡,东汉立,姚鸣盛的后代携家人东迁洛阳,照旧在民间行医,只是姚家的医术和医名都已大不如昨。

一日,姚家后人读到了一本名叫《伤寒杂病论》的书,觉着写得好,便打听书的作者张仲景所住何处。得知张仲景家住南阳郡之后,就生了去拜师学习的心,可惜他到南阳见到张仲景时,张仲景已经重病在身,无力授徒了。姚家后人与张仲景作别时,拿出先人留下的竹简让张仲景帮着辨识,医术高超的张仲景一眼就看明白了那竹简上所有字迹的含意,并用笔写下了在内地可以找到的能够替代罗布麻、汗血宝马马鬃、无名果仁和千年胡杨根须的药物名称,意思是这个延寿方子可以在内地继续使用。姚家后人大喜,回洛阳后,就用张仲景修改后的方子,开始找药配制,试吃一段时间后,果然效果奇好,人显得特别年轻,白发变黑,皱纹见少,力气倍增。一开始他们只将此药用在家族的人身上,后来开始用在来求医的老年病人身上。因服了此药后确可使人增寿,一时使得姚家医声又再次大振。姚家就因有了此方,世代在洛阳行医,一直持续到唐代的安史之乱。

大家知道,安史之乱中,安禄山攻开洛阳之后,于天宝十五载正月初一在洛阳称帝,曰大燕皇帝。大燕皇帝登基的第三天,得知城中姚家有长寿不老之药方,遂命手下绑来姚家人,要他们献上长寿之药。姚家哪敢不从,便开始为安禄山配药,可惜安禄山没有这份长寿的命,不久被其儿子安庆绪所杀。之后,姚家人又被史思明的部队掠至范阳,也就是今天的北京,为史思明家看病。安史之乱被平定之后,姚家人便在范阳一带的民间行医。姚家虽累累迁移,但那个长寿的药方一直没丢,并世代相传。话说到了明朝,明成祖朱棣于1421年迁都北京后,听宫中人说有一家姓姚的郎中,医术高强,有长寿药方,可使人延寿多年,遂派人四处寻访并最终将姚家传召入宫中为御医。正因为有了姚家的长寿药,长期因征战劳心伤体的朱棣,硬是活到了65岁。这在明朝的皇帝中,也算是高龄的了。清灭明之后,明宫中的御医趁乱四散,姚家传人重回民间行医。大家都晓得,清朝晚期的慈禧太后对长寿一事看得更重,她曾广派医官深入各地暗访名医,期望寻到能使其长寿的秘方,最终,世代为医的姚家被查到,姚家的传人重又被召进紫禁城中伺候慈禧太后。正是因了姚家的长寿秘方,早有隐疾的慈禧才活到了73岁。

清朝灭亡之后,姚家传人再次回返民间行医。此后,袁世凯、张作霖都曾派人寻找过姚家传人,但姚家人深知为皇帝和高官看病的凶险,便隐入燕山深处的一个村庄,靠为山乡农人看病和采药为生。直到近年,我们顺天长寿公司在研究长寿丸的过程中,才偶然得知姚家后人的住处,公司领导亲往拜访,以1000万人民币的高价,购得他们家族世代相传的长寿秘方。之后,我们又根据现代医学的研究成果,进一步丰富了那份秘方,研制出了我今天带来的这种灵奇长寿丸。

现代医学认为,人衰老的原因主要有以下七个:一是基因退变,随着年龄增长,人体细胞的处理能力越来越弱,从而引起基因退化变质;二是人体的组织器官随着年龄增加,因各种感染而发炎的地方越来越多;三是自由基给人体带来的氧化应激反应增多,影响许多生理过程的正常流向;四是细胞能量枯竭,心、脑、肌肉等组织细胞的功能衰退;五是人体内的不饱和脂肪酸与其他脂肪酸的比例越来越不平衡;六是消化酶分泌不足,消化系统产生慢性机能不全；七是钙化作用失调，使血管壁、心瓣膜、脑细胞内积聚了过多的钙。我们在研发灵奇长寿丸时，特别注意了有针对性地解决这些问题。

我们的灵奇长寿丸目前已让1555668位65岁以上老人服用过，服用过此丸的老人现在均在世，最高龄者已达101岁又5个月，最低龄者也有82岁，总有效率达百分之百。我们做过统计，每吃一盒，约可延寿1个月加7天。因为原材料紧缺，我们的出品不多，今天带来的长寿丸有限，故每个人只能持身份证购买三盒，每盒的价钱为999元人民币。有人说这个价钱很麻烦，还不如要个整数1000的好，我们这也是图个吉利，999就是久久久嘛！现在请大家排好队，先在1号桌交钱，然后拿着收据到2号桌取药。取到药的，今晚就可先服一丸，长寿的事要只争朝夕，不能拖！好，大家不要挤，先排好队。那位老先生，请小心你的轮椅，不要轧了别人的脚。什么？你想买四盒？规定是三盒呀，因为行动不便，想多买一盒？很抱歉，我不能开这个头，别的老人会有意见的……

周 三 黄 昏

各位爷爷、奶奶,非常欢迎你们前来进行返老还青体验。

"返老还童"的成语故事想必你们都还记得——当年的淮南王刘安四处派人打听却老之术,忽一日,有八位白发银须的老汉求见,说他们有却老之法术,并愿把长生不老药献上。刘安一听,大喜过望,急忙开门迎见,及至见到八个老翁,不禁哑然失笑道:尔等自己都这样老了,哪会有什么防老之术?分明是骗子!他正要叫守门人将他们赶走,那八个老人忽然呵呵笑了,说:你嫌我们老吗?那好,你再仔细地看看我们吧。说完,八个老翁忽然全变成了儿童。

有的爷爷奶奶可能还知道,2008年,美国导演大卫·芬奇执导了一部剧情电影《返老还童》,由布拉德·皮特和凯特·布兰切特等演员出演,讲述了1919年发生在美国巴尔的摩的一件怪事:本杰明·巴顿违反了自然规律,竟以老人形象降生人世,此后越活越年轻,倒着生长。

中国的"返老还童"成语故事和美国的"返老还童"电影,都反映了人类的一种愿望,那就是人老之后,非常希望能再返童年,重新过一遍人生。可遗憾的是,在真实生活中,这样的愿望还根本不能实现。不过今天的科学发展已让我们想出了一种补偿办法,那就是用现代影像技术、智能技术和可穿戴技术,创造一个新的空间,让老人们走进这个空间以后,很快地返回到青年时代,短暂体验重返青年时代的美好感觉。我与我的团队,目前就在做这件事,到昨天为止,我们已让128903位老人做了这种体验,他们每个人都感到奇妙而美好。据我们事后跟踪调查统计,这些老人在做了这样的体验之后,心理年龄普遍年轻了两岁。

大家知道,人有三种年龄,一种是自然年龄,也就是按出生年、月、日来计算的年龄;另一种是生理年龄,也就是按人体组织器官的功能来计算的年龄,这可以从我们的体检数据中看出来;再就是心理年龄,也就是按心态和智能的变化来计算的年龄。我们创造出的这种返老还青体验,改变的是人的心理年龄,人的心理年龄年轻了,会使他的生理年龄随之变低,自然年龄跟着变长。大家都明白,世界上的老人在逐渐增多。美国对老人在总人数中的占比曾做过统计,1900年,65岁以上的老人在总人数中的占比是4.1%,1940年为6.8%,1975年为8.9%,2000年约为11.7%,预计2050年将超过16%。据我们中国的统计,到2016年年底,全国共有60岁以上的老年人口约2.3亿,且在未来的岁月里,全国的60岁以上人口还会以每年一千万的速度增加。到了2050年,全国每三个人中,就有一位是60岁以上的老人。正因为如此,怎么服务好老人,让他们的心理年龄变得年轻,从而使他们生理和自然年龄延长,就成为我们年轻人的一个任务。我们今天为你们做的这件事,目的就是改变诸位的心理年龄。眼下联系我们去开体验馆的地方很多,今天黄昏,我们是在万寿公园领导的再三邀请下才来的。

下边,我向大家说明体验的方法和过程。诸位在1号桌交上一张自己20岁左右的照片,在2号桌交上体验费之后,请走进我们的封闭空间A区,在那儿穿上我们给你准备的装具;然后进入B区,在那儿,你会在大型超高清屏幕环绕的空间里发现,自己的白发白须正在渐渐变黑,发际线正在向20岁时的位置恢复,脸上的皱纹正在减少以至完全消失,眼袋很快消去,皮肤开始变白变嫩,眼眸开始变得光润有神,缺损的牙齿重新出现,变得莹白整齐,身高开始恢复到20岁时的高度。与此同时,男士会感觉到自己的阴茎在变粗变硬,女士会觉得自己的阴户开始变得湿润紧致。到最后,你就完全变成了你所交照片上的自己。在发生以上变化的同时,你还能觉出身上奇怪地力气陡增,有一种想跳、想叫、想笑的冲动。之后你在工作人员的指挥下走进C区,你此时在墙壁四周的超高清屏幕上看到的自己,已完全是年轻时的模样了,非常立体,挥臂踢腿,活灵活现。这儿会有不少和你一样年轻的小伙儿和姑娘,他们会与你聊天开玩笑,聊的都是年轻人感兴趣的话题,也许还会有姑娘和小伙儿对你感兴趣,凑近你向你放电抛媚眼。大约5分钟后,如果你是小伙子,会有一个漂亮的姑娘向你走来,邀请你去附近的树林里散步;如果你是姑娘,会有一个帅气的小伙子向你走来,邀你去小河边走走。你这时不必拘谨,可以大胆放心地拉起对方的手,因为我们不会让事情发展到不可收拾的地步。你拉着她或他向树林里或小河边走时,可以吻一下对方,最好不做更亲密的动作,当然,你真要想做一下也没有什么了不起。拥抱啦,抚摸啦,长吻啦,都可以。当你们走进树林深处或小河岸边正想着找一处更隐秘的地方独处时,D区就到了。此时你会发现,你又已返回了老境,重新变成了今天的自己。这多少有点残酷,但科学目前能做的,也就只能到这一步了。也许在不久的将来,我们的科学家能让你继续向前走,在E区再结一次婚,重新再过一段青春年华。我说这话时看到不少爷爷奶奶在摇头,以为我是在瞎说,在说谎,在骗大家。我本人不是科学家,可我最近在微信上看到了一位物理学家写的科普文章,我下边就现炒现卖地给大家讲述一遍:

  当前,科学的最新发现和这种发现可能给人类生存带来重大的影响:

科学界目前有两大发现特别引人注目,这就是暗物质和量子纠缠。先说暗物质。我们原来认为,宇宙的形态是靠万有引力来维持的,星球与星球之间通过万有引力来相互吸引,大家相绕着旋转,忙而有序。但当科学家们仔细计算星球之间的引力时发现,星球自身的这点引力,远远不够维持一个个完整的星系。如果只有现有质量的万有引力在起作用的话,宇宙不可能是今天的样子,而只会是一盘散沙。那就是说,今天的宇宙秩序能得以维持,肯定是还有其他物质在发挥作用。而到目前为止,我们人类还没有看到和找到这种物质,故称其为暗物质。通过进一步计算,科学家们算出要保持宇宙现在的运行秩序,暗物质的质量必须5倍于我们现在看到的物质。

再说量子纠缠。科学家在对物质的研究中,在进入分子、原子、量子等微观级别后,发现了一种神奇的现象:量子纠缠。就是说,两个没有任何关系的量子,会在不同位置出现完全相关的相同表现。比如两个相隔很远的量子,二者之间原没有任何常规联系,可一个若出现状态变化,另一个几乎在相同的时间出现相同的状态变化,而且是一种规律,不是巧合,是经实验反复验证了的。这些科学发现,颠覆了现有的物理学理论。我们现有的物理学理论,都以光速不可超越为基础。可据测定,量子纠缠的传导速度至少4倍于光速。这使我们原有的对世界的认知受到了挑战。我们原来认知的物质,仅仅是这个宇宙的一部分,而且是很少的一部分,可能只占5%。既然宇宙中尚有大部分的物质我们不知道,谁敢说那些物质将来不会影响人类的生存状态,不会提升人的寿命限度?不会让人返老还青?既然两个量子可以神秘地发生纠缠,人的生命长度为何不可以神秘地发生改变?人的年老和年轻两种状态为何不能神秘地进行转换?

一切皆有可能！

等着吧,在座的爷爷、奶奶们,也许就在不久的将来,我们的科学家在神秘的宇宙里,能够将你们再送回年轻时代,送回你们青年时代赖以存在的那个空间,让你们再享受一次美妙的青春！

永远不要悲观！想一想,一千年前的人类怎么可能知道他们的后人会坐上时速三百多公里的高铁？会乘上时速近千公里的飞机？

好了,我们还回到今天的体验。

各位爷爷、奶奶,我保证今天的体验对于你们是一种崭新的经历,对于你们的身体和心理,绝对大有益处。下边我们的体验正式开始,一次能进五个人,五个人可以同时在不同的A、B、C、D区开始神秘的体验,请把美妙的音乐放起来！

那位拄拐杖的爷爷,你举手是想问什么？你今天能不能连做两次？抱歉,不行,你看已有那么多的人在排队。这样吧,我们明天黄昏应邀到荷花公园组织体验,你可以再去那里,你叫连发福？好的好的,我记住了,明天黄昏我一定让你再体验一次。

第一批的五名爷爷、奶奶,请走进A区……

周四黄昏

朋友们,大家好!

能来到万寿公园给诸位讲讲我对人类未来寿限的预测,感到非常开心。感谢公园负责人的盛情相邀,让我第一次把演讲的地点放在中国北京自由开放的公园里,而且是在这种美妙的黄昏时刻。

人类的未来究竟是个什么样子,人类未来的寿命有多长,寿限有多大,很多人都在预测。以色列耶路撒冷希伯来大学的尤瓦尔·赫拉利教授在他的《未来简史》一书中预测说:人类在减少了饥荒、传染病和战争之后,在 21 世纪会为自己定下新的奋斗目标,这个目标很可能是克服衰老、战胜死亡、获得永生和幸福快乐。

我对他的这一预测很感兴趣,我觉得他说得有一点道理。

作为人类学的一个分支——人类寿命——的专门研究者,结合当今科学的发展状况和科学在未来的可能拓展方向,也对人类的未来,主要是人类的寿限做出了自己的预测。我的预测当然不可能做到都准确,但它也许能给诸位打开窥视未来人类生命现象的一扇窗。

需要预先说明的是,我今天对这个问题的讲解不可能很细,因为细讲需要更多的时间,也需要特殊的设备和条件。

我的总体预测是:人类在未来,会利用一切科学技术手段为自己延长寿命,这是人类的一种生存本能;在未来,人类绝不可能满足于某一个高水准的寿限平均值,从而停下追求的步伐;人的贪婪本性在这个问题上会显得特别突出。在延长寿命这条路上,人类决不会为自己设置一个终点显示牌。

换一句通俗的话说,就是"延寿之路无限长!"

我预测,人类未来的寿命平均值很可能会先后跃升到四个台阶。第一个台阶,120岁。这个台阶,目前只有极个别的人能登达。我知道在中国的海南、广西、河南、新疆的一些地区,有人迈上了这个台阶。比如,2013年过世的广西巴马的罗美珍女士,活到了127岁;至今健在的新疆的阿丽米罕·色依提,已经130岁了;四川成都市双流区的朱郑氏,已经过完了她的117岁生日,离这个台阶很近了。可眼下看,登达这个台阶的总人数实在还太少。而在未来,它是人类寿命均值所迈上的首个台阶。第二个台阶,150岁。据我们研究院在全世界的统计,目前还没有在世的人迈过这个台阶。第三个台阶,180岁。迈上过这个台阶的人,只存在于某些国家的地方史志里。第四个台阶,230岁。在中国民间的传说里,曾有一个人迈过了这个台阶,但仅仅是传说。120、150、180和230这几个数字用在别的方面,无人会留意,但用在计算人类寿命上,却是非常巨大和惊人的,也是我们的前人连想也不敢想的。就是在当下,绝大多数人也不敢相信。我想现在台下的听众中,肯定有很多人也会对我的这种预测轻蔑一笑,认为我是一个疯子在说疯话。对此,我不想立即辩解。我眼下只想重申我们人类目前都认同的一个观念:人的生命神圣无比!把人的生命尽可能长久地延长和保存下去,符合我们人类共同的价值观。

我所以预测人类的平均寿命在未来会迈上这四个台阶,是因为我认为人类的生命在未来不再是一个个生物体的自生自灭,不再是单个人对衰老和死亡的独自抵抗,而是即将变成一个依靠科学技术支撑的过程,一个汇总全球科学家共同来做的生命系统工程。在科学家们的一致努力下,这个系统工程将日趋完善,效能也会不断提高。

我首先谈谈人类未来的生育问题。出生,是人的生命的起点,起点的状况对生命的长度有极大的影响。我想告诉大家,未来新的科学技术可能会带来人类在繁衍方面的革命。我们都明白,过去和现在,人类繁衍的基本方式是通过异性之间的交配来完成的。雄性生殖器官进入雌性生殖器官,将精子输送到雌性的子宫里去,在子宫里,卵子会受精,然后受精卵会逐渐发育成胚胎,使婴儿得以诞生。但可能要不了多久,婴儿的诞生就不需要男女交配了,因为随着人工授精和试管婴儿技术的成熟,特别是随着干细胞研究的发展,今后可能就不再需要取卵子、精子了。日本京都大学的一位教授已可以将人的皮肤细胞变成胚胎干细胞。到那时,一对夫妇若想要孩子就会去诊所,男女双方只需提供少量皮肤样本,诊所将女方的皮肤细胞转换成成熟的卵子,将男方的皮肤细胞转换为成熟的精子,让它们接触变成受精卵,胚胎就形成了,然后再放进人造子宫,婴儿就可以诞生了。

前不久,德国一家新闻社报道,位于柏林市山达根8号的新人类公司,已用孵化器为德累斯顿的霍夫曼夫妇培育出了一男一女两个健康的孩子,而且只用了六个月的时间,当然,他们这次用的还是自己真的卵子和精子。更重要的是,人们对于受精的胚胎可以进行基因改造,把一些可能引起遗传疾病的基因通过基因编辑技术筛选下去,这就等于人们将来可以根据自己的喜好来定制婴儿。在生育方面最新的变化是:将3人或多人DNA混在一起的辅助生育技术开始取得成果。就在2016年,墨西哥已有一名婴儿是在使用3人DNA这种技术下诞生的。乌克兰一家医院前些日子也宣布,有两名不孕不育妇女通过这一技术受了孕。这些孩子的父母已不是我们传统观念中的男女两个人。人类的繁衍方式已开始发生翻天覆地的变化。男女的性交很快将不再附加生育功能，从而变成一种纯粹的娱乐行为。女士再不必担心生育会改变自己的体形，不必再去尝十月怀胎之苦，不必再去忍受呕吐、便秘、浮肿、肥胖等痛苦了，尤其是不再承受分娩时的那种剧痛了。未来这种生育方式，会为人类的长寿打下坚实的基础。

人类未来的食物与今天相比，也会有很多改变。诸位都明白，人体是靠吃来增添能量、维持活力的，吃好才能长寿。未来人类在吃的问题上将会有三个变化。首先是品种增加。我们今天认为不能吃的一些东西，迅速发展的科学会发现它们的食用价值。比如很多昆虫，它们所含的蛋白质，比肉类还多，将来可能会有一个食用昆虫蛋白市场出现。再比如很多种藻类、一些野草和树叶里，也可能蕴藏着丰富的于人体有益的营养，经过加工也都可能成为人类的食品。其次是人造食物增加。目前，已经在培养皿中生产出了小牛肉，其营养成分很好。通过非农业途径生产的单细胞蛋白，也就是俗称的"人造肉"，是一种微生物食品，用发酵法生产这种单细胞微生物就可以得到极为丰富的单细胞蛋白。医学已经发现，更多的肉类消费是造成饮食类疾病的一个原因。高血压、高血脂、高血糖，多少都与食肉有点关系，而食用人造肉就可避免出现这种现象。再次，人对食物的加工技术和储存方法也会出现新的变化。传统的，尤其是炸和烤的加工方式会逐渐被抛弃，清蒸、清炖、水煮、凉拌生吃的食物品种会显著增加；真空储存食物之法将会更加普及。未来的家庭除了配备冰箱之外，还都会配备真空制作器。人吃好、吃美、吃对了，寿命自然会延长。

我在这里想要特别谈谈人类未来的性爱。这个问题对于人来说，是除了吃之外最重要的一件事情，与人类的寿命紧密相联。在座的做儿女的，也都是成年人了，应该不会忌讳我谈这个问题。过去,很多人因为没有处理好此事,令自己的寿命大大缩短,从而使得人类的寿命平均值下降。为了在未来最充分地满足人类的性爱需求,除了鼓励更多男女通过自由恋爱解决性爱问题之外,科学还会分两步给人们提供性爱方便。第一步,解决不在同一空间的男女情侣的性爱问题。我们今天的性爱,要求男女两个人必须在一个空间里,在一个房间里,在一张床上、桌上、地毯上,也就是说,两个人必须在一起。这自然会在分别、分离和分居的情侣之间引发痛苦并对人的寿命产生微妙影响。但在未来,不再需要这个条件了,虚拟现实技术和高度仿真性爱机器人技术的进一步发展,将会使远隔千里万里的远距离性爱成为可能。届时,虚拟技术会把远在千里万里之外的情人的全部体态、神态传送过来,并转换到你面前的高仿真性爱机器人身上。等于把你的情人瞬间由千里万里之外一下子拉到你的面前,让你的视感非常逼真,看得见对方身上的每一根毛发和眼珠的每一次眨动及面部的每一个表情;让你有敏锐的嗅感,闻得到对方独有的肤香和发香;有听感,听得到他或她的轻微呼吸和低声呻吟;而且会让你对情人有真切的触感,拥抱亲吻虚拟的对方犹如拥抱亲吻真人一样。你的情欲因此会汹涌而来,你会立刻与虚拟的对方做爱并获得最满意的快感。第二步,造出真人体性爱机器人,彻底解决男女比例失衡与不幸婚姻的问题。如果一个男人找不到妻子,或一个女人找不到丈夫,或一个人虽然结了婚但与对方有了矛盾、无了感情一时又无法分开,那你就去买来或租来一个真人体性爱机器人。与真人体性爱机器人做爱和与真人做爱几乎没有不同,人类的性需求会得到最大、最充分的满足。到那时,猥亵、强奸一类的事情再也不会发生。当然,那时,每一个真人体性爱机器人出厂时都会在其身上注明:请勿与我谈感情,我不是真人。

真人体性爱机器人能真到什么程度?我认识的一个专搞这方

面研究设计的美国科学家告诉我，按他的设想，将会真到你很难分辨出来对方是机器人的地步，除非你特意用手术刀打开他或她的头部，看到其中隐藏的芯片。他们的体液和血液都与真人一样，接吻时，他们舌头上的唾液给你的感觉与你亲吻真人时没有不同；假如你碰破了他们的皮肤，他们会和真人一样流血。若他们身上的标注被拿掉，混进人群里，没有仪器帮助你是找不到的。就在昨天，我们中国一个从事这方面研究的科学家告诉我，按他的设想，将来做出的真人体性爱机器人，为满足人们不同的心理需求，在体形上会有高矮胖瘦之分，在脸形和神态上，男的会有威武、清俊、放浪之分，女的会有妩媚、端庄、性感之分，而且会把目前男性身上的所有优点都集中在男性性爱机器人的软件上，也会把目前女性身上的全部优点都集中在女性性爱机器人的软件上。将来，男人租来或买来的女性性爱机器人，会对他千般温柔；女人租来或买来的男性性爱机器人，会对她万般呵护。双方之间根本不会发生责备、生气、辱骂、打斗、冷战、哭闹、争吵、撕扯一类的事情。如此，人心情好了，寿命自然就会延长。这样的真人体性爱机器人造出之后，人们耗费在寻找性爱对象方面所用的时间与精力会大大减少，人们与做爱的对象之间互相伤害从而需要坐牢的现象将会彻底消失，人们在性爱问题上要经历的痛苦与烦恼也会大大变轻，这当然会为人的长寿打下又一个基础。不过，随着人类身体的逐渐虚拟化、机器化，未来人们的性活动中，感情的成分会越来越少，性爱双方到一起时不再说爱谈情，性的本能需要会再次成为主宰，这也是需要我们正视的问题。

未来，人类对于疾病的处理与我们今天会有很大不同。现在，人的某一器官有了病变以后，办法先是服药；如果服药不见效果，或是有了肿瘤得了癌症，服药根本无效，那就进行外科手术。不论是内科服药治疗还是进行外科手术，都会给人带来很多痛苦。服药,会给其他器官带来损害;手术,经常有失败和效果不佳的情况出现。而在未来,治病的方法会有根本的改变,因为利用干细胞生成器官的方法非常简单,加上各种器官置换手术程序统一且全用电脑控制,止疼、止血、缝合都是由电脑控制的机器人操作,非常快捷安全,恢复也非常快。你一旦发现某个器官有了病变,可以去大街上的器官商店用自己的干细胞再定制一个,然后回到社区医院相应的器官置换室,躺上操作台,由操作员或自己亲手启动机器人,很快就会为你换一个新的器官,人几乎没有痛苦。我今天刚刚得到消息,澳大利亚悉尼大学与美国哈佛大学、中国东北大学合作,已于近日研制出了一种天然弹性蛋白凝胶,将这种凝胶涂抹于伤口之上,很短的时间便能使伤口愈合,目前已准备在人体上试验,很快就可能用到医院的手术中去。试想,有了这种凝胶,我们将来的器官置换手术,还能有痛苦吗?当然,脑部是不能换的;脑部一换,人就不是原来的人了。不过,要不了多久,科学家就会把一大批纳米机器人施放进你的脑子里,让他们帮助修复你的大脑或消灭大脑内的肿瘤。

那位坐轮椅的朋友,你举手是有什么问题要我说明吗?让老人换一半脑子?哦,这个问题我一下子还不能给你明确的答案,因为脑子的问题牵涉人的自我认知问题,换一半脑子会造成什么后果我说不清楚,会不会让王老七变成韩老八了?这样吧,我把你的问题转交给专门研究人脑未来的病理学家,他会给你确切答案。你叫什么名字?严升龙?你的手机号码?12001131918,好,你会在七天内接到他的电话。下边我们继续讲原来的内容。

消除疾病技术的快速变化和提高,为人类的长寿提供了更加重要的保障。

未来,一部分人也可能会利用冬眠和人体冷冻技术来延长寿命。眼下,一些内科医师正运用低体温疗法——使患者在数天之内体温下降若干度,以治疗创伤性脑损伤和癫痫等疾病;也有科学家正研究,使人保持类似睡眠的状态长达数天乃至数周之久,然后在不造成副作用的情况下将其唤醒;还有医学家对于暂时不能治疗的绝症患者,在征得他们同意的情况下对其身体进行试验性深度冷冻保存,以待医学发展到可以治愈其病的时候再令病人苏醒。这些研究性试验,在未来会有更快、更大的发展。也许就在几十年或百年之内,人们为了长寿,在天气不好或情绪不好时,给家人或朋友交代一句:我冬眠了,记住在明年春天唤醒我。然后自己随便吃下一颗药丸,就可以一下子睡上几个月或半年。未来,城镇的社区里都设有专门的人体冷冻库。当一个人患了医学暂时无法很好解决的疾病,比如某一种血液病后,他可以去往社区的人体冷冻库,先在电脑上填写一张表格,写明自己所得的病名,注明当此病可治时唤醒自己;然后,进入库内的冷冻床上躺下,由工作人员开启深度冷冻开关,令其身体进入冷冻状态。当然,这种用技术延续生命是需要金钱支持的,那些富裕的老年人,会拿钱来续命,他们将推动时间价值的全面评估。

未来,人类生活中的乐趣和欢悦会更多,这也有利于长寿。第一件令人高兴的事,是人们在未来能快速地去地球的任何地方旅游。时速达1100多公里的超级高铁项目可能在百年之内正式建成,而且在建成十几年后会将时速提高到6500公里。人们会在低压管道中被快速运送,从纽约到北京只需2小时,环球旅行也会在4小时之内完成。家用氢燃料电池汽车会很快诞生,可陆行也可飞行,续航距离在2000公里以上。天空母舰会在120年后建成,水上航母将退出历史舞台。第二件令人高兴的事,是大约在220年后,人类会摆脱睡眠机制。人们能在全天24小时内保持良好的精神状态,只在每月休息一次,睡上几个小时以补充能量。也因此,人类的潜力极限将在科技的带领下实现突破,人类的肉体会获得升级。装有探测器和嵌入式计算机的隐形眼镜和助听器,很可能被永久植入体内,使人类获得夜视能力与穿墙的听力。外骨骼和与大脑连接的假肢,将会为残疾人恢复移动力并使人们在山间行走如履平地。第三件令人高兴的事,是益智药将使人类的智商更快升高。如今聪明人的智商得分是120—140,未来,人类的平均智商将有很大提升;现在,天才的得分是141分以上,未来,天才在人类总数的占比上将会大大提高,智商得分在150的人会有很多,我们每个人的身边将来都会有天才存在。仅仅在250年后,知识将载入生物芯片被植入人类的大脑,死记硬背的学习方法会被彻底抛弃,传统的长达十几年的教育,可能缩短为几周的移植教育,现在意义上的学校会全部消失。那时想学什么,带上传感器接受一下就成了。这种生活中乐趣和欢悦的增加,自然对增加人的寿命有好处。

未来,随着交通的便捷和人际交往的频繁,地球完全变成了一个村子,各个种族之间通婚的现象将会更加普遍,也因此,各人种之间的体质差异将会逐渐消失,这也为长寿技术的更快普及创造了条件,对延长人的寿命自然有好处。2012年10月,一组英国科学家对1000年后人类可能进化成的新模样进行了预测。结合他们的预测及我的研究成果,我认为,将来的地球人可能是单一人种,未来的人与我们今天相比,会有六点不同。一是身上的毛发会变得更少甚至不存在。这是由于中央加热系统和保温服装的不断改进,使人类身体自行保暖的需要大大降低,人的头发、腋毛、汗毛和阴毛都可能逐渐消失。二是肚子会变小变凹。这是由于更多的减肥食品的出现和人们对肥胖的恐惧,促使未来人的肠子会逐渐变短以避免吸收太多的脂肪和糖分。三是手指和手臂会更长。这是由于触屏类电子产品的更广泛使用,人类的身体需要提供更加复杂的眼手合作功能。四是头部会变尖变小。这是由于太多需要记忆和思考的工作在未来都被电脑等电子设备取代了,人类的大脑要适应这种变化。五是嘴巴会变得更小。这是由于未来人类的食物,会加工得越来越细、越来越软,很多必需的营养可以通过液体和药片来获取,故未来人类的牙齿也会变得更少,下颚会收缩变凹,樱桃小口将成为普遍现象。六是身高会更高。由于人类不断改善营养,人的身体会变得更高。如今普通美国人的身高比1960年的平均身高高出了2.54厘米,按这个变化速度推算,1000年后,每个人的身高都将在1.82米至2.13米之间。大家可以看看那个展板上的那张画像,那就是人类未来可能的模样。你们是不是觉得未来的人类与今天相比,不仅没有变得更英俊,反而有些丑和怪了?如果用今天的审美观去审视,确实是这样,可我提醒大家,审美标准是随着人类社会的发展而变化的,到了那时,审美标准也就与今天不同了。

未来,人老之后的外貌会与今天的老人完全不同,老人的心理年龄也因此会变得更加年轻。有统计材料显示,眼下中国中位数年龄已高达36.7岁,也就是说,中国目前已有50%的人的年龄大于36.7岁,这意味着中国已经进入中高龄社会,这是几千年中国历史上都没有过的现象。而人进入中高龄之后,有一个最显著的特征,那就是皱纹增多,年龄每增10年,皱纹的数量和深度常会增加一倍。社会上脸有皱纹的人达到一半,这给我们的感觉并不好。人年纪大了为何会满脸皱纹,这是因为人的皮肤中脂肪细胞随着年龄的增大在不断流失。脂肪细胞的减少和不足,使皱纹得以形成。目前,美国宾夕法尼亚大学的乔治·科察雷利斯教授所带领的研究团队,已经可以使脂肪细胞再生,也许要不了多久,这项技术就可以使用到人身上,也就是说,使脂肪细胞在老人起皱的皮肤中再生,让老人的脸和脖子再次变得光滑无痕。想一想吧,当你70岁80岁之后,你的脸上和身上与你的儿孙一样,没有一丝皱纹,都是光光滑滑的,那将多么令人振奋!此外,人的脑袋虽在未来不能更换,但人的眼球、牙齿和耳膜是可以更换的。当你换上了根据你的基因新造的眼球、牙齿和耳膜,你的视力、咬力和听力与年轻时一模一样,你还会在乎年龄大吗?这将会为老人消去很多心理障碍。过去老人因社会厌老而对年轻人常说的一句话是:我曾是你,你将会成为我。在未来,老年人可能会对年轻人说:我曾是你,我未来仍像你。老人恐老心理的消去,也会促成寿限的升高。

  人类在未来将会与智能机器人人群共同享有地球村的生活。我刚才在谈到其他问题时,已经多次说到了智能机器人,但我在这里要特别强调,未来的智能机器人人群将是非常庞大的,也就是说他们的数量将会非常之多,人类社会的各个角落,都将有智能机器人人群存在。人类将会把很多种类的工作都交给机器人来做,不仅仅在城市中的办公室、医院、商场、工厂、饭店里会有机器人,农田里、山林中、大海上、天空里、战场上都会有机器人人群。就在最近,中国的机器人已开始送快递了。将来,可能100%的体力工作都将交由机器人承担。人类必须要和这些在智慧上一点也不比自己差的机器人共居、共建、共享一个社会。必须解决好他们的补能、休息、居住、安葬等问题。而且要充分考虑到他们与人类的矛盾与纠纷。我这次回国后,特意去看了一家物流公司的"小橙人"机器人在物流仓库工作的场面,那场面太令人惊奇了。330个机器人,在仓库里自由行动,分拣5公斤以下的小件包裹,每小时竟能分拣出包裹1.8万件,而且分拣的错误率低,效率高,能减少70%的人工。这只是物流领域里机器人工作的一个场景,未来,类似这样的全靠机器人做事的场景会出现在更多的领域。这一现象表明,人类在未来不需要再去干脏、累、苦的活儿,就会生活得更加安逸、舒服和畅快,这也是未来人类长寿的重要原因。

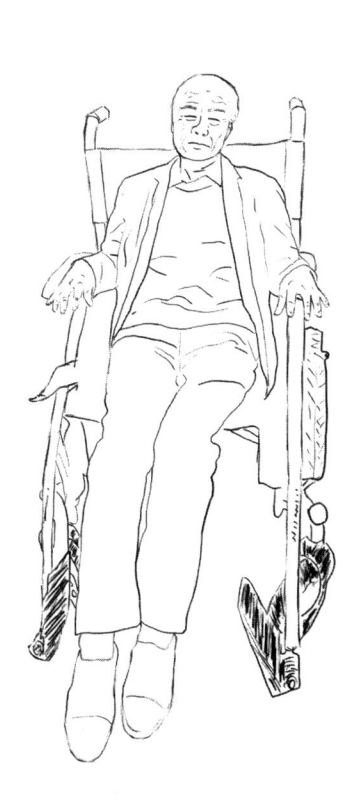

未来,人类中的一部分将会移住其他星球,这部分地球移民的寿命将会有更大幅度的提高。人类移住其他星球的事,已经说了很多年,但最近几年,这种前景变得更明朗了,也就是说,基本确定是靠谱的事情了。2015年4月,在美国华盛顿举行的一场公开讨论会上,美国航天局的科学家说,他们确信人类在宇宙中并不孤独。他们认为,既然在我们的星系中存在着数量惊人的海洋,那么肯定可以在太阳系里发现有机生命体,这已不是一个能否的问题,而是何时发现的问题。最近一个时期,人类发现地球附近的许多天体上隐藏着水,木星的卫星木卫二的冰壳下面很可能存在着大片海洋,土星的卫星土卫二上可能存在着含沙温泉,木星最大的卫星木卫三上已确定存在着咸水海洋,除了这些,还有许多卫星和矮行星上都可能存在着维持生命的宝贵的液态水,这证明太阳系是一个湿润的地方,恒星周围和巨行星周围都是生命的宜居带。也许在10年内就能发现地球之外存在生命的强烈迹象,20年内找到地外生命存在的确凿证据。2016年12月,蒙特利尔的麦基尔大学的研究人员利用西弗吉尼亚州的"绿岸望远镜",探测到由御夫座发出的5次无线电脉冲。每次持续几毫秒,频率为2吉赫;利用波多黎各的阿雷西博天文台探测到了一次,频率为1.4吉赫。他们从这个源头先后共探测到了17次无线电脉冲。这些研究人员认为,这种重复性脉冲不是一次性的偶然现象,极可能是由某颗中子星上发出的信号。我个人认为,这是生活其上的智慧生命在同我们地球人联络。据总部设在旧金山的"向外星高智生物发讯息"的组织公布,他们打算在2018年底通过无线电或激光发出一些开启对话的信息。只要我们找到了适宜生命存在的星球,人类实现居住地的迁移就有了保证,剩下的就是前期勘察,制定迁移规划,制作运输工具。当然,这需要很长一段时间。另有消息说,大约在60年之后,科学家能在月球建立首个人类城市。更大规模的移民也许需要几百年时间。还有一个最新的消息,特斯拉的CEO埃隆·马斯克说,他计划从2024年开始,逐步把100万人送上火星,并在那儿建立起一个完整可持续的文明,给人类留下一个备份。如果未来人类中的一部分真的移住到了其他星球上,一开始就注意保护那儿的外部环境,移住者的寿命自然会有更大的延长。我们中国民间很早就流传着一句话:天上活一天,等于地上活一年;那时,由于移民们寿命的延长,连带着会使整个人类的寿命均值有更大的增加。

在谈完我自己的预测之后,我还特别想向大家转告谷歌工程总监雷·库兹韦尔先生关于人类未来的一则预言,他的预言是:人类将在技术的帮助下,于2029年看到永生的可能性,并将在2045年实现永生。

他的这一预言我听说目前已开始在我们中国人的微信圈里流传。

他的预测比我的还要大胆和乐观。

雷·库兹韦尔先生是我很佩服的一个人,我曾经参加过他组织的会议。他先后发明了盲人阅读机、音乐合成器和语音识别系统,被誉为爱迪生式的人物。他曾获九项名誉博士学位,两次总统荣誉奖,被美国麻省理工学院提名为"当年杰出发明家",现任美国奇点大学校长。他的预言能力如同神仙,1990年,他预言到1998年,计算机将打败国际象棋冠军;到了1997年,IBM的深蓝计算机就打败了国际象棋冠军加里·卡斯帕罗夫。1999年,他预言10年后,人们将通过语言对计算机下指令,结果不到10年,就变成了现实。2005年,他预言5年后,虚拟解决方案能提供实时的语言翻译,外语能被实时翻译成你的母语并用字幕呈现在你的眼镜上,如今,这也已被证实。他最著名的贡献就是发现了加速循环定律,认为技术的力量正以指数级的速度迅速向外扩充,人类处于加速变化的浪尖上,更多的、更加超乎我们想象的极端事物将会出现。

他之所以断言人类在2029年将会看到永生的可能,是因为他认为,人脑当下的能力有限,至少比电子计算设备慢100万倍。当我们让纳米机器人透过毛细血管,无创伤地进入我们的大脑,与我们的新皮质连接起来,并与云计算联系起来,人的聪明程度就会呈指数式提升。聪明之后的人们,会让医学发生翻天覆地的变化,会对落伍的生命软件进行重新编程,改变我们体内2.3万个基因的小程序。通过对基因的调校,让它们远离疾病和衰老。到2029年,我们将抵达一个临界点,医学科技将让我们每个人每活一年,剩余的寿命就增加一年。而到了2045年,医学科技已可以消除一切疾病并永远保持人体组织和器官的生命活性,人类千百年来一直盼望解决的永生难题,便可以解决了!

假如雷·库兹韦尔这次的预言又没有落空,那么——

我就要收回我刚才所说的那些预测了。

人真的就要永生了!

我很愿意看到雷·库兹韦尔先生的这种预测没有落空!因为我也可能成为一个受益者,变成一个永生的人。

至于人永生后的地域管理、社会管理、地球管理和很多的生活难题和伦理问题,自然会有政治家、社会学家、经济学家和伦理学家去处置。

朋友们,我希望你们一定要争取活到2045年,最少也要争取活到2029年!

那样,你也许就可以看到一个崭新的世界!

即使他的预言落空——落空的可能性也是很大的,因为它违背了太多的科学规律和人间定律——大家看不到他描述的世界,但极有可能看到我刚才描述的世界。我所描述的未来世界也同样美好和诱人!

未来值得我们期待!

在这期间,我提醒你们要特别警惕发生意外,特别是防止车祸、空难、枪击、踩踏事故,并祈祷不要遇上恐怖袭击。目前,在世界各国,车祸每年都要夺去无数人的生命。在我们中国,车祸的发生率也相当高,每年都有很多人因车祸丧生。据我们研究院统计,世界上因车祸而丧生的人多在15岁至40岁之间,这会大大拉低人类的寿命均值,更重要的是,因车祸而死没有意义。

活着,也是一门专业,是一门我们需要在社会大学里学习的专业,我希望大家每天出门前都要仔细想一下:我今天出门可能会遇到哪些危及我生命的危险?从而做好预防的心理准备。总之,要使自己很专业地活着,尽最大可能延长自己的生命。

奇迹极有可能出现!

我祝福你们!

周 五 黄 昏

各位阿姨、姐姐、妹妹们,大家好!

作为陪护老人的同行,我要实话告诉大家,我没有什么特殊的陪护技术和本领。我也从没有给别人讲过什么课,我根本不知道该给大家讲什么,可万寿公园的韩阿姨一定要我来和大家见见面、说说话,那我就讲讲我干陪护的经历吧。大家要是听着觉得有点意思,就坐下来听;若感到无聊,可以随时起身离去,不必坐在这儿受罪。

我老家在河南南阳乡下,来北京干家庭陪护是一个偶然的机会。

我高中阶段的学习成绩不是很好,所以我高考填第一志愿时就只好填了南阳医学专科学院。我学的是护理专业,学历是大专。医专一毕业我就来了北京。按说一个大专生是不该来北京找工作的,这边学历高的人多得是,竞争也特别激烈。可当时我爱上了一个人,他是我高中时的同班同学吕一伟,家在我们的邻村吕家庄。他考上了北京航空航天大学,我三年大专毕业时,他该上大四。他说他想接着考研究生,我知道他家很穷,他爹妈全靠种地,挣钱非常艰难;不像我家。我爹是泥瓦工,会帮人盖房子,我娘会编草席,挣钱多少要容易些。我想我得来北京,他上学需要学费,我来北京找份工作,好在经济上给他支持和接济。你们别笑,我当时就是这样痴情,我那时坚信世界上最珍贵的东西就是我和他之间的爱情!

许久许久以后我才明白,我那时其实是个傻瓜,世界上真正持久存在的,不是爱情。爱情只是诱惑人度过青春期的糖块,含到嘴里一化就没了;它看上去晶莹好看,其实不过是露水珠罢了,风一刮日一晒,就无影无踪了。

一来到北京我才知道,一个大专生想在这儿找份可心的工作可真是难于上青天。我到处求职到处碰壁,最后总算在一家私人诊所里找到了一个护士的岗位,可开给我的工资只有2600元。我租了一间地下室,月租金是600元,吃饭差不多还要花600,穿衣也得花一点,剩下的那点钱,既要给男朋友还要给父母,确实紧张得厉害。这就让我不能安心在这个岗位上干下去。恰好,有一天我在一个家政网站上,看到一个招聘家庭陪护兼保姆的广告,上边写着:招聘一名家庭陪护员兼保姆,女性,年龄在20—45岁之间,负责陪护一名73岁的男性老人,管住、管吃,每月暂定工资4500元,以后会根据陪护水平和质量有所增加。专业护士优先。

这则广告让我有点心动。

我觉得这个机会值得抓住。4500元工资加上管吃管住,就相当于6000多元。能有这份收入,既可以更好地接济自己的男朋友完成学业,也可以给老家的爹娘一些帮助,让弟弟、妹妹安心读书。于是我就在网上与招聘方联系了。

在去与招聘方见面的路上,我还有些担心。当时主要是担心三件事:头一件,需要陪护的老人是不是生活不能自理,这一点招聘方在网上没有说明;如果是,那劳动强度将会很大,我的身体能不能顶得住?二一件,这种脱离家政服务公司的私自招聘,没人担保,雇用方会不会拖欠工钱?三一件,我一个姑娘住在男方家里,他家的男性成员会不会骚扰、欺负我?与招聘方见面之后,我的三个担心就都没有了。

原来,这一家就只有父亲、女儿和女婿三个人。与我见面的是女儿,三十来岁的样子,名叫萧馨馨。我称她为姐。馨馨姐说,她父亲到目前为止除了血压、血脂、血糖有些高加上患有痔疮之外,还没有发现什么大病。每天的生活很规律、很正常,但三高是可能出危险的,加上他今年73岁,是一个需要特别提防的年龄,因此他需要一个全天陪护员;她和丈夫有钱,可以负担起这笔费用;她会在每月的28号准时给我发工资;她母亲已去世三年,平时她和丈夫上班之后家里只有他父亲一人居住,中午她和丈夫不回来,需要有人为他父亲做饭。我问她家里有几间房子,她说有三室两厅,一百三十多平米,我可以拥有自己的房间。

我觉得条件的确不错,我可以接受。

于是便和她痛快地签了合同。我也是那时才知道,北京已有了家庭陪护人员与雇主所签的制式合同样本,有钱的人家为老人请陪护员已很普遍。

见面的第二天是个星期六,我依约提着简单的行李去了萧家。进了家门一看便知道,这是一个生活水平不错,也有点文化品位的家庭:洁白的墙面,木质的地板,很好看的皮面沙发和很大的电视,漆成深红颜色的家具,墙上挂着书画作品。馨馨姐领我进了一间卧室,说:你就住在这一间。我刚把行李放下,就听见一个男人穿着拖鞋的脚步声响到了门口,我还没来得及转身,便传来一句冷厉而粗哑的问话:这是要干什么?

爸,这是我给你找的陪护员,叫钟笑漾,学过护理,还是个大专生哩。

我立马知道这就是我日后要陪护的萧成杉先生,于是急忙回身向那个中等身材、略胖、头发染得乌黑的老人鞠了一躬说:大伯,你好!

我不老,不需要陪护!你快让她走!

我当时有点尴尬。看来,馨馨姐预先没跟她爸爸商量好。她是独自做的主。

你看看我!那萧先生伸出双臂,"嗖"一下在原处旋转了360度,尔后利索地停住脚问我:我老了?

他的身子的确非常灵活,模样看上去比我们村里那些73岁的人要年轻许多。

爸,你来!馨馨姐这时没容我说话,走过去搀起她爸的一只胳膊,将他拉进了另一个房间。父女俩在那个屋子关着门说了挺长时间的话,大部分我都没有听清。当然我也没有刻意去听,尽管是刚开始做陪护,我也知道不能偷听主家谈话。听清的只有两句,一句是馨馨姐提高了声音说的:我俩都在东四环外上班,离你这样远,你万一身体出了问题,我就是开车不堵也来不及,何况我们还经常出差……另一句是萧先生提高了声音说的:你们上你们的班、出你们的差,我还没老,我啥都能干。有这4500元,还不如给我去痛痛快快喝几场酒哩……但显然馨馨姐最终说服了她爸。过了一阵,她笑意盈盈地过来悄声对我说:好了,事情搞定!他主要是不认老,总觉得自己还年轻。他忘了民间有句俗话,"七十三八十四,阎王不叫自己去",哎哎,我不该这样说,打嘴打嘴……

馨馨姐给我说了他爸的作息习惯和饮食特点,告知了她爸常吃的降压降脂降糖药,常用的痔疮药和血压计、血糖计,常穿的各类内衣和外衣,还在地图上标明了附近医院、超市、农贸市场和百货商场的位置,厨房也给我介绍了一番,在电脑上让我看了他爸经常散步和打拳的公园,也就是我们现在所在的这个万寿公园,给我写明了她上班的地址、固定电话和手机号码……馨馨姐还特别交代说他爸过去酷爱喝白酒,而医生根据他的身体状况已要求他完全戒酒,最多每天可喝一杯干红,因此绝不能给他买白酒,发现他自己买酒后要坚决没收掉；即使他生气也不要理会，等待她回来处理。馨馨姐那天最后说：笑漾，从今天起，我和你姐夫除了双休日在家，其他日子都是一大早就起床去上班了，我等于是把这个家交给你了，我希望你能不辜负我对你的这份信任！当然，咱们丑话说到前头，你如果不尽职或做了与你的陪护员兼保姆身份不相符的事，可别怪我不客气！我有你的身份证复印件，必要时，我会直接找到你的家里追责！我可以明确地告诉你，我的父亲是退休法官，我的先生是律师，我个人在学建筑和园林设计的同时也自修过法律，我可不希望我们的关系走到需要动用法律的那一步。我记得我当时心里有点儿不舒服：你们城里人，对人防范意识真强。连我们都知道"疑人不用，用人不疑"的道理。但我需要这份工作，嘴上就不能逞强，于是笑笑回道：放心吧馨馨姐！我虽然学历没你高，见识没你多，但知道做人该咋做，日久你会知道我是啥人的！

当天下午，馨馨姐说她丈夫去山西大同办一个案子，她自己有一个项目的设计需要加班，就又赶去上班了。临走前她又不好意思地对我小声交代，说她爸的痔疮比较厉害，常会出血；如果在卫生间的厕纸篓里发现带了血的手纸，记住督促她爸换内裤。我点头，觉得她这个做女儿的特有孝心，想得很细，比我强。大概因为有母亲，我很少去关心父亲的身体。

从这天下午起，我开始尽我的职责。

最初与萧成杉先生相处很不愉快。他很可能是觉得他女儿为请我花4500元钱太冤枉，所以对我说话很不客气。他还怀疑我的护理技能。我给他量完血压，告诉他数值后，他皱着眉头问：对吗？你过去量过血压？我给他测过血糖后，他不相信地反问：测得准吗？我把他要吃的药配好递给他时，他问：不会弄错吧？吃错了药那可是不得了的！我给他手上的一处擦伤抹药膏时，他警惕地问：

天黑得很慢 39

咋这样疼？是不是上错药了？弄得我哭笑不得,只好苦笑着答道:这些都是学护理的人常干的事情,不会错的！我是护理专科毕业生,不是一个啥都不会的乡村姑娘,你只管把心放到肚子里！但当我要给他塞痔疮栓时,他急忙摆手拒绝:别,别,我自己来……

　　他还对我充满戒心。我给他整理卧室卫生,他就站在门口看着,好像害怕我动了他的其他东西;我给他叠放衣服,他就站在衣柜前,好像很担心我拿走了他的衣服;我动手擦拭他的书架和保险柜时,他明确禁止我:保险柜不用擦！我去超市购物回来,他要逐一核对食物的保质期,似乎担心我故意买了变质的东西。

　　这让我有点儿不高兴。

　　他外出散步、锻炼时,按馨馨姐给我的规定和陪护员守则,我是要陪同的。但他不让,说这是多此一举,不让他有自己的活动空间,干涉他的自由。他宣称他现在一天走六十里地是小菜一碟。直到我告诉他,陪他外出是合同要求我做的,不然他女儿就要扣我工钱;而且万一他因血压高出了意外,我是要负责任并做出赔偿的,他这才勉强答应让我远远跟在他身后。我有时靠他近了,他就会瞪我一眼。

　　反正处处都好像我在求着他。

　　他最常去的公园就是我们这个万寿公园。他每天上午要来这儿打一会儿拳,但不是一般人常打的太极拳,而是动作很激烈的用于打斗的一种拳。我不懂拳法,说不出他打的那种拳的名称。后来我才从邻居那里知道,他打的是擒拿格斗拳。他们萧家祖上有人做过皇宫里的侍卫,世代人都懂点武术。他小时候也练过一点徒手打斗的本领,长大后当法警还练过格斗术,是一个不怎么怕别人的人。

　　我没料到他七十多岁还是一个脾气暴躁很好斗的男人。那天我陪他去一家商场买东西,商场大门前的广场上正在举办一场踢踏舞表演,三个姑娘三个小伙跳得很好看,引来了很多围观者。萧伯伯和几个老人,还有我也站住了,大家饶有兴味地看着。这时,忽见一个小伙子领着几个姑娘走到我们身边,朝萧伯伯喊道:几位老先生让让,请这些姑娘上前看看学学!萧伯伯不高兴了,冷声问道:为何要我们让让?那位小伙子没好气地说:这还看不明白吗?这是年轻人跳的舞蹈,你能跳得动吗?萧伯伯又道:依照法律的角度,你无权要求正在看表演的我们让开,跳不动总能看得动吧?那小伙子生气了,叫:嗬,你个老东西还逞起能来了?给你脸不要脸呀?今天老子还非要叫你让开不可!说着,伸拳就去拨拉萧伯伯。不料萧伯伯突然出拳照那小伙子肩上就来了一下,那小伙子被这一拳打得身子一个趔趄。他恼羞成怒,狠命举起双拳朝萧伯伯砸过来。我见状惊呼道:救命呀——我担心那小伙会把萧伯伯打倒。萧伯伯的血压高呀,倒地就可能出大问题,没想到扑到萧伯伯面前的小伙子又被萧伯伯一掌劈倒在了地上。当那小伙子在地上滚动哀号时,表演停止了。刚才表演踢踏舞的三个小伙一齐朝萧伯伯围过来,做出了要群殴萧伯伯的架势,原来他们是一伙的。幸亏近处的两个警察听见我的喊声跑过来,要不那天肯定会出大事。后来,我拉着萧伯伯往回走,抱怨他不该去惹那些年轻人时,他怒气未消地说:我就恨这种歧视行为,好像年纪大一点儿,做什么都不对了,连看看跳舞都不应该了。我这是正当防卫,是他先出拳的,我不负法律责任……

这件事过去没多久,有天我陪他来这万寿公园散步时,他又与人发生了争执,最后竟再次发展到了动手的地步。你们都知道,这万寿公园的东门进门后有十几级台阶,台阶不宽,只能容两个人并肩而上。那天的那个时辰进园的游客本就很多,又加上当时公园里有器乐合奏,人们争着想去观看,上台阶时就显得有些挤了。萧伯伯要上台阶时,一个小伙子指着他向旁边的人大声叫道:大家让一让,请这位老人先上去!这本来是一句很有礼貌的话,不料萧伯伯听了竟很生气,怒冲冲地瞪了那小伙子一眼:谁老了?那小伙子被顶得一愣,笑着反问:怎么?老先生还想冒充年轻人?这原本是一句玩笑话,不想萧伯竟更加愤怒,吼了一句:你小子嘴干净点!什么冒充?冒充是法律用语,你敢乱用?他的这种反常反应不仅令我意外,让当时正上台阶的人们都愣住了。那个好心的小伙子这时也恼了,嘟囔了一句:真是个不识抬举的老怪物!说罢,转身就想上台阶先走。说时迟那时快,只见萧伯伯猛步上前,一把抓住那小伙子的脖领子,冲他叫道:你敢骂我?那小伙子肯定也被气坏了,冲萧伯伯怒道:我就骂你了你能怎么着?你个不懂好歹的老怪物!边说边用手戳了萧伯伯一下。嚄,萧伯伯这下火了,只见他突然抡拳向那小伙子打去,竟将他一下子打倒在了地上。那人显然没料到萧伯伯会真动手打他,愤怒之极,爬起来就向萧伯伯一头撞来,一下子把萧伯伯撞倒在了地上,而且迅即骑到了萧伯伯身上,抡拳就要打。幸亏几个男人上前拉住了那小伙子,将他扯走了。照说我该上前谴责那个小伙子,甚至可以报警,但我什么也没做,我只是不言不语地上前扶起了他。说实话,我这次在内心里是站在那小伙子一边的,我认为小伙子完全是好心好意,我想不通萧伯伯为何要做这种有违常理的反应,把事情搞到了如此糟糕的地步。还好,萧伯伯那天没有摔伤。我把他扶起来,他气哼哼地返身出了公园大门,不锻炼了。

他的不讲道理令我感到奇怪与不解。

当天晚上,他完全消了气,我给他服药时忍不住轻声问他:上午在公园门口为何要那样激烈?那小伙子一开始并无坏心呀?他停了一霎,答道:我最恨别人说我老,那小子犯了我的忌,你说我哪里老了?就因为脸上的这点皱纹?我的皱纹并不多呀!再说了,我也没有超出正当防卫的规矩。我当时听了有点哭笑不得:天呀,都73岁了,还这样怕人说他老?

我这才明白他有次上台阶我上前搀扶时,他一下子甩开我的手的原因。他不想让别人把他看成一个老人。

我有点明白他的心理了。

我注意到他在努力消除自己身上"老"的痕迹。能看出他对头发变白很苦恼,他不断地把白发染黑,染得很勤,差不多十二三天就要染一次。我曾好意地对他说:染发剂里一般都含铅,即使不含铅也含胺,染得太勤对身体肯定会有副作用,但他不加理会。我说到第四次时他不高兴地白了我一眼,气汹汹地训我:知道了知道了,你年纪不大倒这样喜欢啰嗦!就你懂科学?

渐渐地,他的眉毛也白了。为了把眉毛变黑,我注意到他拿一把废弃的牙刷,蘸些染发剂往那些白眉毛上涂,涂完了再去反复地洗。我很担心染发剂透过眼皮渗进眼里伤害他的眼球,可我不敢提醒,怕他再生气。

到后来,他后脖颈的汗毛也变白了,能看出他对此非常气恼,拿一把电动刮胡刀对着镜子反复刮。脖子正后边的白汗毛他看不见,只得让我帮忙。看着他恶狠狠地整治身上那些变白的毛发,我只能在心里暗笑:何必呢?!

除此之外,我很快又领教了他的另一个毛病:馋酒。馨馨姐当初交代说决不能给她爸买白酒,要严禁她爸喝白酒,我还没有太在意。有一天,我陪他走过一个小餐馆门前,见服务员正向一辆垃圾车上装垃圾,其中有个二锅头玻璃酒瓶掉下来滚到了地上,酒瓶里还剩有半两酒的样子。服务员正要低头去捡,不妨萧伯伯已很麻利地弯腰捡起了那个酒瓶,而且很快打开瓶盖闻了闻说:这里边还有酒嘛,扔了不是可惜?那服务员笑道:客人喝剩下的,谁还稀罕?只能扔了。为避免浪费,我喝了它!话音未落,萧伯伯果真仰脖就把瓶里的那点剩酒喝了。这可惊住了我,天呀,这太丢人现眼了!

天黑得很慢 43

一个退休的法官竟然在街头喝了小餐馆要扔的一点剩酒？这要让人们传开那还得了？我急忙拉起他的手臂快步走开了。边走边想起馨馨姐的交代，才知道他是真的馋酒。走出半条街之后我方瞪住他，有点生气地说：你的身体状况决定了你不能喝白酒，你知道吗？何况是这种别人喝剩下的劣质酒？他挺尴尬，也很不高兴，讪讪地头前走了。从这之后，我才晓得他馋酒的程度，才对限制他喝酒的事重视了起来，连买炒菜的料酒也小心保存在有锁的厨柜里。

有一天早上，我去给他量血压时，忽然闻到了一股很浓的酒味，心里有些奇怪，大清早的，酒味是从哪里来的？仔细一闻，原来是由他嘴里出来的，我立时问：你喝酒了？他先是急忙摇头，见我搜起来，才慌忙去被子底下摸出了一瓶酒，低声说：这是我昨天自己买的，你不能拿走！我很生气地叫：你本来就不能喝酒，更不该在早上喝酒。早酒晚茶，是高龄人的大忌，你不懂吗？我这一叫，被馨馨姐听见了，她跑进来，不由分说就从她爸手上夺走了酒瓶。萧伯伯很不高兴，生气地瞪我一眼低声道：就你这个人多事！又没有花你的钱，你就不能装着没看见？拿钱不多，管事不少呀？！

我假装没有听见就出了门，未理会他。随着朝夕相处，他对我的态度已有所转变，大概心里也知道我是真心为他好。

他唯一对我满意的是我的做饭本领，他老家是陕西渭南，习惯吃面食，尤其喜欢吃面条，这一点与我们南阳人的饮食习惯很近似。我从小跟娘学会了擀面条，手擀面擀得特别筋道，不管是做炝锅面还是做打卤面，都好吃。他吃了一顿我手擀的炝锅面之后，第一次对我点点头夸了一句：嗯，这个面嘛，你做得还算可以……

萧伯伯的作息比较规律，每天上午吃了早饭，通常要先在书桌前坐两个小时，有时是读有时是写，之后再出去散步打拳。我觉得像他这样的年纪，这种安排不太合适，于是就向他建议：萧伯伯，你饭后先小坐20分钟,之后出去散步、锻炼,然后再回来伏案读写。未料他一听,很不高兴地拉下了脸道:我的事你别管这么细!你知道我在干什么?我在准备写书哩!我在职时是一名法官。退休后我要成为一名法学家,法学家你懂吗?当法学家首先得有著作,我起码要写三本书,才有可能被世人称为法学家,你明白?!估计你也听不明白!我的时间宝贵,你懂吗?

为何一定要当法学家?我确实不懂这个。

呵呵,他笑了,说:需要给你普及的东西太多,给你说简单的吧,法官这个职务随着我的退休很快就被收走了,而法学家这个头衔将伴随我的终生;甚至我死后,成为法学家的我,名字还会被人们长久地记住。

我点头表示明白:当法学家能被人们长久地记住名字。

这是人生价值的证明。他进一步向我解释。

我问他想写哪三本书,他顿时兴奋起来,一反平日严肃的样子,挥舞着手臂说:我这三本书应该都是法律界的大书,属于原创性的书籍。第一本,书名是《男人犯罪动因考》;第二本,书名是《女人犯罪动因考》;第三本,书名是《人类犯罪史》。每本书大概需要写80—100万字,总数也就是240—300万字。这三本书只要一出版,必会在法学界引起轰动,会出现人人都在议论的热烈场面,我将成为人们谈论的对象,很多跑法律口的新闻记者都可能来采访我。

写三百万字大概需要多少时间?我问他。

最多十五年吧,实在不行就延长至二十年。

我的天!这样长的时间?

这是一个计划和规划,真正实行起来,未必需要这么多的时间。

不当法学家不行?我追问他。

人总得有一个奋斗目标！怎么,你不相信我能实现这个目标？告诉你,我这一生,自己制定的每个目标,基本上都实现了！法警,当了;大学,读了;法官,干上了;漂亮的妻子,娶了;美丽的女儿,有了！

哦！我看定他,为他有这样充分的自信和坚定的决心而惊异。

我俩那天正一反往常地说得热闹,馨馨姐的丈夫常生哥由外边回来了。每天他回家,都会直奔卧室,很少多说话。不过那天他很快就出来了,问萧伯伯:爸,我那本《刑法案例大全》你是不是又拿去了？我马上要用！

萧伯伯脸色一冷,答道:我昨天拿过来看看,这不,在这儿,你需要就拿去。萧伯伯不太高兴地把一本书推到他的书桌角上。常生哥过来将书拿走了,我看见萧伯伯朝他的背影不满地撇了一下嘴角。

其实,我来萧家不久就看出了问题:萧伯伯对馨馨姐的丈夫常生不满意,岳父与女婿之间有芥蒂。我能感觉到,两人之间的矛盾还不是很轻微的那一种。常生只要在家吃饭,萧伯伯在饭桌上准定一声不吭;而只要常生没在家吃饭,萧伯伯在饭桌上就会与女儿谈笑风生。常生在家时,萧伯伯只要听见常生对某一件事发表意见,准会咧一下嘴角表示不屑,但他不反驳。他每次看见常生进屋,还都会不自主地皱一下眉头。他们两个人之间很少说话,常生也很少叫萧伯伯"爸爸"。当为某一件事不得不征求对方意见时,他俩大都是通过馨馨姐来传话。他们两个人绝少同处一室,目光也很少对接。

常生哥其实长得挺帅,个子在一米八零左右,经常穿西服,看上去气质也好,很有律师的派头,是那种很惹姑娘们注目的男人。我能感觉到馨馨姐对常生爱得热烈,每天常生哥上班走时,馨馨姐都要扑过去吻一下他;她每天下班回来,问的第一句话就是:你常生哥到家了没？只要常生哥在家,馨馨姐就高兴;他只要一不在家,馨馨姐就显得有点失落。

我不知这对翁婿因为什么事把关系搞僵了。我看出馨馨姐既爱爸爸也爱丈夫,却无法调和两个人之间的矛盾,她为此很苦恼。

一天晚上将近九点时,萧伯伯回了他的卧室,我和馨馨姐、常生哥三个人在客厅看电视。馨馨姐想看一部电视剧,常生哥想看一部有关"海峡两岸"的专题片,两个人互不相让,但是属于年轻夫妻间的那种笑闹,馨馨姐带着明显的撒娇的样子。我笑着看他俩抢,最后是常生哥夺过了遥控器,打开了他想看的节目;馨馨姐假装不高兴,就数落常生哥霸道。这本来是少妇对丈夫的嗔怪之为,未料萧伯伯突然打开他的卧室门,对常生哥呵斥道:常生,你就不能让让馨馨？她是不是你的妻子？!

这话一出,常生立时拉下脸扔下遥控器回了卧室。馨馨姐先是一怔,随后朝萧伯伯叫:爸,我们的事你少管一点儿好不好？!

有天早饭后,常生对馨馨姐说:小馨,我今天要去看守所与一个犯罪嫌疑人见面,时间很紧,就不开车送你上班了,你自己坐公交车走好吗？馨馨姐很爽快地应道:好呀,你先走吧。不想萧伯伯这时突然插嘴道:先把馨馨送到上班的地方再去见嫌疑人不行呀？会见嫌疑人有那么急吗？让馨馨去挤公交车你就那么放心？!他这话一讲,常生哥的脸上就有些挂不住,好在馨馨姐急忙打圆场说:爸你放心,我坐公交车上班没问题呀,常生有事,让他快开车走吧。说完,忙把丈夫推出了门。

有天下午下班时,馨馨姐所在的建筑设计院给她分了一袋大米和一桶花生油,她打车拉到了楼下,打电话叫我下去帮她拿。东西拿上来让萧伯伯看见了,萧伯伯见馨馨姐提着一桶花生油气喘吁吁的样子,心疼地问:常生哩,怎么不叫他开车去拉回来？馨馨姐答:他晚上有个饭局,回不来,我便自己打车带回来了。萧伯伯

天黑得很慢   47

脸就阴得很重。那晚常生在外参加完饭局回来刚一进门,萧伯伯就冷冷地开口:常生你只管自己吃喝,根本就不知道心疼馨馨,让她提那么重的东西回来!一句话说得常生满脸愕然和不快,馨馨姐闻言忙跑出来说:爸,我拿那点儿东西不累,再说常生参加今晚的饭局也是为了工作。说完就把常生拉进了他们的卧室。

我知道萧伯伯心疼自己的女儿,但我觉得他的做法有些欠妥。什么事都护着女儿,这会令女婿不高兴的。有天我陪他来万寿公园散步时,轻声说:萧伯伯,按说对你们的家事,我不该胡乱插嘴,但俺们河南乡下有一个规矩,我想给你说说,不知你愿不愿听听。他问:啥规矩?我说,在俺们那儿,当岳父岳母的,心疼女儿的最好办法是心疼女婿。岳父岳母对女婿好了,女婿自然会对他们的女儿好。他听罢"哼"了一声,显然明白了我的话意,但他随后说:对这个常生,我就是看不惯,对人虚头巴脑的,把馨馨哄得团团转。我不放心他!

我没有再接口,再接下去就会涉及对人的具体评价,以我一个陪护员的身份,说多了不好。到了下一个双休日,我在厨房包饺子时馨馨姐过来帮忙,我轻声对馨馨姐说:你得劝劝你爸,让他对常生哥好些,要不然,他俩的关系会越来越僵,你夹在中间也难受。馨馨姐闻言叹口气道:唉,我爸对常生不待见,有三个原因。第一个是常生当初追我时,为了让我们家同意这门亲事,说他家住在徐州市,结果我爸一了解,他家住在离徐州市几十公里的镇子上,只是属于徐州市管,根本不是正经的徐州市民。我爸认为他这是说了假话,对人不真诚。第二个,我接受他做男朋友但没结婚那阵子,打了两次胎,我爸知道后非常生气;我俩结婚之后两个月,我又怀上了孩子,可他因为担心我们同房时他喝了酒,怕影响胎儿健康又让我打了一次胎,我爸就更气恼了,认为这会损伤我的身体,是他责任心不强的表现。第三个,他不听我爸的劝告,执意当了一个贪官的辩护律师。那贪官的名声很臭,尽管他在法庭上为那位贪官辩得很到位,可最后仍被判了重刑,我爸抱怨他不该为贪官说话。现在他俩基本上是互不买账,让我夹在中间左右为难。他们两个我都很爱,让我批评谁我都无法开口……

我这才有点明白事情的来龙去脉。我当时就想,作为老人,若不主动化解家庭矛盾,最终会让家里出现大问题。

事情的发展果然证实了我的预想。没过多久,常生哥就对萧伯伯公开顶撞了起来,最后决定离家去外边租房居住,坚决不住到家里了。

这件事的起因是馨馨姐的再次怀孕。有天早晨,馨馨姐起床洗漱时,突然干呕起来。一开始她以为是胃不舒服,可刚吃完饭,她就又把吃下去的饭吐了。这时萧伯伯提醒说:你去医院看看,弄清是不是胃出了毛病。饭后常生哥就开车带馨馨姐去了医院,检查的结果是馨馨姐怀孕了。这消息让他们一家三口,包括我都很高兴,以馨馨姐这年纪,是该怀孕生孩子了。

但谁也没想到,仅仅两个多月后,馨馨姐竟又流产了。流产是在一天夜里,大概十二点左右,我忽然被馨馨姐的哭叫声惊醒,闻声跑进客厅,见萧伯伯也穿着睡衣站在客厅里。我们都紧张地看着馨馨姐和常生哥的卧室门,不知发生了什么事。很快,就见常生哥抱着脸色煞白的馨馨姐由卧室里出来,急步向门口走,匆匆地说了一句:流产了。萧伯伯示意我跟上去。我于是陪他们夫妇一起下楼,开车向医院里赶。

还好,只是流产。当晚在医院里做了处置,观察了几个小时,天亮后就回到了家。到家一看萧伯伯的脸色,我就知道这事没完。

果然,当天吃晚饭的时候,我刚把饭菜摆上桌,常生哥才坐到饭桌前,萧伯伯忽然怒冲冲地开了腔:常生,你是不是想把我的宝贝女儿生生折磨死?!拿了筷子正要吃饭的常生哥先是一愣,然后起身无言地走了。馨馨姐当时正靠在床头吃我端给她的饭。我见状急忙劝萧伯伯:先吃饭先吃饭。

但萧伯伯显然已怒不可遏了,把手中的筷子"啪"地往饭桌上一拍,继续说道:有哪个男人会让自己的女人一而再再而三地流产?你看着她流血你就一点儿也不心疼吗?你还有没有同情心、恻隐之心了?!

馨馨姐听了在卧室里带了哭声叫:爸,这事你不能怪常生呀!你别管这事!

萧伯伯对女儿的反驳更加生气,大声叫道:不怨他还能去怨谁?

常生哥这时可能也是气坏了,从卧室里几步走出来反问萧伯伯:我想让馨馨流产吗?我也是天天盼她生孩子呀!你怎能把这事怪到我的头上?

我不怪你我怪谁?馨馨她妈走了,这个世界上只有我和她十指连心,我把她捧到手心里还怕摔了;可你倒好,你根本就不爱惜她,她都怀孕了你还敢折腾她?!萧伯伯此时站起来指着常生。

常生面露惊讶之色,反问道:你怎么知道我折腾她了?我怎么折腾她了?

萧伯伯连嘴唇也哆嗦起来了,叫道:你既然逼我说,她妈妈又不在了,那我就只好把有些话说出来。这次你要是不跟她做爱,她怎么能流产?

这话不仅让常生哥的脸青了,连我也觉得不好意思了。只听常生哥吼了一句:你胡说!你不能因为是爸爸就顺嘴瞎扯!吼完,转身进了卧室,拿上自己的外衣就出来摔门走了。

馨馨姐这时在卧室里哽咽着叫:爸爸,你能不能不管我们的事呀……

好好的一顿晚饭,因萧伯伯发脾气,吃不成了。而且萧伯伯因为生气,血压升高,手摸着前额直叫头疼。这可把我吓坏了,我急忙扶他去床上躺下,频频按压他的曲泽穴和三阴交穴。

我原以为常生哥生气之后出去找个地方消消气,半夜过后会回来的,没想到他不仅当晚没回来,第二天第三天也都没回来。第四天早上,馨馨姐让我帮她收拾常生哥的衣服和日用品,她说要给他送去。我这才知道常生哥已在东四环与东五环之间租了一套两室一厅的房子,决心不再回来住了。馨馨姐边收拾东西边掉泪说:这两个人脾气都犟,我真是没有办法调和了……

看着馨馨姐提着常生哥的衣箱下楼,我对萧伯伯低声说:常生哥不回来住了,馨馨姐去给他送点衣服。萧伯伯余怒未消地叫:他姓常的有本事,就永远别回来住!反正这是我的房子,没有他,我住着心里还更舒畅!我试着劝他:他们都已经是成年人了,您最好别管他们的私生活。不想萧伯伯对我瞪起了眼:一家人在一起过日子,就是一家人的生活,哪还分什么私生活公生活?我就这一个宝贝女儿;我四十多岁了才有她;我含到嘴里都怕她化了;我怎么能容许姓常的来伤害她?她妈妈已经走了,她的事我不管谁还会来管?你说说谁会来管?!

我听他这一连串的"我",见他气得手和嘴唇都哆嗦起来,不敢再说下去,怕他的血压再升高引起心脏不适。

为了让他的情绪好转,停了一阵后我挑他感兴趣的话题问他:萧伯伯,你的第一本书开始写了吗?他一听我问这个,脸上的阴云才慢慢开始消散,答道:资料都准备得差不多了。我从我原来工作的法院找来很多男性犯罪案例,反复分析后发现,男人犯罪的动因,主要有三个。第一,是欲望失控。性欲失控,通常会犯强奸罪;物欲失控,通常会犯贪污罪;权欲失控,通常会犯行贿罪。第二是心理失衡。给医生送了红包病又没治好,男人心理失去平衡,会去攻击医生;房屋被拆却没得到公平补偿,男人心理失去平衡,会去报复;看见别人一掷千金而自己连饭都吃不饱,男人会犯盗窃罪和毁坏他人财产与公共财产罪。第三是尊严被毁。男人视尊严为立身之本,一旦尊严被毁,就可能导致男人犯罪,会使毁坏其尊严者成为攻击的对象,毁其尊严者若为个人,被毁尊严者可能诬陷他殴打他,严重者甚至杀了他;毁其尊严者若为单位、团体、政府,被毁尊严者可能以更恐怖的行动来报复⋯⋯

这么一聊一岔开,萧伯伯的情绪才渐渐好转了过来。

常生哥搬出去另租房子之后,馨馨姐一个人又在家住了一周。一周后的一天早晨,馨馨姐先把我叫到她的卧室里,轻声说:笑漾,你常生哥不回来住,他又不会做饭,在那边老凑合着吃快餐不行,时间久了会把胃搞坏的。这样吧,我从今天起也搬到他那边住,我们和我爸分开住也好,免得我爸与常生总吵嘴生气。这边家里的所有事情我就都交给你来处理,一定要照顾好我爸。我会不定期回来看你们,你的工资我会按时打给你。

我还能说什么,只能点头应道:好,好,姐你放心。

馨馨姐给我交代完,又到客厅里对萧伯伯说:爸,我想了想,既然常生租好了房子,我就也去那边住吧,这样也免得你们在一起不愉快。你这边有笑漾照料,我只要得空就会回来看你。你多保重身体,有事随时打我的手机!

萧伯伯显然没想到馨馨姐也要搬出去住,愣了愣,不过随后他挥挥手说:你去吧,记住再请两天假,把身子养好。我记得你妈在世时说过,女人小产也要当正常生孩子来养,不然会落下病根的。

馨馨姐点点头道:爸放心,我会注意的⋯⋯

他们夫妇一走,原先连我加在一起四口人生活的家,一下子变得有些空了。萧伯伯望着猛一下变空了的房子说:好,既然你们弄散了这个家,老子就组建一个新家!我还不信,老子就没有家了!

当时,我没有听懂萧伯伯这句话,以为他只是发发牢骚。过了一些日子,我才算从他的行为举止上明白了这话的含义。

馨馨姐和常生哥搬出去大概半个月之后,萧伯伯的行动有些神秘起来。接连几天,他都不让我再陪他外出散步锻炼。我拿出陪护员的工作守则强调陪他外出的重要性,他把眼一瞪说:我死不了!你就在家里待着!我见他很生气,话说得不容置辩,就不敢再坚持。但任他单独出去两天后,我又担起心来:他毕竟年岁大了,万一在外边出了啥事,馨馨姐就可能追究我的责任,会扣我的工资。新闻里不断有老人因心脏病发作倒在街头的报道,我不能不小心,于是我就给馨馨姐打电话,报告了这件事情。馨馨姐听罢,也怕他父亲外出期间身体出事,毕竟是血脂、血糖、血压都挺高的老人,便说:这样吧,逢他外出,你就悄悄跟在他身后,不遇见意外情况你不要现身,免得他再不高兴。

我只好答应照此办理。

有了馨馨姐这话,只要萧伯伯外出,我就跟电影上玩跟踪的间谍一样,紧跟在他身后不远处,当然,不能让他发现。这样跟踪了几天,我有一个意外的发现,就是发现萧伯伯总去的地方是婚姻介绍所。不是这个介绍所,就是那个介绍所,而且在那些介绍所里待的时间很长。我这才有点儿明白:萧伯伯这是想要再找一个老伴,再婚。回想起他说的"再组建新家"的话,我知道他这是想向常生哥表明:你走吧,你没有什么了不起,你吓不住我,大不了我再建起一个新家!

萧伯伯那段时间先后去了六七家婚介所,既像是在比较哪一个婚介所可信度最高,也像是在寻找合意的对象。他最终可能是在"年大缘深"这个婚介所里找到了合意的人,在里边待的时间越来越长。他在"年大缘深"停留时,我就在街对面的一家百货商场里一边闲逛,一边隔着玻璃窗观察着婚介所门口的动静,只要没有发现人们惊慌跑动表明内里出了意外情况,我就一直待在这边。唉,当个陪护员其实也不容易。说是只照顾生活起居,可毕竟是与人相处啊,七情六欲,复杂关系,什么兼顾不到都容易出问题。

这样的状况持续了十几天,萧伯伯就不再出门了,而是频繁地在家里用座机打电话。我估计,萧伯伯这是已经同中意的女子建立起了电话联系,在进一步了解详细情况了。他不出门,我陪护的难度大大减小。我在家里可以边听他打电话边为我的恋人吕一伟织毛衣。电话虽然听得断断续续,但我基本分得清,与他交谈的是三个女人:一个是离过婚的,两个是丧偶的。这表明,他还处在大撒网阶段,还没有明确确定婚姻对象。

又过了些日子,他好像是做出了最后的选择,只与一个女人在电话上长谈,另两个女人渐渐退出了他的电话交谈圈子。

我弄不清那女人的年龄,更不知道那女人的长相,根据萧伯伯与对方电话交谈的口气判断,那女人应该比他年轻。处事、说话一向比较强势的他,在与那女人通话时,显得有些小心翼翼,语气甚至有点巴结讨好的意味。我据此估计,对方的条件可能比较好,他很满意,他需要博取对方的好感,他是追求者。

他打电话时的声音常会不自觉地提得很高,似乎也没打算不让我听见,所以我通过他在电话上对那女人的自我介绍,倒了解了一些他个人的成长经历:八岁上小学,在小学读书时认识了一位懂武术的体育老师,加上从小的家学,他从此爱上了武术,跟随老师练了拳法、棍术,在乡上比武时曾得过第一名。后来西安一家法院招收法警,他报名之后,凭借所学的武术本领被考官看上,顺利被录取。当上法警之后,某一次法院审讯一名杀人惯犯时,那犯人估计自己会被判死刑,就决心在被押去法庭受审的路上逃走。犯人预先做了周密的准备,自制了打开脚镣和手铐的钥匙,在押解路上悄悄把脚镣和手铐打开了,然后突然袭击押解他的三名法警。萧伯伯就是这三名法警之一,他在突然被对方踢倒之后,翻滚而起,跃身跳下囚车,死追逃入路边树林里的杀人犯。他说他在树林里直追了对方十几公里,最终把几乎累瘫了的犯人砸倒在地,重新用手铐铐死了他,拖回了路边,等待后边的法警赶上来,最后将犯人送进了法庭受审。他说他的名声因此在西安政法界传扬,后来被法院保送到北京政法学院上学,毕业后留在了北京的一家法院工作。在北京工作期间,他先后奉命审讯过多名涉黑官员和黑社会头目,在审讯过程中收到过黑社会成员的威胁,有人还给他寄过子弹、寄过刀子吓唬他,但他全都不加理会,硬是把全案审结,获得了上级的表扬和奖励……

我不知电话那头的女人听了这些介绍是什么感觉,反正我听了觉得他挺牛气,当然,也感到他有点喜欢自夸,知道他的话里含有水分。对此我也能理解,男人想讨得看中的女人欢心,不说点大话是不行的。当初吕一伟想讨我的欢心时,也是这样做的。

打了一段日子的电话之后,那女人可能同意了见面细聊,我就听见他们在约见面的地点。根据馨馨姐关于重大事项要报告的交代,我急忙把听来的新情况向馨馨姐做了报告。馨馨姐已经知道了她爸爸的心思,便苦笑着说:随他的意吧。他要真找到了一个可心的妻子,我的负担也会轻些,反正我们不与他住在一起,有一个再婚妻子照顾他,我也好放心。我妈妈在那边也会宽容他的……

他外出与女方见面那天,我照旧远远跟在后面。他俩见面约在玉渊潭公园的一片树林里,我站在远处观察,只要萧伯伯的身体不出问题,我是不会现身的。因为离得远,那女人的年纪和长相都看不甚清楚,只是模糊看见,女方的体形还不错。

这之后不久,我就听见萧伯伯在电话上邀请那个女人来家做客。但不知何故,对方始终未答应。有一天,我听见他在给婚介所里的工作人员打电话时抱怨:你们给我介绍的这个姓姬的究竟靠不靠谱?已经同她谈了这么久,她始终不给个准信儿,你们该帮我去探探她的口风,行还是不行早点表个态,别总是模棱两可的,让人着急。你们可以明确告诉她,我不会在她这一棵树上吊死的!

我感觉到他有些焦躁了。对方似乎还没有下定决心。电视上说,老人再婚有几大障碍:生活习惯啦,儿女啦,对方的身体状况啦,财产情况啦,等等。他们卡在哪儿,我一时也搞不清楚。

可能是婚介所做了说服、催促与协调工作,几天之后的一个晚上,萧伯伯对我郑重交代:你明天上午去超市多买些水果、蔬菜和鱼,中饭时做三素三荤六个菜外加一个蛋花汤,有一个客人要来咱家,我们要好好接待。我于是明白,萧伯伯中意的那位女士终于要来家里看看了。她的亮相表明喜事离这个家更近了一步。

我遵嘱立马进行精心准备。先是在晚饭后进行了大扫除,搞好了家庭卫生;第二天早饭后即去街上采买了多种好吃的食材;上午十点半钟,我就开始进厨房做菜了。当然没忘记给馨馨姐报告这一重大事件。馨馨姐听完我的报告后笑了,说:那我得回去一趟,看看究竟是个啥样的女人要当我的后妈……

萧伯伯一吃过早饭就去小区的理发店里重新染了头发、刮了胡子,回来后又找出了一套最新的西服穿上,还打上了红领带,脱了拖鞋换了皮鞋,之后便身体笔挺地坐在客厅沙发上看报纸。

一副静候贵客到来的样子。

第一遍门铃响过,萧伯伯正了正领带,示意我去开门。我把门拉开,原来是馨馨姐回来了。萧伯伯显然没想到女儿这时会回来,脸上带了点意外和讪然,看了我一眼,然后开口问:今天又不是双休日,怎么会有时间回来?馨馨姐调皮地一笑:怎么了爸,不欢迎我回来呀?我闻见咱家要改善生活的气味,所以就跑回来解馋了。萧伯伯也笑了,说:你回来得正好,我有一件事正准备给你说哩。

言毕,朝自己的卧室一指,示意馨馨姐到卧室里听他说。我见状就赶忙又回厨房忙碌了。

第二遍门铃再响时,是馨馨姐去开的门。我听见馨馨姐亲切地叫了一声:姬姨,欢迎你来到我们家!我急忙由厨房里跑出来看,只见门口站着的是一位穿着讲究、很有风度气质的六十来岁的老太太,一看就像是知识女性。馨馨姐这时向我介绍说:这是姬姨。又对姬姨介绍我道:这是我爸的陪护员笑漾姑娘。姬姨朝我礼貌性地点了点头。

萧伯伯两腿并拢成立正姿势站在客厅里,像一个受阅的法警。

我注意到,在家里一向很随意的萧伯伯看见这位姬姨进屋之后,神情竟有些慌乱和不自然起来,喝茶时还把茶杯一下子碰到了地上,瓷片碎了一地。我边收拾边猜测着姬姨的身份:是有大学学历的行政官员?是科学院的研究员?是大公司的退休白领?

午餐的时间到了,馨馨姐在饭桌上摆好餐具,让我上菜。

饭吃到一半馨馨姐来到厨房对我低声说明:姬姨叫姬盈玫,曾经是一个师范学院的副教授,今年62岁,丈夫也已去世,育有一子。儿子在一所高中教书。

条件不错呀!我夸。

是的,我老爸还算有点眼力,没有让我失望。馨馨姐赞同地点头。

你也满意?我问她。

我满不满意不重要,重要的是我老爸满意。你看他多郑重的样子!他俩要真成了,我们在外边住着也安心,而且你常生哥有意去美国留学读博士。他一旦下定决心走,我就也得过去陪读,倘是有姬姨陪我爸,那可真是一件美事。

哦?你们俩口子都要去美国啊?我第一次听到这个消息。

这你不要担心,不管我们去哪儿,都会继续雇你当我爸的陪护

天黑得很慢

员。经过这一段日子的观察,我对你的工作很满意!馨馨姐拍着我的肩膀说。

那天的午饭吃得不错,我在厨房忙乎着,他们三个人在饭桌上有说有笑,气氛一直很好……

这个中午过去之后,萧伯伯再与姬姨通话时,声音中就免除了过去的那份小心,说话显得随意了不少。我自己揣测,萧伯伯那天与姬姨的见面很成功,姬姨肯定已有新的态度,两个人的关系又向前推进了一步。

几天后的一个上午,到了该拨电话的时候,萧伯伯还在客厅踱步,我有点诧异。未料没过多久,那位姬姨竟敲门来了。我急忙给她泡上茶,然后躲进自己的房间,侧了耳朵去听客厅里的动静。说实话,在那之前,我只知道年轻人会谈恋爱,还从没见过老年人谈婚论嫁。我们村子里的老人,不论男女,若在五十岁之后死了老伴,是根本不会也不敢再去找对象的。倘有谁敢提出这种要求,全村人的唾沫会把他淹死,会被说成是老不正经,是"老淫疯",儿女也会把他们骂得闭上眼睛!

我想听听他们两个独处时会说些什么。

我记得我听见姬姨说的第一句话是:我们不必急着做出决定,再互相了解一段时间,看彼此能不能适应;毕竟,我们背负的人生包袱都已经不轻了,很多方面都已定型,彼此适应起来不会像年轻人那样容易。这话说得很文气,像个副教授,这是我当时的感受。

萧伯伯回说:那是那是,其实这件事主要是我的女儿馨馨起意——

姬姨一听这话不高兴了,问:那就是说你并不是很愿意我们谈下去了?

萧伯伯急忙回道:不,不,不是那意思。我同意你刚才说的,我们已经不年轻,身体都已经有很多毛病——

姬姨拦住萧伯伯的话头说:我的身体没什么大毛病,我很好。前不久我体检时各项指标都很正常!能告诉我你的身体都有哪些毛病吗?

萧伯伯意识到自己说漏嘴了,忙改口道:倒也没什么大毛病,除了一点小痔疮,别的都还好。

姬姨"哦"了一声,说:痔疮倒也不是什么大病,十人九痔,没什么可担心的。我再一次郑重声明,我决定再婚是为了提高生活质量,享受末段人生,我可不想找一个病人来伺候。这一点想必你能理解。

萧伯伯立刻表态:理解理解,完全理解!

姬姨跟着又说:还有一条原则要确立,那就是即使我们晚点儿决定在一起生活,我俩现在拥有的钱财,包括住房,都仍属本人,不带进婚姻中来;因为我们都有自己的儿女,要留给他们。我们婚后拥有的共同财产,只是我俩结婚后领到的退休金。如果我们两个最终同意结婚,这些要写进协议里。

萧伯伯似乎是愣了一下,不过随后答道:行,行,就依你说的……

我当时听他俩的对话,感到很新鲜。我没想到老年人的谈婚论嫁与我们年轻人的是如此不同,他们竟会这样冷静理智地谈条件。我和我的男朋友吕一伟每次见面时,恨不得立刻就抱在一起亲吻,哪有时间来说这些可能会伤感情的话?我的吕一伟有次问我对将来组建家庭怎么想,我明确告诉他:不仅我的身体是你的,我现在拥有的和将来挣来的一切也都是你的……

姬姨这天走后,萧伯伯对我故作淡然地交代:笑漾,我的身体状况,我和你心中有数就行了,没必要让别人知道。我自然明白他话里的"别人"是谁,忙点头答:好的,伯伯放心。我此时心里已明白,萧伯伯对那位姬姨,是真的动了心了;就是俗话说的,是真的喜欢上了。

大约是只隔了一天,姬姨就又来了。看来,两个人见面后感情在很快升温。这次姬姨带了两瓶消毒液来,进屋就交给我说:把卫生间彻底打扫一遍,把马桶擦拭干净后要消毒两遍,要不然我没法用。我听后多少有些不高兴:我是专业护士,当然知道卫生间要打扫干净和消毒,她刚来一次就否定我的工作这有点过分。不过我没有表示出来,而是点点头答道:好的,放心!看在是萧伯伯相中的女人分上,我不生气。

姬姨这次来依然是坐在客厅与萧伯伯谈话,我一边假装在卫生间忙碌一边听着。只听姬姨问:老萧,你记得你父亲的爷爷,你的曾祖父是多大年纪去世的吗?萧伯伯想了一阵,回答道:记不太清了,他死的时候我很小,模糊记得我父亲曾说过,他爷爷是六十多岁去世的。姬姨又问:曾祖母呢?萧伯伯想了更长的时间,答说:好像是五十多岁,得了重病。姬姨叹了一声:唉,曾祖辈寿命不长呀。会不会是基因问题?你爷爷、奶奶是多大年纪去世的?萧伯伯又想了一阵,答:爷爷六十五,奶奶六十八,这两个数字我记得应该是准确的。我和我爷爷、奶奶很亲。姬姨闻言又叹了一句:唉,祖辈年龄也不大呀,这就很可能是基因问题了。你父亲、母亲是多大年纪去世的?这一次萧伯伯答得很快:父亲七十一,母亲七十四,我给他们先后办理的丧事,记得很清,甚至他们咽气的时刻都还记得。父亲是下午的三点四十六分,母亲是夜里的十一点二十一分,嗐,我父亲和母亲一辈子吃的苦太多了……姬姨这次更响地叹了一声:唉,父辈的寿命也不长哩。这样看来,你们家族的基因不好是可以肯定的,你得注意了!

什么意思?萧伯伯似乎对这句警告很在意。

姬姨说道:我俩既然是准备向结婚这个目标走去的,就应该将对方的所有方面都了解清楚。人的基因很重要,家族基因好,其成员生重病、患绝症的几率要小得多,寿命也会长一些。也就是说,人的寿命很大程度上是得自遗传的,从你们家族几代人的寿命长度看,你们的遗传基因不属于优秀的那一类。

哦?萧伯伯像是第一次听说这个,很吃惊的样子。

姬姨又说:我可以很坦白地告诉你,我的曾祖辈、祖辈和父辈的寿命,都在八十五岁以上,所以我们家族的基因很好!

听到这儿我当时心里就"咯噔"了一声,觉得姬姨这样说话欠妥。她话中炫耀的意味太明显就不说了,关键是她这话有可能吓唬住萧伯伯!人老了最怕有心理负担,而她这话岂不是要给萧伯伯心里添堵吗?我的感觉还真没错,那天接下来他俩再聊时,我能听出萧伯伯的心情变糟糕了,答话有点心不在焉。他像是一直在想着他家的基因问题。我感到作为一个陪护人员,有必要减轻他在这个问题上的心理负担。在卫校上学时老师告诉过我们,护理病人不仅是外在的身体的护理,还要注意心理护理,关注陪护对象的心理状况。所以待那天送走姬姨以后,我就赶忙给萧伯伯说:基因只是决定人寿命长度的一个因素,人后天的生活状态和生活环境才是最重要的,我在卫校读书时老师告诉过我们,人的生命长度,四分来自先天遗传,六分来自后天自为,没必要为自己家族的基因问题过于担心……萧伯伯在我的劝说下心情方又慢慢好了起来。他有些自嘲地笑道:刚才听了你姬姨的话,我心里还真有些发毛了呢……

第二天上午刚过八点,姬姨就又敲门来了。看来,两个人上午的见面已经常态化了。我开了门,给姬姨沏了茶,就又回了自己的房间。今天,不爱夸人的萧伯伯破天荒地先称赞了姬姨穿的衣服,说:你这身衣服漂亮!没想到姬姨并不爱听这话,反问道:我昨天的那身衣服就不漂亮吗?萧伯伯被弄得有点尴尬,连忙改口说:你穿的衣服都漂亮！姬姨这才朗声笑道：这话说对了。我们已经进入"最后寻欢阶段"，要把每一天都过好，包括也要把衣服穿好。我每天挑选的都是自己最满意的衣服！萧伯伯跟着问：啥叫"最后寻欢阶段"？姬姨像在课堂讲课那样，一字一顿地答：所谓"最后寻欢阶段"，是一位英国医生在他的著作里为人生划分的一个阶段。这位英国医生认为，人在退休之后的余生，可划分为三个阶段，即最后寻欢阶段、死亡准备阶段和死亡开始阶段。最后寻欢阶段，是指退休之后到两腿还能到户外和外地走动的这段时间，这是末段人生中最辉煌的阶段，也是人生最美的阶段之一。在这个阶段里，外界给人的束缚大大减少，人内心的欲望也大面积收缩，寻找欢乐、享受人生成为人们的主要追求；而死亡准备阶段是在人的行动能力消失之后开始的，这个阶段人的头脑还很清醒，但行动范围已被限制在室内了，这时人就要认真地为死亡做准备了，比如写好并存好遗嘱，交代好遗嘱日后的宣读者和监督执行者，处理一些自己死后可能争议很大、应在生前就处理掉的财产，把一些必须见的人召唤到床前见见，对亲人公布一些原来保守的秘密，向朋友交代一些死后才可解密的事项等等。之后，就是死亡开始阶段了，这是人生的最后阶段，有的费时很短，十几分钟而已；有的耗时很长，几年甚至十多年……我那天听完姬姨的话，很感新鲜，觉得她这个副教授懂得的还真是多。萧伯伯听了姬姨的回答分明很意外，半天才回了一句：看来，你读书真比我多……

  姬姨下一次再来时，我给她沏好茶刚要走，她叫住我：笑漾你也坐下，你是陪护员兼保姆，今天咱们一起谈谈吃饭怎样吃的问题。我有点吃惊，望定萧伯伯，用眼神问他：你俩谈婚论嫁，让我坐这儿算啥？萧伯伯淡淡一笑道：既是你姬姨让你坐，你就坐下吧。我无奈只好坐下，听姬姨去谈吃的问题。

  姬姨说，我首先告诉你，哪些东西适合我们老年人吃，你最好

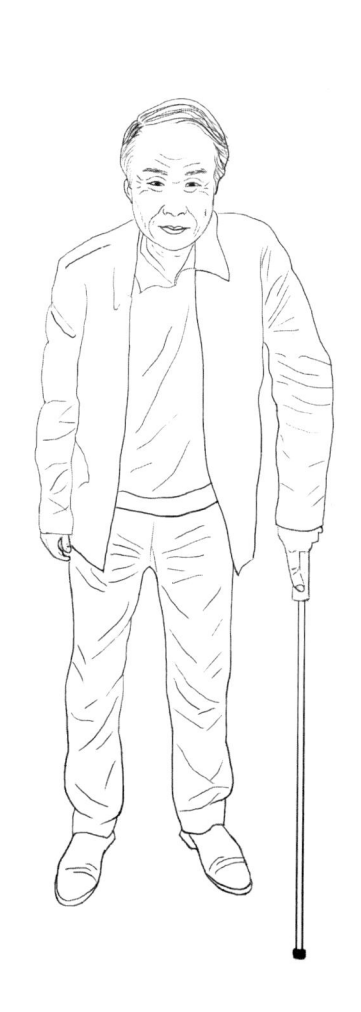

找个本子记一记。第一个是红薯,红薯含8%的膳食纤维,而且大多是可溶性膳食纤维,通便功能很强。李时珍说过,红薯食之使人长寿少疾。我急忙在临时找到的本子上记下了这一条。

第二个是土豆。土豆含碳水化合物高达15%—25%,而且还富含维生素C和钠、钾、铁等,每100克土豆含钾502毫克,对老年人的心脏特别好。我当时边记录边惊叹姬姨的记性好,真不愧是一个副教授。

第三个是大蒜。姬姨说,大蒜是地球上最健康的食物之一,它可以帮助人控制高血压、低血压、高胆固醇和冠心病。她说,它能在你吃下它的2—4个小时里,帮助你的身体对抗自由基,消除人体内天生就有的癌细胞;会在5—6小时内燃烧你体内的脂肪;会在第7个小时杀死人体内的病毒;会在8—10小时内保护人的身体细胞免受氧化;会在11—24小时内深度清洁人的身体,调节胆固醇水平,双向调节血压,清除已进入人体的重金属。

第四个是栗子。栗子能治肾虚,腰腿无力,它通肾益气,厚胃肠……

第五个是洋葱……

她一口气给我说了二十几种适合老年人吃的东西,要求我谨记在心,搭配着购买和烹饪。我一边用笔记录,一边心里想:这位阿姨嫁过来后可是不好伺候,我届时最好的办法是"走",再另找一个需要陪护员的家庭……

此后,姬姨基本上天天来。

有一天下雨了,雨点儿还不小,萧伯伯说:你姬姨今天肯定来不了了,我想打个伞去公园里走走。不想他的话音刚落,姬姨就又敲响了门。姬姨这次冒雨来家,开始和萧伯伯专谈衰老问题。我在自己的房间里听见她呷了一口茶后问萧伯伯:老萧呀,你是怎么看待人的衰老问题的?萧伯伯好像没有思想准备,有点吞吐地答

天黑得很慢 63

道:这事我倒没有多想。萧伯伯回答的是真话,他连自己是老人都不愿承认,哪会去想衰老的问题?

  姬姨于是又开讲了,说:人的衰老,若下个定义,就是指人的机体各器官功能普遍的、逐渐降低的过程。衰老表现在神经系统上,是记忆力和视听力下降;表现在运动系统上,是肌肉萎缩,骨质疏松;表现在消化系统上,是胃肠蠕动减慢;表现在呼吸系统上,是肺活量变小,咳嗽无力;表现在皮肤系统上,是变薄脱毛,少汗发凉;表现在心血管系统,是动脉硬化,供血不足;表现在内分泌系统,是激素减量;表现在泌尿生殖系统,是性欲减退,排便无力;表现在血液系统,是糖脂紊乱。过去人们以为,衰老是人在生命晚期阶段才出现的现象,而事实上,人的衰老从十几岁时就开始了。美国哈佛大学的生物学家洛信博士说,人出生时,脑细胞的数量是140亿个,这些细胞属于不能再分裂的,因而此后不再增加;18岁后,它们开始随年龄增加而逐渐减少;从25岁起,每天约有数万个脑细胞死亡,同时伴随脑重量降低。不同的人,脑细胞死亡的速度也不同,脑细胞死亡最快的,60岁就可能变成痴呆。日本老年病专家太田邦夫认为,男女两性十几岁达到性成熟后,其身上调节人体抗病能力的胸腺激素分泌量减少,衰老此时即已开始。从19岁半开始,女性就开始长出第一条皱纹;20岁以后,人体的肺活量开始缓慢下降,头发出现最早的衰老迹象,新发丝生长的速度慢了;25岁,肌肉力量开始轻微减少;30岁时,皮肤弹性开始降低,细微的皱纹出现;脊椎骨节间彼此距离开始缩小;女性开始由性高峰下坠;40岁开始,衰老开始明显呈现,可见白头发;45岁,杀灭癌细胞的淋巴细胞明显减少;50至55岁,衰老速度变快,男性皱纹显见,女性丧失生育能力;56至60岁,衰老速度加剧,脑细胞机能低下,肌肉组织退化,男性精液量减少;61至71岁,衰老速度相对减缓,身高降低,味觉迟钝,肺活量只有青年期的一半;过了73岁之后,衰老速度会再次加快……

我听到这儿,心里一惊:姬姨说这些干什么?会不会吓住萧伯伯呀?果然,我跟着就听见萧伯伯问:我今年刚好73岁,衰老会怎么再次加快?

只听姬姨答道:你现在是73,还在衰老速度相对减缓的阶段,不必担心;而且有的老年学家研究证明,人在73岁之后若有异性陪伴,其衰老速度也会减缓。

我听到这儿,才稍稍有些放心,才明白姬姨说这话的意思。她是在变着法子告诉萧伯伯,她愿意与他相伴度过晚年。至此,我知道姬姨经过这段时间的接触,对萧伯伯,也算是看上眼、动了心了……

姬姨虽然来得挺勤,也表露了一些心迹,萧伯伯对她也很动心,但不知是不好意思还是有什么别的顾虑,两个人一直没有身体上的亲密接触。他们也就限于在客厅平平静静地说话,亲密的举动根本没有,这倒让我有些替他们着急。现在的年轻人谈恋爱,哪还有这么空谈的?我想这事萧伯伯应该主动。有天晚上姬姨走后,我去给萧伯伯量血压时,没话找话地说:萧伯伯,我看到有本书上说,散步对人的健康很有好处。姬姨以后来时,你可以和她一起出去散散步,边走边聊、心情轻松,也有利于感情快速加深。萧伯伯可能没想到我会给他提建议,有些意外地看我一眼说:谢谢你的好意。只是在这个小区,几乎人人都认识我,我突然领个女人出入,会引起热议的……

说着他严肃的脸上还浮现了一点羞意。

哦,他虽然想组建一个新家,却又害怕别人的议论。

馨馨姐也来电话询问:他们的事情已进展到哪一步了?我笑笑答:还仅限于在客厅论道,更多的时候是姬姨在给萧伯伯讲课。

天黑得很慢　65

馨馨姐在电话里大笑起来,笑完之后说:小漾,给你一个任务,想办法促使他们尽快结婚。你常生哥去美国留学的事已经定下来了,我去陪读的事也已说定。既然我爸想再婚,我想在走前看着他们把婚礼办了,这样,我走时知道有姬姨在陪伴他,心里也踏实。

我承诺我来试试,但完成这个任务的难度挺大,我一时不知从哪里下手。

以我和我男朋友吕一伟相处的经验来看,只要两个人有了亲密的肉体关系,接下来自然要谈到结婚的问题;首要的是给他俩创造发生亲密关系的条件。于是在第二天,我以要整理清扫客厅为由,把他俩谈话的地点换到了萧伯伯的卧室,而且中间我借故出门去买东西,给他们留下了空间和时间。

遗憾的是,当我从外边回来,发现萧伯伯还是穿着他那身板正的西服,静静坐在他的卧室里,听姬姨宣讲各种关于老年的问题。床上的被子还是我早晨整理的模样。

一连多天都是如此。

原来在家里说一不二、动辄发脾气的萧伯伯,此时一下子变成了另外一个人:庄重、肃穆、小心、拘谨。

他每天都必穿深色西服配黑皮鞋,外加颜色鲜艳的领带,而且把皮鞋擦得锃亮锃亮的,一本正经地坐在那里,静等着姬姨过来给他上课。

又是十天过去了。馨馨姐有天晚上回来,把我叫到她原来住的房间悄声问:他们怎么样了,有进展吗?

我知道她问话的意思,就如实答道:两个人每天都在时断时续地谈话,要不就是姬姨讲课,一直务虚。

姬姨就没有留宿一次?

我没想到她会问得这样直接,羞得我自己的脸倒一下子先红了,急忙摇头说:没有,姬姨通常是吃了晚饭就走。

她叹了口气,在我面前急急地走了一圈,说:这样不行,得另想办法!

我问:这事是急着就能办成的吗?

她低声道:我和你常生哥去美国的日子已经定下,我爸和姬姨这样老谈着没结果我能安心走呀?我放不下心呐!

我理解她的焦虑,就出主意说:那就让他们出去旅游吧。书上不是说,旅游有助于爱情加温嘛,而且他们也容易住到一起。

馨馨姐听罢击掌道:嗯,是个好主意,那就让他们出去旅游一趟!可是他俩的年龄都这样大,我爸的血压、血脂、血糖又这样高,万一在外边出点儿事那可怎么办?她沉吟了一霎,又拍了一下手说:有了,笑漾你陪着去,所有的费用我都替你出,就算你替我出一趟差。

我也只能点头答:行,听姐姐的。陪他们去哪里?

她低头想了一阵,自语着:黄山?不行,爬山不适宜他们;青岛?不行,下海也不适宜他们;拉萨?不行,高原也不适宜他们;丽江?不行,飞行时间太长也不适宜他们……

看她皱着眉头苦想的样子,我忍不住建议道:那就去我们南阳吧。南阳是东汉时期的陪都,是那时的全国六大都市之一,名胜古迹挺多,自然风光也好,值得看的地方不少,而且离北京也近,飞机火车都有,也累不着他们。

她闻言满脸是笑,拍了一下我的肩头道:好主意!重要的是你对那儿熟悉,既可以当导游,必要时又可找熟人相帮着照顾他们。那地点就这样定了,剩下的就是我去鼓起他们外出旅游的兴致……

过了两天,馨馨姐打我的手机告诉我,说她爸和姬姨已同意去南阳旅游,她今天就可以订机票,要我抓紧做出游陪护的准备,可以陪她爸去医保定点医院一趟,多开点常用药带上,还特意交代我

天黑得很慢

带点救心丸,以防万一。

我非常高兴。我已经来北京好多日子了,说不想家是不可能的;可为了省钱,我不敢回去,没想到天上掉下来个免费回家的机会,而且是坐飞机回老家,这可是我从来不敢想的。那天伺候萧伯伯吃药时他问我:去你们南阳,要辛苦你陪一趟,乐意吗?我说:当然乐意! 我回问他:去南阳旅游你高兴吗?他笑说了一句:当然高兴呀!有你姬姨陪着,再加上有你这个熟悉当地的导游,肯定能玩得开心!

我笑了,他和我都很称心!

三天后的一个上午,我们出发了。

萧伯伯和姬姨虽然都是见过世面的人,但他们没来过南阳这座小城,所以下了飞机坐上出租车向市区走时,他俩满眼新奇。不停地问这问那,我一一作答。对这座我读了几年书的家乡小城,我是太熟了。街路两边的美丽建筑,白河的源头和河上的大桥,城区的各样雕塑,我如数家珍般地向他们介绍着。到了梅溪宾馆,我按照馨馨姐的预先交代,要了两间一模一样紧挨着的标间。临走前馨馨姐交代我,到楼层时先送她爸进一个房间,然后再去开自己住的那个房间,至于姬姨进哪个房间,我不要过问。我遵嘱办理,姬姨在走廊上见我和萧伯伯都进了房间,分明是犹豫了一霎;我虽没回头,但感觉到她先向我的房门迈了一步,随后才又折身向萧伯伯的房间走去。直到听见他们房间的门关上了,我才转身去关上了我的房门。房门关上后,我舒了一口气,看来馨馨姐的设计是对的。

吃午饭时,我问他们下午是不是先休息,明天再游览。萧伯伯说,由你姬姨决定。姬姨道:反正飞行时间不长,也不累,下午就去城区里的景点看看吧。我于是在饭后就要了辆出租车,拉他们去了卧龙岗上的武侯祠。他们俩对诸葛亮这个人物都很熟,对诸葛亮的十年躬耕隐居地和初建于魏晋时期、后屡有修缮的纪念祠看得很有兴致。我领他们由山门、大拜殿、诸葛茅庐、古柏亭、野云庵、躬耕亭、伴月台、小虹桥、抱膝石、老龙洞、躬耕田、宁远楼、关张殿、三顾堂、读书台一路走下来。两个人边看边谈,很显亲密;外人看去,完全像是一对老年夫妻。我见状更是高兴,忙用手机给馨馨姐发了一条短信报喜:形势大好,不是小好!馨馨姐即回短信说:你若立功,定有奖赏!

晚饭后,我趁姬姨在宾馆院中散步的机会,服侍萧伯伯吃了药,并给他量了血压测了血糖。他的血压和血糖在药物的保护下都很正常,这让我更放心了。今晚,是萧伯伯和姬姨实际的洞房花烛夜,我应该保证萧伯伯健康地走进新房中。我那时虽未结婚,但与我的男朋友早已尝过了禁果,知道了男女第一夜在一起是什么景致,所以我做了周密考虑。这一点,今天也无必要再对诸位隐瞒。

看见他们进入房间之后,我放心地关上了自己的房门,然后开始用房间的电话同家里人联系。南阳是一个地级城市,宾馆打到南阳郊区的电话是不收费的,所以我打起来心里就特别轻松。我告诉我爹我已回到南阳,几天内会找时间回去看望全家。娘一听说我回来了,高兴得在电话里哭了起来;弟弟妹妹也都争着在电话里与我说话,不觉间讲了有半个多小时。讲完电话,我开始洗澡,洗完澡已是十点,我知道萧伯伯平日是九点半上床,十点差不多就睡着了。今晚的情况我不敢去细想,只是暗自笑了一笑,就也上床睡下了。我年轻,本就瞌睡多,加上两天前就准备出行,有点累,很快便入梦了。睡梦中,我被一阵持续的敲门声惊醒,在意识恢复的最初一瞬间,我很惊骇:谁会在这个时辰敲我的房门?难道这一层住了坏人,见我是一个单身女性想对我图谋不轨?又或是公安局半夜查房,想要找出卖淫嫖娼的人?我心怀忐忑地急急穿上外衣,慌慌地走到门后问:谁?要找谁?

是我,笑漾,快开门!是姬姨的声音,我心里的惊慌一下子没了。不过我边去取门链边在心里奇怪:这个时候本该躺在萧伯伯怀里的她怎么会来敲我的门?难道是他们做爱时出了事?门开以后,我看见姬姨穿着外衣一脸不快地站在那儿。我刚要开口问她敲门干啥,她已侧身从我身边进到屋里了,而且径直去掀开另一张床上的被子,开始脱衣服。

怎么了?我关上门急忙走到她床前问,事情的发展的确超出了我此前的想象。

我根本没想到他是这样的生活习惯!姬姨满脸不高兴:连澡都不洗就想上人家的床,脏死了!关键是他一双脚上的味道,就是分开睡也能闻到。

我"哦"了一声,顿时明白了缘由。萧伯伯是北方人,没有养成每天睡前冲澡的习惯。他平日都是觉得身上脏了之后才洗一次澡的。而姬姨是江南人,从小就每天冲澡,今晚乍一见一个男人在同房时不洗澡就上床,吃惊是免不了的。嗐,我应该早提醒一句萧伯伯!千思万虑的,没想到好事会因这样的一个小因由而卡了壳。我当晚懊悔不已,同时也在心里觉得姬姨有点小题大做:她要真对萧伯伯动了感情,搂着他滚到地上亲都是可能的,还会在乎他洗没洗澡?

第二天早晨我过去给萧伯伯量血压时,悄声问他:你昨晚为何不洗澡?萧伯伯一愣,道:我前晚刚洗过澡,昨天上午只坐了一个多小时的飞机,下午只去看了武侯祠,身上没出过一点汗,又不脏,干吗天天洗?我笑了一声,说:你因为没洗澡失去了一个机会,懂吗?萧伯伯分明有些不好意思,脸好像也红了一下,随即叹了一句:这也有点太讲究了吧?

第二天白天我领他们去看西峡恐龙遗迹园,在这个属于白垩纪断陷期的恐龙遗址,两位老人也看得很有兴致。总共8科11属15种的恐龙蛋化石,让他俩赞叹不已。当我带他们沿着展示恐龙蛋化石原始埋藏状态的隧道前行时,两个人不时指着埋藏的蛋化石像孩子一样地发出欢叫。这里出土的恐龙蛋化石数量之大、种类之多、分布之广、保存之好,令他们大为惊奇,两个人都说:谢谢笑漾带我们来看这个世界奇迹!我当时在心里说,带你们来看恐龙蛋可不是我的目的,我的目的是让你们尽快住在一起,进而结婚成家!黄昏时分,看着他俩欢欢喜喜地随我走进宾馆大门,我认为当晚他绝对会住在一起。萧伯伯看来也接受了昨晚的教训,我去给他量血压送睡前要服的药时,他已洗完了澡穿着睡衣坐在床上。我暗暗一笑,做完要做的事后就急忙退了出来。进了我住的房间,见姬姨也拿出换洗衣服准备洗澡,便顺口说道:萧伯伯已经洗完了,姨你去那间洗,把这边的浴房让给我吧。姬姨仿佛是怔了一下,不过她没说什么,拿上衣服就过去了。

我当时心花怒放,急忙给馨馨姐发了一条短信:大功告成!

我在这边关好门开始从容洗澡,洗完澡又洗了两件衣服,心想今晚可要睡个好觉了。万万没想到,刚睡着不久,又被敲门声惊醒了。这次惊醒后我没有再紧张,估计门是姬姨敲的,于是不慌不忙地上前开门。果然,门外站着的是姬姨,她脸上没有表情,门一打开她就进来了,然后照直向她昨晚睡的那张床走去。

怎么了?我只能小心地问。

她一边脱衣服一边答道:放屁。

我一下子蒙了,怀疑自己的耳朵出了问题,怎么会听到这两个字?这两个字即使在乡村的年轻女性中,也很少说出口,于是急忙追问:什么放屁?

她向隔壁努了一下嘴道:屁太多,不停地放,我受不了!

嗨!我当时差点笑出声来,为了这么点事就生气不睡一起了?

天黑得很慢

这哪像谈婚论嫁嘛！这不是和小孩子过家家一样吗？馨馨姐曾给我交代过,说她爸的肠子有点小问题,排气不畅,让我注意平日给他吃点有利于肠蠕动的食物。在北京家里做饭时,我注意了这点;这几天在外边吃饭,没法照顾到这个,可能问题就出在这里了。如果是年轻小伙子,在女朋友面前可能不敢大胆放屁,有屁也就憋回去了,而萧伯伯年纪大了,大概不想委屈自己,有屁就直接放出来,这就使姬姨受不了了。

嘻！姬姨虽是老人的年龄,但在对男人的要求上,却是年轻姑娘的心理。

这可怎么办？这个原因我还不能给萧伯伯直接说,那会伤他的自尊;而不说,姬姨明显不接受他这个毛病。我在那一刻才明白,女人在年轻时一旦动了情,很容易宽容男人的毛病;而到了老年,则特别容易挑剔。

第二天早上我去给萧伯伯送药和测血糖时,以为萧伯伯会很不高兴,会没睡好;没想到他和往常一样,很精神,分明没太受到姬姨夜里撤走的影响。

你姬姨昨晚又为了什么不高兴？萧伯伯反而主动问起了我。我不敢直说,只装着开玩笑地答:是不是你没有主动向人家示爱？

萧伯伯也不再不好意思,叹了一句:我可不敢主动表示,万一她再拒绝我呢,岂不是更难堪嘛！

我不敢详谈下去,匆匆找个理由退了出来。

吃早饭的时候,馨馨姐针对我昨晚的汇报给我回了一条短信:念你有功,特奖长裙一条,回来即可试穿。

我慌忙又回:谎报军情,奖请收回。

馨馨姐好像没有生气,只是平静地给我指示:耐心等待,相机促成。

接下来几天,我按照原来的游览安排,带他俩去邓州看了范仲淹当年办的百花洲书院,去淅川看了蓄水量居亚洲之首、预备向北京调水的丹江口水库,去桐柏看了水帘洞和水帘禅寺。听说范仲淹当年就是在百花洲书院写下了《岳阳楼记》,两位老人很是惊奇;听说北京人将来要喝上丹江口水库的清水,两位老人很是惊喜;听说水帘禅寺是与开封相国寺、洛阳白马寺、登封少林寺并称的中原四大名寺,两位老人很是惊异。但游兴很好的两位老人,在亲密关系上却再无进展,两人还是各住各的。眼见返程时间就要到了,我只有把希望寄托在我回家看爹娘的这一晚了。这一晚我不在现场,他们心里没负担,兴许就会再住在一起了。这天下午我没安排游览项目,预先给他们说好我要回老家看看,晚上就住在家里;他俩也都催我回家,姬姨还坚持要把她的一盒面膜送给我,让我务必给我娘用,说是有极好的除皱作用。我苦笑着道谢,在心里说:我的娘怎可能用这东西?她哪有时间担心脸上的皱纹呀!下午临走前,我把萧伯伯当晚和第二天早晨要吃的药分好包好,递给他时,特别话里有话地交代他:今晚我不在这儿,姬姨那里你要主动过去照顾一下,她夜里好像不愿意一个人睡在一个房间里。萧伯伯肯定听明白了我的话意,不高兴地说:好了好了,你一个小孩子家,别管那么多闲事……

  我晚饭前回到老家,把挣得的钱交给了爹娘一些,还特意骑自行车去了邻村的男朋友吕一伟家,也给他的爹娘送了些钱。接下来就是和爹娘与弟弟、妹妹们聊天,回答他们关于我在北京打工的各种问题。到了晚上十一点钟,约摸萧伯伯和姬姨已经入睡的时刻,我用手机拨通了南阳梅溪宾馆我所住房间的电话,目的是弄清姬姨究竟去没去萧伯伯的房间住。电话响了三声还没人接,我心里很高兴,估计他们是住在一起了;没料到我刚要放下手机,电话又接通了,只听话筒里传出姬姨睡意蒙眬的声音:哪位呀?我没敢作答,只是轻轻将电话挂断了。

馨馨姐在我的帮助下精心策划的南阳之行就此失败,我们只能回京了……

回京后见到馨馨姐时,我满心都是愧疚:这一趟南阳行让她花了那么多钱,而她期待的事情却毫无进展;尤其是在我身上的花费毫无收益,全打了水漂。我详尽地向她汇报了事情的经过,并做了一番自责。馨馨姐听了,笑拍着我肩膀宽慰我:这与你何干?这只能说明他们的感情还没有到沸腾的时候,我们要做的不是检讨,而是想办法去为他们的感情继续添柴加温。馨馨姐还执意要我穿上她为我买的裙子,我推托再三,说我怎好无功受禄,再去要你的奖品?!馨馨姐用手指戳了一下我的脑门,笑道:傻妹子,说奖品只是同你开玩笑,这是我去买衣服时顺便给你买的。你来到我家,帮我照顾老父亲,身份虽是家庭陪护员兼保姆,尽的却是一个女儿的责任,我其实是把你视为了妹妹,我想表示一点心意嘛!我看她说得诚恳,就只好穿上了。穿上的那一刻,我心里生了真正的感动——长这么大,因是长女,家里又穷,只有娘为我操办过衣裳,还从未有外人为我买过衣裙哩。吕一伟虽说过他想为我买衣服的话,可他哪有钱去落实呢?而且我得承认,馨馨姐到底是在首都长大的有文化的人,挑选裙装的眼光不凡。她为我买的裙子不仅合身,关键是时髦而有品位,我穿上后往镜前一站,一下子觉得自己变漂亮了,变得像个真正的城里姑娘了。星期日我穿上去北京航空航天大学见吕一伟时,他目光一下子变直了,好像不认识似的看了我好长时间。我问他怎么了,他坏坏一笑说:好像变得更美了些,变得我想一口吃了你。然后他就不顾校园里人那么多,强把我拉到他怀里亲起来,而且手也不老实了……

萧伯伯回到北京后,我量了他的血压,测了他的血糖,又抽了点静脉血去医院做了一次化验,证明各项指标与他去南阳前没有什么变化。我把情况告知馨馨姐后,她交代我:既然一切都正常,那你就给姬姨打个电话,邀她明天中午来吃饺子,我也参加。

姬姨接到电话后沉默了一霎,然后答:好吧。声音中的热度与过去通电话时好像有一点点差别。

我于是就赶紧做准备。按馨馨姐的意思,是去超市里买那种机器做的速冻水饺,就想那有点不郑重,既是明言请姬姨来吃水饺,就带有修好的意思,吃手工水饺才合道理。我去买了韭菜、猪肉、大葱,自己剁馅自己擀皮,动手包了100个饺子。我想,算上馨馨姐总共四个人,每人25个饺子足够吃了。

姬姨来得有些晚,而且进门时脸上的笑意好像也没有过去多;在客厅与萧伯伯对坐时,说话也不是很主动。我当时心里多少有点儿替萧伯伯着急。

萧伯伯倒还与过去一样,一身西装,很庄重、很热情地接待对方。

中午馨馨姐回来,先进客厅同姬姨打招呼。到底是馨馨姐会说话,她见面就说:姬姨的气色真好!八成是因为南阳的水好、空气好,看把你的面色滋润得比去前好了至少15个百分点,看着年轻多了!这话一下子让姬姨开心得笑起来,边摸着自己的脸颊边说:是吗?真有你说得那样好?我也觉着皮肤有点滋润了……

家里的气氛一下子活跃起来。

馨馨姐进到厨房,先看了我包的那100个饺子,摸摸我的脸颊夸道:行!漾妹妹把饺子包成了艺术品,吃到肚里肯定舒服!然后附耳交代我:再弄几个菜,需要喝点饮料,把气氛弄上去。咱们得让他俩高兴起来!我点头表示明白,又赶紧煎炒蒸煮地忙起来。菜弄好端上桌喊萧伯伯和姬姨过来,馨馨姐笑着说:为了庆祝爸爸和姬姨南阳游玩顺利归来,咱们吃饺子喝酸奶!萧伯伯淡淡地接口道:酸奶我喝不成,有糖。馨馨姐拍了一下自己的额头:对,爸不能喝甜东西,那你想喝啥?萧伯伯不紧不慢地回道:要让我说,当然是酒了,一杯酒就成。馨馨姐迟疑了一霎,转向姬姨说:我爸今天能不能喝酒应该是姬姨说了算!姬姨笑了:怎么让我来决定?馨馨姐道:今后这家里的事我们都听你的,你说让他喝,我就给他倒酒;你说不让喝,他再想喝也不行!姬姨看了一眼萧伯伯,说:那就让他喝一杯吧,一杯酒不至于造成什么伤害……

这顿饭因为有馨馨姐在,气氛一直很好,原本笼在萧伯伯和姬姨周围的那团近乎不快的东西,也被欢声笑语吹跑了。饭吃完了,姬姨又开始对我用女主人的声调说话:小漾呀,记住把卫生间的马桶多刷几遍!我闻言一边点头一边想:看来,她和萧伯伯可能还会有戏。

之后,生活又恢复到没去南阳之前的样子。隔一两天,姬姨就会在早饭后过来,萧伯伯通常会迎到门口打招呼,然后便引她进客厅坐下说话。我的任务依旧是泡好茶,尔后退回到自己的屋内。他们有时谈老年健身的法子,有时说老年食疗的材料,有时讲老年骨伤的防治,通常是姬姨说,萧伯伯静静地听,偶尔,萧伯伯也会发几句议论。总之,两个人是说说停停、停停说说,时间就这样慢慢地流逝着,我也渐渐失去了细听他们谈话的兴趣,有时就借口去超市买东西,出门到街上走走。

有一天早饭后姬姨来时,怀里抱着一个用硬壳盒子装着的很大的物件,我一见赶忙上前接住。姬姨气喘吁吁地交代我轻拿轻放。萧伯伯看见也吃了一惊,问:这是什么东西?姬姨说:猜猜?!萧伯伯看了一阵,上前用手指弹弹盒子,摇摇头答:猜不出。姬姨笑了:看来你是乐器盲,这是古筝,一件古老的弹拨乐器,战国时期就有了。萧伯伯分明有点意外,问:你会弹它?姬姨答:年轻时学过,结婚之后忙孩子忙工作,就没再弹了。今天我儿子在储藏室收拾东西,把它鼓捣了出来,我就想试试看能不能再拾起来弹几曲。

我一听好高兴,我虽对啥样的乐器也不懂,但特喜欢在网上听音乐,如果能面对面地听姬姨弹古筝,那可就太好了。萧伯伯看来也有兴趣,就相帮着姬姨把古筝架了起来。

当姬姨调好筝弦弹出一串曲谱时,我和萧伯伯对视了一眼:不错,挺好听。姬姨"咳"了一声,说:毕竟多年不弹了,手生得厉害,若是弹得不好听,得请你们原谅。我先给你们弹一首我当姑娘时常弹的一支古曲:《渔舟唱晚》。说完便弹了起来,只见她的右手勾、托、劈、挑,左手按、滑、揉、颤,好听的曲调随之充满了整个房间。我和萧伯伯都睁大双眼看着她两只手在筝上不停地跳动,目光里全是新奇。

怎么样,听出这支曲子的味道了吗?一曲终了,姬姨望住萧伯伯问。萧伯伯有些不好意思地抬眼转向我:让小漾说说。我有点着慌,忙答:蛮好听的。姬姨宽容地一笑,随即解释道:这是一支表现渔民生活的曲子,题目来自唐代诗人王勃《滕王阁序》的诗句:"渔舟唱晚,响穷彭蠡之滨。"它通过简练的音乐语言,描绘出了江南水乡在夕阳西照下的湖光山色及渔舟竞归、渔人唱和的怡人境界。你们刚才应该听出了,曲子分三部分,第一部分是慢板,悠扬抒情,带有歌唱性;第二部分,速度欢快,旋律活泼流畅;第三部分,旋律起伏多变,情绪热烈……

我听得似懂非懂,萧伯伯也是两眼迷蒙地听着,显然与我的感觉差不了太多。一上午过去,我明白姬姨的副教授身份不是混上去的,她是肚里真有东西。如果说过去我对她的恭敬仅仅是因为萧伯伯的缘故,可从这个上午起,我是真的对她怀有敬意了,虽然我不太喜欢她的某些言行举止。打小时候起,我就敬服那些有特别本领的人。

从这天以后,姬姨总喜欢在客厅弹几首古筝曲子让萧伯伯和我听。我至今还记得她弹的曲子有含蓄柔美的《出水莲》,有浑厚深沉的《高山流水》,有惆怅幽怨的《汉宫秋月》,有媚润动人的《寒鸦戏水》,有空灵缥缈的《香山射鼓》。当然,对这些曲子的形容词也都是姬姨告诉我的。萧伯伯虽不懂音乐,但我慢慢发现,他在注视姬姨弹筝的时候,目光也变得分外柔和了。如果说他过去看姬姨的目光里只有男人看女人的成分的话,那么这个时候我觉得增加了一些欣赏和敬慕的成分。有一天下午姬姨走了之后,萧伯伯说:小漾呀,咱们去百货商场一趟吧。我听了当然高兴,我虽然没钱,可最大的爱好就是逛商场,于是立刻答应说:好!我叫了一辆出租车载着我俩向商场开时,心里还在诧异:平日最不爱去商场的萧伯伯今天是怎么了?进了商场我才知道,萧伯伯是要买项链。只见他直奔金饰品柜台,指着其中一条12克的金项链对售货员说:我买这个!售货的女士拿出项链递到他手上,他转而递给我问:你看怎么样?我急忙摇头说:我不懂这个。这可是实话,长这样大,我还是第一次把金项链拿在手中。我的父母和男朋友根本没有能力为我买这种金饰品,我也从无胆量到金饰柜台看看。这时那售货员开口说:伯伯,你要是为这位姑娘买项链,我劝你换一种款式。你刚才看中的这条,链形欠活泼,适宜年龄大的女性戴。我急忙接口说:不是为我买的,就是为年龄大的阿姨买的。

第二天姬姨再来时,萧伯伯拿出项链盒郑重地递到她手上,说:送给你的!姬姨稍愣一霎,随即明白了,一边打开盒子看一边客气着:花这钱干什么?跟着就把链子戴在脖子上去镜前看。很好看咧!我凑到镜前给萧伯伯帮腔。姬姨笑了,说:你这个陪护员不错,还挺忠诚于雇主的。

因为古筝和项链,我能感觉到萧伯伯和姬姨间的关系有了明显的变化,上次出游造成的小隔阂差不多可以说完全消除了,两个人都重有了继续向前发展关系的愿望。我把我的这种观察和判断在电话里给馨馨姐说了,馨馨姐当然高兴,问我道:依你的意见,现在可不可以明确督促他们结婚?我说我说不准,关键是姬姨能不能同意。我自己觉得她对这次婚姻十分谨慎,贸然提出结婚会不会反而促她后退了。馨馨姐沉吟了一阵,说:也有道理,现在看还是促使他们能早住在一起;只要住在一起了,结婚就成了顺理成章的事。

可姬姨却并没有任何愿意留宿的表示。我一直在仔细观察,只要发现她有一点想住下的意思,我就会立即安排好一切的。每次她来,总是在吃完晚饭,漱了口、洗完手后,对萧伯伯说一句:老萧,晚安!便提了手袋下楼。

她看来是想把这场老年恋爱不慌不忙、从从容容地谈下去。

馨馨姐有天晚上回来,一脸焦虑地对我说,她老公去美国留学的事,所有的手续都已办妥,机票也已订下,两个月后就要启程;可她爸爸的婚事至今无果,令她担心不能与丈夫同行。我宽慰她:那就让姐夫先去美国读书,你在家再等等,也许要不了半年,萧伯伯和姬姨的事就能办成。她叹口气道:唉,你没结婚自然没体会,一个又帅又年轻的丈夫,你怎敢放手让他独自去美国?那可是一个自由的地方,不说他孤独时有可能把眼睛投向美国的女人,就那些同去的女留学生也让你放心不下呀!谁能保证她们就不打他的主意?这些年,多少婚姻不就是在异国分离中解体的?我要不跟他同去,我真是无法安心呐!

馨馨姐的话让我很吃惊,原来像她这样有身份的城里女人,对丈夫也有这样的担心,对婚姻也有这样的不稳定感?这与我们农村人的确不一样。农村里的男女一旦结了婚,绝大多数是要过一辈子的;离婚的人当然也有,但他们对婚姻的稳定感,大大超过了馨馨姐。我原来对馨馨姐的生活是充满了羡慕的,到了此时,我第一次在心理上对她有了一点优越感:将来我与我的男朋友吕一伟结婚后,肯定会过得比你好!

天黑得很慢

不过作为女人,我对馨馨姐还是充满了同情和理解的,并再一次替她着急起来。我想了想,觉得要促使萧伯伯和姬姨尽快住在一起然后尽快结婚的最好法子,还是旅游,只有旅游才能创造那种机会。于是我把我的想法给馨馨姐说了,她听罢想了一阵说:倒也是,那就让他们再去旅游一趟,去哪里好呢?她在屋里转了一圈儿,然后挥手道:去济南吧。济南离北京近,不会累着他们,交通也很方便,也用不了多少时间。只是还得麻烦你替我跑一趟,陪他们去济南游览一下,当然,目的不是旅游,你个人的往返车票和食宿费用与上次去南阳一样,都由我解决。

我当然很高兴,急忙点头表示同意。我从没去过济南,有这样一个免费游览济南的机会,焉能拒绝?

接下来我俩分工:由她去说动萧伯伯和姬姨出游济南并订好车票,由我来准备两位老人的护理用品。

济南这座城市我最早听说是在上高中时。历史老师在讲到南阳的名人时,说到了铁铉,说南阳邓州出生的铁铉当年如何受朱元璋器重,赐字鼎石,后任山东参政,镇守济南,因击败燕王反兵,升兵部尚书。由于他坚守济南,燕王久攻不下,被迫绕道南进,后来燕王朱棣攻下南京称帝,回兵复攻济南,铁铉坚守不降,兵败被抓后坚持不跪,甚至在被割掉耳朵、鼻子后仍然不跪,被凌迟而死,死后还被朱棣用滚油烹尸。说后人敬佩铁铉宁死不屈的精神,在济南大明湖湖岸建祠以表纪念。我虽是一个女人,却生来敬佩硬汉,所以从那时起,我就有一个愿望,啥时候有钱了也去济南看看,也到铁公祠里拜拜这位硬骨头的乡亲。没想到这个愿望竟这样轻巧地实现了。

我陪萧伯伯和姬姨抵达济南已是中午。我们住千佛山宾馆。按馨馨姐的交代,这次仍是要两个标间,方法仍是让萧伯伯走在前面,他先进一个标间,我随后进另一个标间,然后由姬姨自己选择进哪个房间。果然与我在京城里的设想一致,姬姨和上次一样,在两个相邻的标间门口只犹豫了一霎,就进了萧伯伯那个房间。虽然这一步符合馨馨姐和我的设计,但这一次我不敢再盲目乐观,关键要看晚上的效果。这有点儿玩阴谋的味道,可我拿的是馨馨姐发的工资,陪护的对象又有与姬姨成婚的愿望,而姬姨对萧伯伯好像也有几分不舍,我理应促成这件事,我认为我当时做的是对的。

当天下午我就拉他俩去了大明湖。所以先去游览大明湖,除了我希望先看到铁铉祠之外,还因为我从网上查明,大明湖的绝大部分景点都在平地上,对人的体力消耗不大。这一点对萧伯伯很重要,我当时已经懂得,在这个夜晚来临前,萧伯伯必须保存好体力。进了大明湖公园之后姬姨才说她过去来过,兴致勃勃地为我们当起了导游。她指着碧绿的湖水告诉我们,这些水全是城内众泉汇流而成的,仅湖面就有58公顷;她领我们去看红柱青瓦、八角重檐的历下亭,并吟诵当年杜甫游览此亭时写下的诗句:"海右此亭古,济南名士多。"她带我们去看北极阁,指着正殿两侧真武修炼成仙的壁画说:它们具有极高的艺术价值;她引我们去看小沧浪亭、曲廊和荷池,让我们去看那幅清代人所写的描绘济南风光的著名对联:四面荷花三面柳,一城山色半城湖;她最后让我们在铁公祠里歇脚。趁萧伯伯和姬姨喝水歇息的当儿,我去到铁铉的铜像前,深深地朝他鞠了一躬,在心里说:老乡,笑漾来看你了,俺一个小女子佩服你的大人格……

晚饭姬姨提议在大明湖边的一家饭店里吃,萧伯伯和我自然同意。饭菜都是姬姨点的,我记得菜是湖菜鸡块和奶汤蒲菜,前者是用大明湖所产之茭白配以鸡脯肉做成的,后者是用大明湖所产之蒲菜加苔菜花、冬菇、奶汤烹制而成;粥是荷花粥,是用粳米和干荷花末煮成的;饼是武大郎烧饼;酒是碧筒酒,装在荷叶做成的酒

天黑得很慢

杯里。姬姨说这是始于魏晋、盛于唐宋的一种喝酒法。我平时根本不喝酒,那晚在姬姨的劝说下也喝了一杯,酒里果然有一股醉人的清香味。萧伯伯一见酒眼就亮了,连声说好,但姬姨也就只给他倒了一杯,他喝下去明显意犹未尽,咂着嘴看着空酒杯,但姬姨没有给他添酒的意思。他没有表示出不高兴,更没有任何抗议的话语。

我们回宾馆的路上他俩情绪都很好,在出租车里谈笑风生。我当时暗暗高兴,看来,一切都还顺利!

我双手合十祷告道:愿神灵们保佑,今晚的事情能够成功,好让馨馨姐安心地去美国陪读。我草草洗完澡后就坐在床上,一边看一本护理书一边侧耳听着隔壁的动静。很好,很安静,一直到11点半都很安静,我觉得不会再有问题,才放心地关灯睡了。我睡得很沉,不是因为累而是因为年轻。睡梦中的我后来是被一种持续而紧急的墙的敲击声惊醒的。当我弄清这种紧急的敲击来自我和萧伯伯、姬姨所住房间相隔的墙壁时,我打了一个激灵,肯定是出了特别紧急的事情,要不然不会用这种方式通知我。我一跃而起,连拖鞋也没穿,抓起我带的急救箱就冲了出去。我几乎是刚一敲,门就被打开了。天呀,一向讲究的姬姨竟只披了一件睡衣,下身都赤裸着,她惶恐地朝我指着赤身趴在床上的萧伯伯:快……快快……快……

那一刻,我的头"轰"的一声,手都哆嗦起来了。所幸我毕业前到医院实习时已见过一些紧急病例,还能很快稳住自己。我扑到床前抓住萧伯伯的手腕先摸脉搏,还好,心脏在跳动,我立刻断定他只是晕厥,跟着我利用所学到的知识迅速进行了一系列处置。谢天谢地,在我做了这些处置之后,萧伯伯缓缓地出了一口气,慢慢睁开了眼睛,迷茫地看着我们。我这才有时间抓过被子,替萧伯伯盖上赤裸的身子。大约是我这个动作,让刚从紧张状态中恢复过来的姬姨意识到自己还赤裸着下身,赶忙去抓她自己的睡裤。直到她穿上睡裤,把上身的睡衣也穿好了,她才长叹了一口气。

不用再问,即使对男女性事经验不多的我,对现场的观察也让我明白了紧急事态出现的原因:一定是在做爱的过程中,萧伯伯因为兴奋加上激动,血压骤然升高,出现了短暂地晕厥。

我不敢再去看姬姨的眼睛,怕她尴尬和难堪。

萧伯伯这时一边吸着我随身携带的微型制氧机里制出的氧,一边眨着眼睛。慢慢地,记忆分明是恢复了。我看得很清楚,他的双颊上出现了浓浓的羞意,随后闭上了眼睛。

我又继续观察了一阵他的心跳和血压,直到一切都正常之后,才撤了氧气吸管,关了制氧机,把睡衣和睡裤找出来放在他床头,然后悄步向门外走。

我站在空旷的走廊上长嘘了一口气,事情总算过去了,已是凌晨两点。我回到自己的房间躺下,却久久没有睡着,刚才的场面在我心里引起的震撼太大了:哦,原来男女在一起还会有这种情况发生。这超出了我的人生经验和对男女情事的所有美好想象。人老了原来会是这种景观,这让我第一次对衰老生出了一点儿真正的恐惧。难道我的男朋友吕一伟将来有一天也会变成这样,想到这儿我禁不住颤抖了一下……这件事发生后,萧伯伯和姬姨怕是很难再继续下去了,可我将怎么对馨馨姐说呢?她花了那么多的钱、费了那么多的心思,对此事又抱了那么大的希望……

就在我瞎想的时候,我听见房门被轻敲了两下,我以为萧伯伯的情况又出现了反复,惊得跳下床就向门口跑去。门拉开看见姬姨抱着她的衣服站在门外,我还没有开口问话,姬姨就低声说了:他睡得很好,就是呼噜声太大,我无法入睡。我闻言急忙侧身让姬姨进屋,又拿过姬姨手上的门卡去了他们的房间。萧伯伯大概是被折腾得太累了,沉入了深深的睡眠,呼噜声有点惊天动地,连我触动他的手腕检查他的脉搏时,呼噜也没停。我站在床前听了一阵,在确定萧伯伯没有别的情况只是在酣睡之后,才又放心地回到了自己的房间。

小漾,你是想现在就睡,还是想听我说一会儿话?

我急忙开口答:姨,我不困,说会儿话吧。

你萧伯伯不行!姬姨忽然这样开口。

我没有应腔。我有点儿没听明白她这是想说什么,是指她和萧伯伯不能再相处了?

他从十点半开始就在忙!

忙什么?我更加糊涂,不知她在说什么。

在我身上忙。姬姨扭了脸不再对着我,而是看着天花板。

像是风呼一下把头顶的云彩吹开,我忽然间明白了姬姨在说什么。与此同时,我觉得我的脸一下子红了,所幸,我的上半身和头都罩在灯影里。

可他一直没有法子成功。姬姨继续说。

我不敢开口说什么,也不知该怎么开口。我能做的只是听。

我开始以为他是因过于兴奋导致的无能,就安慰他,劝他歇歇再来。过了一段时间,我开始抚慰他、帮助他,但他依然不行……

我在姬姨的叙说中想象着那种场景,我能感觉到我的双颊滚烫滚烫。

他最后一次努力时,把我的身子翻来倒去,我都感觉到了不舒服,可我没敢吭声。我一直顺从着他,不过我能从他的喘息声里听出他好像越来越生气,突然之间,他一下子停了声息,身体也从我的身上滑了下去。我意识到不对,喊他一声他没应,伸手试了一下他的鼻息,没有动静,吓得我手抖得连你的电话也拨不成了,就只好敲墙壁……

姬姨这是在向我讲述刚才那场事故的来龙去脉,她需要我明白事故的责任不在她。

我轻轻地说了一句:姨,我明白……

第二天早上起来,我给他俩都量了量血压,测了测心跳,发现他俩的血压都有些偏高,心率也都比原来快出很多,而且两人都不愿去餐厅里吃早饭。我知道他俩是怕见面了不好意思,于是只好给他俩各打了一份饭端到两个房间里,让他们分别吃。我意识到,在这种情况下再旅游下去只会令两个老人更难受,于是趁他们吃饭的当儿,我到楼下去给馨馨姐打了个电话。在电话里,我自然不能细说昨晚的变故,那也会让馨馨姐难堪的,毕竟她是萧伯伯的女儿。我只说大概是累的缘故,萧伯伯和姬姨的血压都不太稳定,为了保证不出意外,建议先回京去,以后再找机会出来游玩。馨馨姐一听我说完,立马同意先订票回去,两个老人的身体要紧。

因为要收拾东西去车站,他俩必须再见面。我注意到姬姨进到萧伯伯房间收拾自己的衣物用品时,萧伯伯只是无声地上前帮忙,眼睛并不敢去看姬姨;而姬姨的目光则是只放在要收拾的物品上,一刻也不在萧伯伯的身上停留。房间里的气氛十分微妙,我不敢多说一句话,唯恐惹出什么意想不到的问题。谢天谢地,车站卖给我们的三张火车票没有连在一起,而是分散在三排,这就使他俩避免了坐在一起又不说话的尴尬。

出了车站,姬姨先招手拦了一辆出租车说:我先回了。我也不敢提议让她先到萧伯伯家里吃饭,只好看着她上了车。萧伯伯特意走到车窗前对她挥手,脸上浮着很厚的歉意。

等出租车的时候,萧伯伯走到我身边突然低声说:记住,回去给你馨馨姐说,我和你姬姨在济南住在一起时一切都好。我点点头,偷眼看他,分明看见有一丝羞意在他脸上飘来飘去。

到家后不久,馨馨姐就回来了。萧伯伯这次一反往常,不是静

天黑得很慢　　85

坐在房间里等着馨馨姐去问候,而是主动开口道:我们济南之行来回都很顺利,你姬姨过去去过济南,所以就早回来了!馨馨姐笑道:顺利了就好。我听笑漾说你和姬姨的血压都有点高,还担着心哩!萧伯伯很有深意地看我一眼接口说:已经平稳了,不碍事的。

馨馨姐还是有些察觉的,吃完饭后,她特意走进我的房间轻声问:笑漾,没出什么别的事吧?我当然知道萧伯伯的心意是想隐瞒真实情况,不想让馨馨姐再为他的事操心,于是就按萧伯伯的意愿装作一切正常地笑着回答她:没有呀,一切都好!

他们俩在济南是住在一起的?她还是问出了她最关心的问题。

我点头答:对。

他们第二天的情绪看起来都好?

我再次点头:当然。

这就好了!馨馨姐放心地拍了一下手,总算成功了!笑漾,你功不可没!

我急忙转身去装作整理桌子上的物品,害怕她看见我脸上的不安。

你等一下!她欢喜地跑了出去,片刻后手里拿着一条披肩跑进来说:这是你姐夫前天给我买的,现在我作为奖品奖给你!我慌忙推开她的手道:这怎么使得?姐夫送你的东西,我不能收。

傻丫头,他送给我就成了我的东西,转送你有什么不得了的?瞧,这是真丝的,披到你肩上会让你变漂亮的!你的男朋友见了会觉得你又添了魅力,来,我教你怎么披。她不由分说就披到了我身上。那一刻,我心里非常难受,明明是与萧伯伯一起骗了她,却还要接受她的奖品……

自那天在车站分手之后,姬姨再未来过萧伯伯家里,电话也没再打过一个。萧伯伯每天早饭后也不再像过去那样等她来,而是恢复了外出到公园散步的习惯。我估计他已经明白,事已至此,两个人谈婚事已经不可能了。我在萧伯伯的血压、心律和其他体检数据上虽未发现明显的变化,但我感觉到他的心情很落寞,饭量也减了下来,食欲明显不好。我知道萧伯伯重建家庭的心愿很迫切,他希望用自己的新家向女婿常生表明:我不会靠你来养老,你搬出去住,包括你出国都没有什么不得了的!也希望用新建的家庭让女儿对他以后的生活放心。可没想到会以这样的结果失败,这对他的打击肯定很大。心理上的挫败感自然会对他的身体造成一些伤害,唉,真是没有办法;我能做的,只是照护他更细心些,努力把饭菜做得更可口些,陪着他去公园散步时多同他说说话,在家里多放他喜欢听的二胡独奏曲,期望着他的心情能更快好转起来。

馨馨姐的启程日期日益临近,她虽然在忙着做行前准备,可还记着她爸爸和姬姨的事。有天晚饭后她回来,一见我就问:笑漾,姬姨这些天是不是都住在这儿?我当时被问得一怔,顿时想起骗她的那些话,赶忙红着脸故作镇定地说:姬姨说她家里这些天有重要事情处理,可能过几天就会来的。我答完瞥了一眼坐在客厅里的萧伯伯,看见他轻微地把头点了一下。

馨馨姐"哦"了一声,然后转向萧伯伯叫:爸,你和姬姨的事是不是也举行个仪式比较好?就在我们走前把这仪式办了,这样我也好放心,行吗?

萧伯伯有一霎没有吭声,他可能没料到馨馨姐会想得这样细,不过很快他就回道:我们都到这年纪了,还办啥仪式?低调吧,这样的事还是别张扬了好。这小区里的人也都认识我,甭给他们再添饭前酒后议论的话题了。

馨馨姐却坚持:咱可以不张扬,仪式也可以简化,但再简化,也总要把姬姨和姬姨的儿子请来,大家在一起吃顿饭吧?这样,等于把事情公开定下来,表明咱两家真的成一家人了,我走了也好完全把心放下来。

那……我考虑一下吧……萧伯伯可能觉着馨馨姐说得确实有道理,再拒绝就会引起她的怀疑。

那我就等你的回话,一旦定下哪天办,我就开始张罗。馨馨姐高兴得直搓手。

她一走,萧伯伯就呆坐在客厅里,一脸愁容地不停喝茶。我也很着急,我知道这种焦虑心境对他的健康很不好,可怎么办呢?给馨馨姐说出实情?那就违拗了萧伯伯的心意,会让馨馨姐带着忧虑出国的,再说,也会让萧伯伯觉得在常生哥那里丢了面子。唉,这父女俩这么相互体贴,我很想帮助他们却无能为力。萧伯伯大约呆坐了一个多小时之后,忽然喊我:笑漾,你来一下。我走到他身边,静等着他开口。他咽了一口唾沫,有点儿艰难地开口说:笑漾,得麻烦你去一趟。

我知道他说的是去哪儿,但找到姬姨之后让我说什么。得等着他的下文。

你就说我求她帮帮我的忙,陪我演一场戏,好让馨馨放心地去美国陪读。

哦,让她怎么帮?我没有听明白。

请她带着她儿子来咱家吃一顿饭,假装我和她的事情已经成了。其实,就是吃一顿饭。

噢?我很意外,这样的要求姬姨会同意吗?

笑漾,你来我们家时间不短,可能已经看出来了,我对常生有些看法。常生心里对我也一直有不满,说重一点就是恨意,因为我当初反对馨馨与他结婚;他们婚后我又常批评他,他就想着离我越远越好。他这次坚持要出国留学,可能也带了点赌气的成分。我想明白了,你馨馨姐跟着他去是对的,她既然爱他,跟他成了家,跟了去对他们的婚姻有好处。因此,我不想在他们夫妇一同出国的问题上再给馨馨压力,不然,常生会以为我又在暗中与他作对,那样,他可能会把恨意发泄在馨馨身上。所以,我必须想法子让馨馨和常生一起顺顺利利地走。你能明白?

我点头。我当然明白,我的爹娘就反对过我与吕一伟来往,他们认为吕一伟做人比较势利,怕我跟了他日后会吃亏。因为这一点,吕一伟偶尔也会流露出对我爹娘的不满与不敬,不过只要我眼一瞪,吕一伟就不敢了。而馨馨姐对常生哥,好像并没有把控的能力。

我在电话上只说想去看看姬姨,她分明有些意外,有点犹豫,但可能看在我曾照护过她的分上,还是答应了:欢迎欢迎!

上午十点来钟,我按姬姨说的地址找到了她的家。她家的住房面积与萧伯伯家差不多一样,只是屋里收拾得更整洁清爽,所有的家具用品好像都各在其位,家中用物的表面都擦得光可鉴人。姬姨给我倒了茶水后说:笑漾,我想你已经看明白了,我和你萧伯伯是没法在一起生活的。

我没想到她这么开门见山,但还是硬着头皮把萧伯伯想让我说的话说了出来。姬姨听罢好一阵都没说话。我心想:完了,这个任务是完不成了。不料姬姨说:让我带儿子一起去演这场假戏不好,一个是我不愿把我儿子拖进这种尴尬境地里去,我儿子也不会同意;另一个是这种场合是很难掩饰真相的,当面说假话会令我很痛苦。不过我理解你萧伯伯的心思,我也愿意帮他,与其设一场假的婚宴,还不如我和他还有你咱们三个再去洛阳走一趟,听说那儿正办牡丹文化节,我也有兴趣去看看。只是我这次的旅游费用我自己出,他可以对他女儿说,我们这是同居旅游,和结婚类似,反正我们已经一起出游了两次,再多一次也没啥了不得的。外人怎么说咱不去管他,只要糊弄着他女儿启程去了美国就成。

天黑得很慢

我听了这话觉得有道理,就回来和萧伯伯讲了。萧伯伯听罢点头道:也好也好,这样也不容易露破绽,谢谢她一片好心。之后,他就给馨馨姐打电话。馨馨姐接了电话很快就开车回来了,她高兴地对她爸说:就按你和姬姨的意见办!我给笑漾一笔钱,让她把你们这趟旅行结婚办得气气派派。末了又对我交代:带全一切陪护用品,把吃住行都安排妥当,确保他们旅行结婚顺利快乐!

按萧伯伯的意思,他和姬姨加上我三个人去洛阳的时间,安排在常生哥与馨馨姐启程去美国的前一天,好让馨馨姐彻底放心。我们临行的前一晚,馨馨姐带常生哥回来吃饭了,这是自常生哥搬出萧家后第一次回来。

他显然不是自愿的。进屋后只是朝萧伯伯点了一下头,把带给老人的礼物交到萧伯伯手上,之后就一声不吭地坐在那儿翻沙发旁的旧杂志、旧报纸。馨馨姐怕屋里的气氛变僵,把两头大蒜塞到常生哥手里说:你来剥蒜。能看出,馨馨姐望向常生哥的目光里充满爱意。常生哥这天穿的是骆驼牌休闲装,因为他个子高,体形好,这身衣服让他本就帅气的相貌又加了分。应该承认,他的确是个帅哥,是那种让女人看一眼心就倏然一动的男人。馨馨姐爱他是有理由的。但老实说,我不喜欢他的那双眼睛。他总眯着眼看人,目光飘来飘去的,带着打探的意味,而且躲躲闪闪,给人一种密探的感觉,这是不是律师做久了的缘故?因为常与犯罪嫌疑人打交道,需要探究,从而养成了这种看人的习惯?

我按照馨馨姐预先的交代,做了几个菜,还开了一瓶长城干红酒。考虑他们夫妇是来向萧伯伯辞别的,肯定有话要说,我在给他们上完菜后就退回到了厨房里。馨馨姐可能是因为兴奋,话音很高,你想不听都不行。只听她说:爸,你不知道我今天有多高兴,你今后的生活有人照顾了,常生去美国留学的愿望也实现了,我两个最爱最亲的人都各得其所,太让我开心了!来,爸,先敬你一杯……

那天吃晚饭时常生说话依然很少,我只听见他在敬萧伯伯酒时说了一句:来,爸,祝你和姬姨新婚快乐!过去凡是常生坐在饭桌前,萧伯伯通常是不说话的,但这天晚上,萧伯伯说话很多,我给他们上饭时听见他说:常生、馨馨,你们这次去美国纽约,毕竟是到了一个新的国度,会有各种不适应,不要只想好的方面,还要有迎接困难和挫折的心理准备。尤其是语言的问题,常生的英语过关了,我比较放心,可馨馨只会一点简单的对话,生活、学习上肯定会遇到很多麻烦,要有耐心,而馨馨平日办事一向耐心不足,这一点一定要注意。还有就是安全问题,我知道美国的法律允许个人持枪。我从新闻上经常看到他们的城市和校园里频繁发生枪击事件,这可要小心了,尽量别去抢劫频发的街区,夜间最好少出门。再就是你俩要互相关心,遇见不好办的事要多商量,有需要国内帮助办的事就给我打电话。馨馨要记住改掉自己办事急躁的毛病,说话不要起高腔,学会慢声细语与人交流,你是去陪读,要把家务事都做好,好让常生专心学习……

我听着在心里感叹:萧伯伯说的这些话其实都是一个妈妈要说的话呀!我不知道萧伯伯心里到底是什么滋味,只知道那天晚上很晚了他还开着灯。

第二天午后我们就到了洛阳。因为这是一次目的明确的旅行,所以事情反而好办多了:萧伯伯、姬姨和我都各住一个房间,大家都不再用心思,也不再别扭。姬姨说她这次出来的所有费用她自己出,我哪能让她出呢?我佯称所有的住、行费用馨馨姐已预先在网上付过,让她停止了争执。我们到宾馆住下稍事休息后,姬姨就提出要出去看牡丹,我给萧伯伯量完血压心率后问他愿不愿去,他点点头说:行。

我是第一次来洛阳,对去哪里看牡丹并不清楚。刚想到宾馆前台问个明白,不妨萧伯伯开口道:我过去来过一次,给你们当导游吧。他让出租车司机拉我们径直去王城公园。进了公园我惊奇地瞪大了眼睛,天呀,这真是一个牡丹花的海洋啊!到处都是盛开的红的、白的、粉的、黄的、绿的、紫的、蓝的、墨紫的、雪青的、紫红的牡丹花,花朵硕大,品种繁多,花色奇绝,真真是让人目不暇接!我可是第一次见到这么多、这么美的牡丹花呐,心里那个高兴劲儿,都没法表达出来,只想跳一跳喊一喊。当然我既没有跳也没有喊,我还记着我的陪护职责,不断地观察着两位老人的情态神色。因为在上护理课时老师给我们讲过,在太美的景致面前,有些老人也会因为太高兴而使心脏出现问题。不过还好,能看出他俩都还正常,萧伯伯只是在安静地欣赏,而姬姨则是在不停地用手机对着一株又一株的牡丹花拍照片,间或的,她会站在她特别喜欢的花株前,让我给她拍。大概是看见姬姨特别高兴,萧伯伯又对她的帮忙存着一份感激,于是他凑到她面前介绍道:洛阳栽培牡丹始于隋朝,到唐朝时开始繁盛,到宋朝时已名冠天下。正像诗里说的:"洛阳地脉花最宜,牡丹尤为天下奇。"牡丹花与别的花相比,在于她有一副雍容华贵、富丽堂皇的模样。姬姨听了,一改她这次出来在萧伯伯面前所摆的庄重神态,轻声笑道:是呀!连刘禹锡都吟唱着"庭前芍药妖无格,池上芙蕖净少情。唯有牡丹真国色,花开时节动京城",此生若不来看一回洛阳牡丹,那可真是一桩人生憾事哩……

那一刻,看着他俩轻松自然亲密的样子,我的心忽然一动:他俩是不是还有成为一对夫妻的可能?萧伯伯这边,是真心想再组家庭的;姬姨那边,原也是认可了萧伯伯的。他们的最大问题是萧伯伯上一次在济南做爱时出事,也许,那次只是一次偶然,说不定再给他一次机会他就好了!我该再做一次努力,再给他们创造一个机会。如果真成了,那肯定是做了一件好事,对于他们安度晚年是一个很好的帮助,既让馨馨姐彻底放了心,也使这次出行不成为一场欺骗馨馨姐的行为,我这心里也不至于对馨馨姐始终怀着一份歉疚。可怎么去撮合这件事呢？我当时想了一个又一个主意,可都又觉得不合适,我知道我面对的是两个阅历丰富的老人,如果主意太笨,会被他们看破而失败的。

没想到就在我们一行三人要走出王城公园大门时,一个鬼鬼祟祟的男人令我想起了一个奇妙的主意。

那个时辰已是黄昏,赏花的游客开始在沁人的花香中不断走出公园大门,当我跟在萧伯伯和姬姨身后迈出公园大门时,一个模样猥琐神态鬼祟的中年男人拦住了我。我刚要闪躲开他,不想他轻声说道:姑娘,想不想让你的父母延长寿命？边说边用手指了一下萧伯伯和姬姨的背影,看来他把我认作是他们的女儿了。

我没做辩解,只冷然问他:想又怎么样？

我有一祖传秘方,你只要用一次,保管他们能寿增 10 年。当然,不论在谁身上,都只能用一次,一次之后再多用,则又会变成毒药。

嗬,什么秘方？我嘲弄地问他,心里已断定他是个骗人钱财的江湖术士。

就这两种东西！他变戏法似的飞快由背上的包里掏出了两个玻璃瓶子。我一看,一个瓶子里装着黑色的牡丹花瓣,一个瓶子里装着一种不透明的液体。看见了吧？这个瓶里装的是我在太阳升起之前从年龄十岁的黑牡丹株上采来的花瓣。这个是用紫牡丹根皮也就是中药典上说的"丹皮"泡的黄酒,你若把这黑牡丹花瓣揉碎混进这丹皮黄酒里,在 3 个钟点之内用其擦遍全身再加上按摩周身肌肤,一次必保老人多活十年！

是吗？这样神奇？我鄙夷地笑了。

天黑得很慢

姑娘大概有点儿不相信。这样吧,我不说别的需要我保密的药理,我只告诉你,公元1972年,甘肃省武威市柏树乡考古发现的东汉早期圹墓医简中,就有用牡丹治疗"血瘀病"的处方。瞧,这就是当时的新闻报道。他这当儿把两只瓶子抱在怀里,腾出另一只手去背包里又掏出一张旧报纸向我递来。

我不想再听他吹牛,扭身就想走了,不料就在这一刻,我脑子里突然电光石火般地一闪,一个撮合萧伯伯与姬姨再次亲密接近的主意让我想出来了。我于是朝他问:你这两瓶东西卖多少钱?

最少200块!他斩钉截铁地说,就这我还是看你对父母真有孝心的分上说的优惠价。

我不想再跟他啰嗦,想到馨馨姐为这次旅游给我的钱还有不少,就干脆掏出200元塞到他手里。当我拿着那两个瓶子走到萧伯伯和姬姨身边时,他俩都惊奇地问:你买了什么好东西?

神药!我故作神秘地说,回到宾馆了再给你们细讲。

在宾馆的晚饭桌上,我才开始向萧伯伯和姬姨添油加醋地复述那个江湖术士的话,当他们听说周身擦拭并按摩一次就可多活十年之后,一齐惊叫道:天呀,还有这样神奇的东西?

但萧伯伯先提出了怀疑:可信吗?这要是真的,不知多少领导都买走了。

我怕这种怀疑情绪蔓延开来,急忙反驳:民间原本就有很多智慧之人,你不能全信,但也不可不信。

就是,传统医学就有神奇的地方,很多西医没法做到的事情,传统医学做到了!姬姨站到了我这边。

那人还交代,这两样药一旦混合在了一起,必须在三个小时之内使用,而且必须是男女两人互相擦拭和按摩,这样才能使药效发挥出来。这后一点才是我强调的重点,也是我所想到的令他们再度亲近的主意。

他俩听了这话,都没有再出声。

我自己当时在心里判断,这个办法是可以成功的。

吃完晚饭往房间走时,我干脆把话直接说明:待你们俩都洗完澡了,我把药调制好,然后麻烦你们互相擦拭和按摩,咱们试试,万一多活十年,那可是赚大了;万一要不成,在皮肤外面,我感觉也不会造成什么危害。

无人应允也无人给予否定性的回答。

这是默许。我这样断定。

果然,我在萧伯伯洗完澡给他量了血压和心率之后,把预先调制好的牡丹花神药端到了他面前,他没说二话,就拿上起身向姬姨的房间走去。姬姨也很顺从地拉开门就把萧伯伯让了进去。

我当时有点心花怒放,为能想出这个主意而自豪起来。

回到自己的房间,我一边看着手表上指针的移动,一边用心地听着隔壁房间的动静。三个小时过去了,萧伯伯并没有从姬姨房间里出来,我心里虽然高兴,但不敢大意,仍和衣躺在床上,小心地倾听着隔壁的响动,怕类似上次的意外再发生。随着时间向夜的深处走,围住我身子的困意也越来越浓,稀里糊涂的,我沉入了梦乡。待我终于醒过来时,天已大亮,意识完全恢复之后,我惊慌地跳下床,拉开门就往外跑,我得先看看萧伯伯怎么样了。

房间里没有回音,我心里一紧:不会是出事了吧?

我正站在萧伯伯门前紧张的当儿,那边姬姨的房门开了,只见萧伯伯穿着睡衣慢慢走了出来。

伯伯,我正想要给你量血压、测心率和血糖呢。我紧忙解释自己站在他门前的原因。

哦,我洗漱完你就来吧。萧伯伯打了一个哈欠,开了他的门进屋了。

我高兴得差一点儿就要跳起来:一个男人在一个女人的房间

天黑得很慢　　95

里睡了一夜,这难道不是我的主意成功的证明?哈哈,馨馨姐,我没有辜负你对我的信任!没有让你白白花钱!

我不愧领你发给我的那份工资!

那天的早饭我吃得特别香,两个老人的早饭也吃得很正常。吃过早饭后,姬姨主动来到了我住的房间,我猜她会向我说点夸奖的话,不想听到的却是:笑漾呀,你的心意姨我领了,谢谢你一片好心!但我想告诉你,你萧伯伯的确不适合我。我给你说你可别告诉别人,他不行。他在床上很努力,但他不行,而我,还不想立即就过无性的生活。昨晚,他百般努力之后,去衣兜里摸索了一阵,把一个东西填进嘴里吃了。我没有在意,以为是吃安定什么的,不想过了一会儿,他突然趴在床上说头晕得厉害。我急忙起身就要过来叫你去处理。可他扯住我的手说:别担心,我刚才吃了一颗伟哥,可能血压有些变低,过一阵就会好的。我的天呀,他竟然吃了这个,这要真出了意外咋办?直躺到后半夜,他头才不晕了,把我搞得非常紧张。你说,我们要真结了婚,他老靠吃伟哥怎么能是办法?那不很快就把他的身体毁掉要了他的命?所以,我和他只能成为朋友,而不能生活在一起,请你以后别再费心了。

我听得目瞪口呆⋯⋯

那天上午,我按原计划带他俩坐出租车去龙门石窟。在车上,我一直不敢去看萧伯伯的眼睛。但萧伯伯看上去却一切正常,我们三人刚下了车向石窟大门走的当儿,我的手机响了。一看是馨馨姐的来电,我就急忙先报告我们一行三人今天的游览景点,不想馨馨姐说:不必细说游览的事情,我相信你能把这次的嬉游安排好。我打电话只是想告诉你,我和你常生哥已上了飞往纽约的飞机,飞机很快就要起飞了。我们走后,两位老人的生活起居和身体健康的事,都要靠你操心了,切切不可大意!你的工资我会在每个月底按时打到你卡上,千万负起责任!我急忙应道:是,是,姐你只管放心!她这时又道:你把电话给姬姨,我跟她再说两句。我闻言急忙把手机话筒捂住对身旁的姬姨小声说:是我馨馨姐,她要跟你说几句。我瞥见姬姨脸上露出了点儿迟疑,但她随后还是伸手接过了手机说:馨馨,你好!萧伯伯听见是馨馨姐在跟姬姨通话,脸上分明露出了紧张。他显然是怕姬姨在通话时露出破绽,不过还好,姬姨应答得随意自然。因为离得近,电话里的声音听得很清,我听见馨馨姐说:姨,祝愿你和我爸在一起生活幸福美满!姬姨"嗯"一声,跟着说了一句:馨馨,也祝你们一路平安,在美国学习发展顺利!之后,便把手机递到了萧伯伯手上,只听萧伯伯说:馨儿,你放心吧,我们都会过得很好!电话里传来馨馨姐的最后叮嘱:爸,飞机要起飞,我得关机了,有事随时给我打电话呀……

萧伯伯把手机还给我时长嘘了一口气:戏终于演完了。

我们这才开始走进伊阙,去看那些密布于伊河两岸龙门山与香山上的石刻佛像。始开凿于北魏孝文帝年间,连续营造400余年的龙门石窟,其窟龛之多,佛造像之奇,太让人震惊了。一点也不懂石刻艺术的我,走进其中的奉先寺时,也被震撼得久久不能出声。那是龙门唐代石窟中最大的一个石窟,石窟正中的卢舍那大佛坐像太高大了,仅他的耳朵就长达1.9米……

我与萧伯伯和姬姨在洛阳玩了三天,看了关林,游了白马寺,参观了白居易故居。第四天返回京城的路上,收到馨馨姐发来的短信:我们在纽约已安顿好一切,勿念。唯愿你们旅游快乐!我让萧伯伯和姬姨分别看了短信,两个人看后都没说话。我低头给馨馨姐回道:伯伯和姨都很快乐,祝你和常生哥一切都好!回完短信抬起头时,我注意到有一滴泪珠滑出了萧伯伯的左眼角……

这次回到北京,姬姨让我把她的古筝送了过去,自此,她再没来过。

萧伯伯想再婚组建新家的努力至此正式宣告失败。

时间在飞快地滑走,眨眼之间,已到了暑天。北京的暑天酷热难耐,一连多日的桑拿天,使空中飘浮的颗粒物更加密集,让人有点儿透不过气来。看着纹丝不动的树枝,听着一阵高似一阵的蝉鸣,人的心情更容易变得灰暗。

萧伯伯的心情自然不好,女儿远走了,姬姨离开了,留给他的只是空旷的房子和无边的孤独。因为心情不好,他的作息规律被破坏了,每晚都坐在沙发上心不在焉地看着电视剧,睡得很晚;早晨又不按时起床,醒了就躺在床上不动。白天,也不愿去公园散步,只是坐在家里望着窗外发呆。我着急起来,如果他的心情不好,身体的免疫力就会降低,便可能带来其他健康问题。我努力琢磨着让他高兴起来的法子,忽然想起他当初说的写三本书当法学家的事,便提醒他:伯伯,你当初说要写三本书的事可是一直没有动手呀!这种事还是别拖沓才好,上次你给我说了你的第一本书的内容,那第二本书的内容是什么哩?考虑过了吗?啥时候动笔写呢?

他听我问起这个,稍稍来了点儿精神,坐正了身子,想了一阵说:第二本书的书名叫《女性犯罪动因考》。这些年,女性犯罪的人数多了起来,我这本书主要是去分析女性犯罪的心理动因,从而为减少女性犯罪提供帮助。根据我过去接触的女性犯罪案例,觉得女人当然也会因金钱和权力犯罪,但更多的女性犯罪是出于以下三种原因:一种是感情上被男人欺骗时,她们往往因生气和恼怒而报复男性,做出伤害男性的犯罪行为;另一种是身体遭家暴或遇其他方式蹂躏时,她们可能会愤而反抗,有时甚至在激情之下杀了暴打和蹂躏自己的男人;再一种是声誉遭到他人故意损害时,会对毁其声誉的人生出仇恨,寻机伤害对方,有的女人甚至用硫酸毁掉对方的相貌。我计划写上、中、下三章,把女性犯罪的深层心理动因讲个明白。

你准备最近就开始写吗?我想把他缠在这个话题上。

这些日子哪有时间写东西呀,资料都没时间看哩,只顾在你姬姨身上瞎忙乎!唉,全是瞎忙乎,耽误了我多少写书的时间呐。他把话题又扯回到了姬姨身上,想生气。

我急忙截住他的话头继续问:第一本书的写作准备做好了吗?

那本书倒是做好了写的准备,可也还没有正式动笔写呢。下一步,就开始办这件事,再也不在女人身上花时间费精力了,全是白费工夫。他说着说着又开始动气。

如果开笔写起来,你估计一天能写多少字?我再次岔开他的话题。

至少每天写三千字吧。我当初在法院写结案报告,有时一天都能写一万多字,那时还没有电脑,就靠笔写,唰唰唰的,快着呐。

伯伯年轻时肯定是法院里的笔杆子!我有意夸他,想让他高兴起来。

他一听这个,顿时完全舒展开了眉眼,说:那倒是真的,有时法院的年终总结院长都让我来写。院长在全院的大会都讲过,说他最愿看我写的材料,有理有据,逻辑严谨,文辞优美,堪称典范!

那你们法院里的年轻人肯定都很羡慕你!我进一步把他的思绪往远处扯。

那是自然!当时院办公室主任专门安排我在周五下午给院里的年轻人讲写法律公文和机关公文的要领,院里好多年轻人,包括一些漂亮姑娘都来听我讲课。

你们法院里还有漂亮姑娘?我明知故问。

怎么?你以为我们法院里都是大老爷们儿?告诉你,不仅有,而且有非常漂亮的没结婚的姑娘,都是学法律的大学毕业生。

天黑得很慢　99

再漂亮也没有我馨馨姐的妈妈漂亮吧？我指了一下他又重新挂上墙的一家三口的合影。

那不好比。他笑了,此刻应该是完全忘记了姬姨给他带来的烦恼。

那些漂亮姑娘中有没有人在你讲课时,因为你才华横溢而向你抛过媚眼或者表示过爱慕之情？我存心逗他高兴。

你这孩子！他笑出了声:不能说完全没有。

那就是有了？我追问。

你这个年纪不知道,我们那个年代在性的问题上非常保守;一旦出事,处理起来会给很重的处分,谁也不敢在这方面有越轨之举。

我没有问你越没越轨,只问你有没有姑娘向你抛媚眼或是表示过爱慕之情。

呵呵,一定要回答的话,那就算有吧。萧伯伯自己忍不住得意地笑了起来。至此,他的情绪算是被我调整了过来。

我原以为,他从此就会把与姬姨交往的事彻底放下,未料到仅仅几天之后,就又出了新的情况。

那是一个周五,他吃过早饭对我说,想去昌平看个朋友。我立刻表示支持,探亲访友也是让心情变好的一条途径嘛。我说我马上叫辆出租车来,陪你去。他摇头道:叫个车可以,陪我去就不必了;我去朋友家里聊聊天,你跟上去也不合适;我最迟晚饭后就回来了,手机又开着,即使有事我们也好联系;再说昌平城也没多远,即使我真的病了也有医院救治,何况我的身体还是好好的,你完全可以放心。我觉得他说的也有道理,就没再坚持,把他当日要吃的药装进包里,叫了辆出租车让他去了。

一整天都很平静。期间我给他打了两次电话,一次是上午,他说他正在朋友家里坐着聊天；再一次是下午，他说朋友坚持让他吃了晚饭再回市里。有这两次电话，我就放心了，便上街去闲逛，顺便给我男朋友吕一伟买了一身衣服。晚饭我是独自吃的，吃了饭洗刷完我正估摸着萧伯伯回来的时间，手机忽然响了，一看是萧伯伯的号码，我刚开口叫了一句：萧伯伯——不想从手机里传出一个很凶的女人的声音：你是姓钟吗？我吃了一惊，反问：你是谁？那女人冷冷地说道：先别管我是谁，立马带上2000元罚款来昌平把你家老人领走！我听见我的脑袋"轰"的一声炸开了：天呐，出了什么事？

需要罚款的事能是什么好事？那女人的声音更凶了。

你得让我与老人说一声话！我很担心萧伯伯的人身安全，他不会是遇见了坏人遭了绑架吧？我开始后悔没陪着他去。

话筒里随后传出了萧伯伯的声音：是我。跟着又是那女人的催促：快来，不然就交公安局处置！

这后一句让我知道了不是绑架，但事情究竟是什么性质并没听出来。我慌得连锁门的钥匙都握不住了，娘呀，啥事需要公安局来处置呢？我急忙问清地点，慌慌张张地找出钱包数出2000块钱，飞步下楼跑到街边，跳上一辆出租车就朝昌平奔了。

一路上我都在猜：萧伯伯究竟做了什么需要罚款不然就要交公安局处理的事？是不小心碰坏了商家的贵重东西？是进了不该进的地方？以萧伯伯对法律的熟悉，不会去做啥出格的事情呀？

出租车被我催进了昌平县城，找到了那女人所说的地点。嗐，原来是一家洗脚屋。仔细看那招牌：靓妹洗脚房。我的心里就一"咯噔"：我虽没进过这种场所，可从网上发的各种信息里知道，这可是容易出事的地方。果然，我一进屋，就见萧伯伯坐在墙角，而一个中年女子气势汹汹地迎门坐着。见我进来，她先横眉竖目地问：你姓钟？钱带来没？我点点头，低声问：为何要罚款？

她怒冲冲道:我这小店,就我和一个女员工,我们本来做的是清白生意,洗脚、足疗,可他趁傍晚我不在来到店里,竟想法勾引了我的女员工,并偷偷同她谈妥了条件,200块一次,结果两个人就在这店里做开了。你家老人还真有本领,硬是把我的员工弄得大呼小叫,还一连做了两次;幸亏我来得及时,要不然这动静倘是被别人听到报告给了派出所,还不得封了我的门坏了我的生意呀?!

我大惊失色,转而去看萧伯伯,希望听到他的反驳和辩解,可是没有。他不仅不叫屈,还不看我,只把目光放到墙壁上,讪讪地说了一句:给她钱吧。

这等于承认了女人的指控。那我还能说什么?

我于是只得掏钱。那女人利索地数完,然后朝我一挥手:把人领走!以后要看好他,男人老了色胆变大,别让他出来再闯祸!你们今天幸亏是碰见了我这个好心人,要不然,脸面可是要丢大了!

我估计萧伯伯是受骗上当了,因为姬姨当初明确告诉我他在那方面不行,怎么还可能出现今天这档子事?我领萧伯伯出来,走到街道拐弯时低声问他:是回家还是找一个说理的地方?去公安局?

萧伯伯依旧眼不看我,只答:回家。

在打车回市里的路上,碍着司机在,我不好再问他什么,他也没说一句话。到家已是夜里十一点多了,他进屋去到自己卧室,拿出了一叠钱递到我手上。我这时忍不住了,问道:究竟出了什么事?

那女人不是给你说清楚了嘛!他淡淡回了一句。

她说的全是真的?我瞪住他再问。

他把头点点。竟然没有一点儿犹豫。

嚯!我不认识似地看着他。

有什么值得惊奇的?我又不老嘛!

可你——我被他那副无所谓的样子弄得生气了,差点喊出:你可是一个退休的法官呀!怎么敢去嫖娼?你不嫌丢人?!普通男人做这样的事被抓都会觉得无脸见人,你这事要让外人知道,脸往哪里放?

别那么大惊小怪的!你可以宣扬这件事,我不怕!你尤其可以对你那位姓姬的阿姨说,最好原原本本地说,好让她知道,她不嫁我这个人是对的!你最好明天就给她打电话!说完,他就进他的卧室去睡了,留下我愣愣地站在客厅里。

嗐,竟还遇到了这种事!这事要是让他的女婿常生哥知道了,那不成了他挖苦萧伯伯的最好口实?馨馨姐要是知道了,还不得气死、尴尬死?!

我当然没有去给姬姨打电话,这种事怎好说出口?但从这一天起,我对萧伯伯的印象变坏了,觉着他不值得我尊敬。这实际上就是嫖娼嘛!你一个退休法官去干这事,太跌份了!要真是让公安局抓到,那可就成京城里的大新闻了!大约是半个月之后的一天上午,我忽然收到了一个陌生手机发来的短信:我是昌平靓妹洗脚房,想方便时与你通个电话。读完短信我立刻想起了那个说话凶凶的女人,她有什么事要同我说?还想继续讹诈?本不想理会这短信的,可好奇心最后促使我下楼拨通了她的手机。她一开口就先道歉:对不起了,钟女士,那晚对你说话太不客气。那天收了你2000元后,我这心里一直不安,内心斗争到今天,觉得还是要给你打个电话,把钱退还给你。

我的心一悬:她又要玩什么新把戏?于是警惕地反问她:为啥?

她在电话里讪讪一笑,说:其实那天你家老人来店里啥事也没做。他到店里时,就我一个人在,他提出让我配合他演一场戏,酬

天黑得很慢

金是2000元。戏的演法就是你那晚看到的。我那天生意不好,当然归根结底是财迷心窍,就答应了他。事后我估计他是在赌气地向你或向别的女人证明:他不老,他还是一个男人。我不能拿老人的这种心理来挣钱,所以才给你打这个电话……

我呆怔在原地。

我这才恍然大悟,才明白他那晚何以特别交代我可以给姬姨打电话,而且要原原本本地给姬姨说,那不就是要告诉姬姨他在其他女人身上其实是多么勇猛,告诉姬姨他在她身上不行并不怨他。

我的天呀,他竟然如此在乎这种事情!宁愿花钱也要在姬姨和我面前扳回这个脸面。他一定明白姬姨给我说了他在那方面不行的事情,他怕我和姬姨因此看不起他。

我听明白原委之后急忙对靓妹洗脚房的老板娘说:你不必不安,那钱是你应该得的。你答应帮助他用他自选的法子来进行心理安慰,来寻找心理平衡,这也是一份功劳,我很感激你……

这通电话打了之后,我对萧伯伯的印象才又恢复到原先的样子。我也是在这时想起,应该给姬姨打电话说说这个事情,要不然萧伯伯那2000元岂不是白花了?再说,我内心深处也有点讨厌姬姨后来在萧伯伯面前那份高人一等的模样。我于是在一个上午拨通了姬姨的电话,在说了几句问候语之后,我就不管不顾地把萧伯伯去昌平的事照萧伯伯的意愿说了一遍,我是真想拿这事气一下姬姨、挫一挫她的锐气,可你们猜姬姨听完后怎么说——

好,好,公园里的韩阿姨提醒说天不早了,那我们今天就先说到这儿,明天黄昏我再过来接着说……

周六黄昏

各位阿姨和姐妹们好,谢谢你们又都来捧场,听我继续啰嗦。

我接着昨天黄昏讲的内容说。说之前想再恳求大家一句,由于我说到的这些内容涉及个人隐私,请诸位只作为陪护参考,务必不要到处乱传。

上次说到我给姬姨打完了电话,你们猜猜她怎么说?她说:那肯定是你萧伯伯吃了伟哥,碰巧血压没有降到头晕的地步;你告诉他,总吃伟哥最可怕的是会让眼睛先瞎掉,这已经被统计学证实了,美国的男人都知道这个。你赶紧告诉他还是别吃为好!

嘻,她这话一下子就把我顶到了南墙上。

大概是从此之后,萧伯伯才算把姬姨的事彻底放下了,言行也由此开始发生了变化。首先,是街边的孩子们喊他爷爷时,他会应答了。而过去,哪个孩子若喊他伯伯,他会含笑停步应答,而若是喊他爷爷或是老爷爷,他连头都不扭一下,步子更不会停,就好像不是喊他的。其次,是他愿意往公园里那伙老人身边凑了,有时是走近听听他们哼歌,有时是站下看看他们下棋打牌,有时是坐下参与他们时断时续的闲聊,而在过去,他是根本不愿靠近那个人群的,他总认为自己不属于那个老人群体。第三,是外出需要坐公交车时,他愿意接受我的安排,由我扶着默默去坐到给老幼病残孕专留的座位上了。有一天中午吃饭时,他忽然没头没脑地对我说:人不管结几次婚,只要你活得比配偶久,最终都是要一个人过的。寂寞是必须要品尝的人生美味,没啥不得了的。我听后先是有些不解,不知他此刻何以说这话,片刻之后,我才想明白了,他是在告诉我:对姬姨拒婚的事,他看开了;组建新家的事,他不再去想了。

这件事完全过去之后,我本以为他可该轻松过日子了,未料他又开始担心起馨馨姐与姐夫常生的关系。记得有天中午正吃饭,他忽然停下筷子问我:笑漾,你说你馨馨姐和常生到美国后,关系会怎么样?我当时笑答:肯定会很好了!他们俩是自由恋爱结婚的,彼此都很爱对方,馨馨姐临走前还告诉过我,她与姐夫商量好了,一到美国就准备停了避孕措施,先生一个孩子,边养孩子边学英语。萧伯伯听了默然了一霎,说:但愿如此。只是我过去对常生的确不好,有一回他承接了一桩案子,是在我原先工作的法院审理,审判长是我原来的一个手下,常生想让我介绍他认识那位审判长,说他想与审判长先交流一下对案子里一个证据的看法,这应该是允许的。但因为我烦他,就没有给他介绍,你说他会不会记仇?我顿时明白了他的心思,笑着打消他的顾虑:怎么可能呢?一家人咋着会记仇嘛!常生姐夫不会是那种小肚鸡肠之人,你就放心吧。他听了我这番话,才又动了筷子去吃饭。

这件事过去之后,我注意到他每次与馨馨姐通越洋电话时,总要先向常生哥问好,便明白他是在努力弥合与常生哥的关系,知道他是真的意识到了自己过去蔑视女婿的做法不对。这对于一向刚强自傲、在家里说一不二的萧伯伯来说,是一个很大的进步。只是不知道这进步还起不起作用。

又过了一段时间,萧伯伯去国家图书馆借书、在家读书和上网的时间多起来了。我问他是不是要开始正式写作他的三本书了,他说是的,以后再不与别的女人扯三扯四,要把时间都用到正事上。除了锻炼,就是全心全意地写书,争取早点把三部书写出来。

待三部大书出版的新闻发布会开过,咱再干别的事情。

见他的决心如此,我又问他眼下先动手写哪一本,是先写《男人犯罪动因考》,还是先写《女人犯罪动因考》,他答,先把第三本书《人类犯罪史》的写作资料准备好,再开始正式动笔写《男人犯罪动因考》。一旦开笔,就不停了,一口气写下去。

为准备这本书的写作资料,我陪他跑了好多次国家图书馆。我不懂法律,更不懂写书,帮不上他的忙。每次到了国图,他进去查资料,我就在大门外打毛衣或看手机。有一次他查资料出来,面带喜色,我问他是不是今天收获很大,他点头说他无意中发现一个年轻法学博士写的一本书,把人类的犯罪史讲得很有意思。那部书的作者认为,人类的犯罪史是与人类的发展史相互纠缠在一起的,人类在财产方面的犯罪,是在生产力的发展达到一定水平,私有制产生之后,成为可能的;人类在性方面的犯罪,是在群婚制结束,对偶婚兴起之后才有的;人类在权力方面的犯罪,是在权力与利益紧密联系在一起后,才开始的;人类在名誉方面的犯罪,是在人类开始关注声誉尤其是死后声誉、成名意识兴盛之后才发生的……

大约准备了三个月之后,萧伯伯对我说,他要正式开始写作了。

他告诉我,每天早饭后从八点半到十一点,每天下午两点半到五点半是他的写作时间,这期间不要进他的卧室兼书房,以免影响他写作。我觉得他每天都写五个半小时,时间有点长,容易伤害身体,毕竟已是七十多的人了。但他不听我劝,说:人活着就要干事,我一定要把我想干的事干完才会心安!见他执意坚持,我也不好再说别的,只能把饭菜做好,让他吃饱有精神写书。

此后,他就按这个自定的作息时间表干起来,不再探亲访友,不再外出旅游,每天锻炼身体的时间也大大压缩,一心沉入法学书籍的写作里。一个多月以后的一天上午十点多钟,我忽然听见萧伯伯的卧室兼书房响了一声,好像是书本落地的声音,我略略一怔,看看手表,离他结束上午的写作还有四十来分钟。我有心想过去推门看看,又怕打断了他的写作惹他生气;此前有过几次,我进屋去给他续茶水他都很不高兴,一脸愠色地说我把他的思路打断了。就在我犹豫着要不要过去看看他时,听见又是"乓"的一声,这次好像是水杯掉在了地板上,我感到了不对头,不由得快步走到他的卧室门前喊了一声:萧伯伯!

没有应声。

我心里一慌,就不管不顾地推开了门,门推开的一瞬间,我的魂都吓飞了。天呀,只见萧伯伯双眼紧闭跌倒在地板上,一只手紧捂住胸口,脸色煞白,满头大汗,额头上还有血。心肌梗死!我几乎是立刻做出了判断,急忙扑上前,根据自己学过的急救知识进行抢救:使其平卧;先从自己衣兜里掏出了时刻备着的硝酸甘油片,取出几片嚼碎后朝他舌下塞去;抓过一个枕头垫到他的脚下;把家里备的小氧气瓶打开让他开始吸氧;把300毫克的阿司匹林灌进了他的口中。之后我才拨打120要了一辆救护车。

谢天谢地,当救护车赶来时,萧伯伯已慢慢睁开了眼睛,脸上的血色开始恢复,痛楚之状已经消失。救护人员和我一起把他送进了医院,心脏科医生给他做过全面检查后告诉我,他这次心肌梗死的面积很大,幸亏我学过专业急救知识,处置及时且专业,要不然,他今天可能就活不过来了。

我余惊未息心里连连后怕。

医院提出要为他的心脏做搭桥手术。我问躺在病床上已完全清醒了的萧伯伯是否同意。萧伯伯也被这意外险情吓到了,收起了以往的那份固执,连忙点头说:行,听医生的安排。我闻言忙提议:那就通知馨馨姐赶紧回来一趟;你做这样的手术,她不在场不行。我当时主要是担心万一手术出了问题让我负责可就糟了。但萧伯伯没有立刻答复我,而是按铃又叫来了医生,问这种手术的风险有多大。医生说,搭桥手术目前已是心脏科的常规手术,出问题的概率很小,当然,也不是一点风险都没有。萧伯伯待医生走后对我说:既然是风险不大的手术,我看就别再让馨馨来回跑了;花钱不说,主要是他们在美国立足未稳,时间宝贵,来回折腾一趟,她至少得一个月才能重新安定下来。这样吧,手术前我写一个委托书,写明由你替我女儿签字,一旦出了意外,不由你负责。我见他如此说,也不好再坚持。但在做手术的那天上午,我还是想给馨馨姐拨一个电话,毕竟是她父亲做心脏手术呀,万一出了事她就见不到她父亲了。可拨了几个数字后,我又停下了,心想,手术马上就要开始,此刻就是让她知道了,除了增加她的心理负担外,还能有什么意义呢?

就冒一回险吧!

萧伯伯进手术室后,我的一颗心悬到了嗓子眼里;万一手术出现意外,责任可能不由我负,但馨馨姐肯定会埋怨我没给她打电话。天呐,我是真应该给她打个电话的呀!

谢天谢地,手术很顺利。看来,萧伯伯的身体素质整体上是很不错的。

手术后,萧伯伯又住了一段时间的医院,身体就基本恢复到了发病前的状态。出院之后,我本要提醒他先别写书了,休息一段之后再说;不想我还没有开口,他自己就先动手,把原来摊放在桌子上的资料全部收起装进了一个箱子里,对我说:看来,我得先动手对付衰老这个东西,要不然,他总跟我捣蛋我是很难把书写完的;只有把衰老这个家伙收服了,获得了长寿,才能再说写书的事!至此我明白,经过了这次变故,萧伯伯内心里对衰老和疾病有了真正的恐惧,看来他从心里开始服老了。

他开始把健身放在了第一位。早饭后一待我收拾完厨房,就让我陪着他去公园散步锻炼;午休后也是先到公园跟着一帮老人做健身操。白天剩下的时间,他也大都花在了去网上查找抵抗衰老、延年益寿的资料上。

有天傍晚,我正在厨房做饭,他忽然兴冲冲地走进来叫:笑漾,网上说中国过去有人活到了256岁!

哦?我笑了:伯伯你相信这个?

他极其认真地点头:我当然相信!我已经在书上核查过了,公元1933年去世的四川开县男人李青云,生于清康熙十六年,也就是1677年。到1777年也就是他100岁时,曾因在中医中药方面的成就,受过清政府的奖励;到民国16年也就是1927年时,四川军阀杨森还把他请到万县去传授养生之道,此时,他已活了250岁。当时万县的照相馆把他穿着一身青色衣服的照片摆在橱窗里展览,此后他又活了6年,直到1933年才走,整整256岁。

会不会是记载有误?那个时候的医疗条件,人怎么可能活这样大的年纪?我笑着反问。

萧伯伯说:也许他有秘不示人的养生妙招。网上说,历史上有许多人都在寻找长寿养生的秘方妙招。1492年,教皇英诺森以为换上年轻人的血,就可以使自己吸纳他们的青春,达到永生的目的,结果在接受三名健康男孩输血时身亡。1868年,美国肯塔基的纳德·琼斯在竞选总统时宣称,他已通过祈祷和禁食获得永生,并且可以公布他摆脱死亡的秘诀,但就在当年年底,他因肺炎而死。1956年,在美国的康奈尔大学,有一个名叫克莱夫·麦凯的老年医学专家开展了一项试验:把一只健康年轻的活鼠与一只年龄较大、状况不好的活鼠从侧腹那儿缝合起来,让二者的血流融合。过了一段时间后,老的那只开始逆生长,变得年轻健康;年轻的那只却未老先衰。这个试验的结果非常诱人,可惜试验者后来改变了研究方向,没有再继续研究下去。2004年,哈佛大学干细胞与再生生物学系有一个名叫埃米·韦杰斯的女学者重复了克莱夫·麦凯的试验,并获得了同样的结果。韦杰斯接下来决定把老鼠血液中的蛋白质隔离开来,想弄清是什么东西导致了那种逆生长的效果。她后来在实验中发现,是一种被称为GDF-11的蛋白质促使老年老鼠出现了逆生长。这种蛋白质能让干细胞保持活跃。随着年龄的增长,人的GDF-11的指标会降低,干细胞功能也会随之减弱,损伤恢复速度变慢,人体开始老化。不过,即使在极老的身体里,GDF-11水平再低,那些干细胞也一直没有凋亡,只是随着GDF-11指标的下降进入休眠状态。在那个试验里,老年鼠是因为得到含有大量GDF-11的年轻血液后,重启了休眠的干细胞,从而生成了健康而有活力的组织,变得年轻起来。如果有一天,我们向老年人身上注入含有那种蛋白质的年轻血液,就可以重启老年人体内休眠的干细胞,使老人的各部组织和器官逐渐更新,从而让其重新变得年轻起来。

是吗?我当时被他头头是道的说法弄得有些吃惊了。

我们不能不信养生长寿是有秘方妙招的!他做了结论。

又过了些天,他对我说,他在网上一个长寿网站打听到了一位能给人消灾延寿的费芰大师。此人原先身居大别山中,十七岁时因误入一个山洞撞见一个巨大的黑影子,从而获得了神秘的为人消灾延寿的本领。现在,他已在京郊顺义建了延寿会所,专做延寿善事,先后为两千多人成功地消了灾延了寿,目前,很多商界的大佬和影视界的名人都去找他,请他给消灾延寿。萧伯伯说他已在网上提交了进见的申请并获得了批准,他最近就想动身去一趟。

我很吃惊,忙问:他要钱吗?

费大师说自己是在积福行善,并不图金钱,付不付钱由延寿者

天黑得很慢

自己决定,愿给就给,给多少都可以;不愿给就罢,他一点也不强求。

那你愿给吗?我问萧伯伯。

如果他真为我消了灾延了寿,我当然要给,我准备了一万块钱带在身上,届时看情况再做决定。

见萧伯伯执意要去见这位费芝大师,我只好准备出门的东西。自上次他心脏病发作之后,他只要一出门,就必要我陪在身边,这次也是这样。

我们是在一个天朗气清的上午,打车去顺义费芝大师的延寿会所的。的士司机按萧伯伯在网上抄来的地址寻找着,足足走了两个小时才到。那是一个建在一大片树林里的漂亮院子,主楼一座,辅楼两座,都是西式两层小楼,中间有花坛喷泉。我没想到去找费大师消灾延寿的人会那样多,在左侧辅楼的一层候见厅里,足有二十来个人在等待与费大师见面。萧伯伯上前对负责接待的姑娘说了他约见的号码,那姑娘客气地领我们去一侧的沙发上坐下等候。候见厅里的条件很好,有茶水、饮料、点心和水果,候见的客人可以随便取用。我陪着萧伯伯坐在那儿等待召见,片刻后才注意到,候见厅里的墙上挂满了镶在镜框里的大幅彩色照片,照片都是那位五十多岁、胖胖的费大师与他消灾延寿的对象在一起照的。我在那些照片中看见了一个名头很大的官员、一个有名的房地产公司的总裁、一个在电视剧里饰演过女主角的名演员,这让我来了兴致,心想,这样有名的官员、富商和演艺界大腕都来此消灾延寿,看来这位费大师是真有神秘本领,萧伯伯决定来是对的。

上午没有轮到我们,中午十二点时,负责接待的姑娘领我们这些等候者去右侧辅楼一层的餐厅用自助餐。自助餐很丰盛,好多种素菜、荤菜,五六样主食,三四种汤;餐具很讲究,碗、盘、杯、盅都镶着金边;就餐条件也非常好,实木的餐桌,洁白的台布,雪白的餐巾,插在花瓶里的鲜花。能让素不相识的候见者享受到如此的美食,更让我相信了费大师的实力。一直等到下午三点,才有一位很有气质的年轻女性过来叫了萧伯伯的名字,然后领我们进了主楼二层的一个大厅。大厅里的窗户拉着薄纱窗帘,光线略有些暗,只见正中的一张红木方桌前,端坐着那位我从照片上认识的费芰大师。那位女士示意我坐在门旁的一把椅子上,费大师则指了一下方桌对面的一个圆凳,示意萧伯伯坐下,然后"啪"的一声打开桌上的一个开关,跟着就见萧伯伯座位的左右前后和上下突然间亮起了六盏射灯。六束灯光一下子全打在了萧伯伯身上,使萧伯伯笼罩在了一片光亮之中;与此同时,窗上的黑色窗帘"唰"地落下,整个屋子沉入一片黑暗之中;整个房间里,除了萧伯伯再也看不见任何东西。萧伯伯被这些强光和黑暗弄得满脸惊愕,我也非常吃惊。我当初实习时去过那么多医院和疗养院,还从未遇见过这种就诊场景。足有十几分钟,屋子里一片安静,只有一点电流的轻微嗡嗡声。费大师似乎是在仔细观察着萧伯伯,也像是在用什么仪器对萧伯伯的身体进行着检查。就在我猜着这安静会持续多长时间的当儿,突然传来费大师低沉的问话:萧成杉先生,你是不是在前不久刚刚经历了一次事关生死的灾难?原本就惊愕满脸的萧伯伯,听到这问话后,更是意外,向我所在的方向看了一眼,似乎要与我交流他的意外感觉。来的路上,我问过萧伯伯,知道他除了报上自己的名字和年龄外,并未向费大师透露过自己的任何其他信息。那这位费大师是怎么知道他遇见过心脏病突发灾难的?是因为刚才的观察和神秘的检查?

遇见过。萧伯伯回答,是心脏病发作。

你觉得你已远离了灾难吗?费大师又问。

我最近身体暂无不适的感觉。萧伯伯说。

那我现在告诉你我刚才观察你身体的结果。费大师说着,

"啪"地又按了一下桌上的开关,原本照在萧伯伯身上的六盏灯一下子灭了;与此同时,窗上的黑帘也猛地升起,屋内重又恢复到我们刚进来时的景况。

还有一条黑色的毒蛇在缠着你的身子,他也许要在最近三个月内再咬你一口,置你于死地!

哦?!萧伯伯吓得霍地站起身子:是真的?我也很惊骇他的判断,不由得站起来。

费大师抬手示意萧伯伯坐下,然后起身走过桌子,站到萧伯伯身边说:你先不要说相不相信,我现在就从你身上把缠着你的那条黑色毒蛇抓出来,让你看一眼。

萧伯伯与我对视了一下,我们交流了一个骇然的眼神:怎么可能从人身上抓出蛇来?

费大师绕着萧伯伯走了几圈,边走边看着萧伯伯,他的步子越迈越快,突然之间,只见他猛地朝萧伯伯的怀里一掏,然后就有一条黑蛇在费大师的手上挣扎着昂着头,我和萧伯伯都不由得惊叫了一声:啊——

你看见了吧?费大师把手中攥着的黑蛇伸向萧伯伯,萧伯伯吓得直往后仰。

我现在把它放走,就等于为你消了灾,你至少可以再活28年。你今年75岁,延寿28年就是103岁。对你来说,我目前能做的,也就如此了。延寿虽然不长,但我尽力了,请问你是否同意?

萧伯伯急忙点头答:同意同意!

费大师见萧伯伯如此回答,便慢步走向后窗,用手肘撞开窗户,在口中喃声道:走吧!我放生你,你放生他;前世无怨,后世不仇;给他28年,于你可升天,于我则心安……说着,只见他松开手,那条黑蛇瞬间爬过了窗台。

萧伯伯和我都被看到的情景惊住,半响无语,只定定地看着那扇窗户。直到费大师朝我们挥挥手,低声道:走吧,萧先生,那条黑色毒蛇是缠着你的疾病的象征物,我只是让它短时间内在你面前显了形。你的消灾延寿之举已经完成,愿你安心活过百岁。

我闻言急忙上前搀起萧伯伯,萧伯伯此时激动地问:请问大师,去何处交钱?

不必了吧?若是实在想交,就让陆女士领你们去交。他朝领我们来的那位女士点点头。那女士示意我们随她走,到了一层的一个写有捐献处的房门口说:捐款就在这儿。我和萧伯伯进去,只见一个中年男人将一个写有"捐"字和"最低一万元"说明的箱子朝我们推过来说:放进去就行!

我惊看了萧伯伯一眼,低声提醒他:天呀,最低一万呐!

萧伯伯笑了一下:一万就一万!为咱延寿28年,付这点钱值得!说着,便把他带来的一万元全塞进了那个箱子。

这天回到家,萧伯伯的情绪非常好,他高兴地对我说:这种事,你不亲身经历,是很难相信的。花一万块钱争取28年的寿命,这种好事竟然叫我遇上,真是神助了!有这28年的时间,我可以一边写我的法学著作,一边去更大的范围里寻找其他的延寿法子,把寿限延得更长。人的寿命,说到底就是自己的肉体在这世上存在的时间。延长寿限,就是延长肉体存在的时间。延寿的法子,肯定不止费大师这一种,重要的是我们要去寻找……

我也为萧伯伯高兴。要不是亲眼所见,我也不会相信。

这件事过去不久,有一天萧伯伯的手机上出现了一个陌生号码发来的短信,短信上写道:尊敬的萧成杉先生,我们知道你已是高龄老人,本着向老年人服务的心愿,谨向你推荐一款长寿健身操。唯愿你学会此操,长命百岁。若有学习的愿望,请与我们联系。

天黑得很慢　　115

萧伯伯也让我看了这则短信,疑惑道:这是谁发给我的?竟然还知道我的姓名和年龄,真是奇怪!

我说:这年头,打听一个人的姓名、年龄和电话都不是难事,只要对方的手机号码咱不熟悉,别理他就是了。萧伯伯却担心万一是哪个单位哪位朋友好心发来的,不理人家不礼貌,于是就把电话打了过去。一问才知道,原来是一家名叫天成的老年健康服务公司,愿意登门教老人学会一种拍拍长寿健身操。说这种操经科学测试,老人学会后每天做一次连续做一年可以延寿4个月。派老师登门教授此操,包教包会仅收费500元。萧伯伯一听很高兴,才花500元就可以学会一种可以延寿的健身操,值得!便报出了家庭住址,对方也当即决定,第二天上午即派人登门来教。

我当时想,既然花钱不多,萧伯伯又愿意学,就让他们来吧;即使效果有限,也没有什么大不了的。

第二天上午九点,在约定的时间,果然有人敲门。我开门一看,来者是一个四十来岁的妇女,打扮得干净利落,手提一个小电脑。她说她叫庞仁爱,是天成公司派来教拍拍健身操的老师。萧伯伯闻言急忙迎过来说:欢迎欢迎!

那女人先将她的电脑接上电源,然后点开一段轻柔的音乐,在音乐声中开口道:尊敬的萧老先生,请允许我先向你介绍一下著名的拍拍健身操的来历——

此操是一位名叫邝绣华的女士创立的。

公元1902年,邝绣华女士出生在邯郸城一个富裕的商人家庭。12岁那年秋天,也就是公元1914年秋天,她父母带着两个弟弟去天津有事,她陪着奶奶在老家住。一天中午,正吃饭的奶奶手中的筷子突然落地,身子也跟着从椅子上出溜到了地上,一边嘴角也歪斜了,这可把邝绣华吓坏了,奶奶这是怎么了?那年头没有急救电话120,更没有救护车,家里的几个仆人全围在老人面前,静等着12岁的小姐邝绣华拿主意,邝绣华那一刻意识到,当下能救奶奶的只有自己。可她平日学的就是绘画和女红,一点医学和救护知识也不懂呀,焦急中的她想起平日自己身子不舒服时,奶奶常用手拍自己,拍着拍着自己就觉得好受了许多,于是她就用两个手掌拍起奶奶来。她奶奶当时仰躺在地面上,她就用两个手掌先拍奶奶的两只胳臂,拍着拍着只听奶奶呼出一口气来,眼就慢慢睁开了;她见状加重加快了拍的力度和速度,之后,就见奶奶原本歪着的嘴角端正了过来。她高兴起来,又接着去拍奶奶的两个肩部、胸部、腰部、双腿、双脚和双手,经她这么反复地周身拍着,她奶奶最后竟慢慢从地上坐了起来,又恢复了发病前的原状。邝绣华当时喜极而泣,抱住奶奶连说:感谢神灵保佑你!随后请来的郎中对邝绣华的奶奶说:你这是中风,如果不是你孙女当时不断地拍你的胳臂,你可能从此就躺到床上下不了床了,是你的孙女救了你!就是这件事,让邝绣华知道了拍身子的作用和重要性。此后,她下决心弄懂拍身子的药理作用,精读中医典籍,四处找民间大夫求教,后又考入国立燕京医科大学深造,并开始自己摸索,最终创立了这套拍拍延寿操。

  这套延寿操共由16拍组成。第1拍叫拍双耳,就是用两个手掌轻拍两只耳朵;第2拍叫拍脑门,用左右手轮流轻拍脑门;第3拍叫拍双颊,就是用两只手轻拍双颊;第4拍叫拍双肩,两只手这样轮流着拍左肩和右肩;第5拍叫拍大臂,先用左手拍右大臂,后用右手拍左大臂;第6拍叫拍小臂,先用左手拍右小臂,后用右手拍左小臂;第7拍叫拍肋下,先用左手轻拍右肋,再用右手轻拍左肋;第8拍叫拍小腹,双手轮换着轻拍小腹部;第9拍叫拍后背,先左手向后拍后背,再右手向后拍后背;第10拍叫拍屁股,两只手同时向后拍自己的半个屁股;第11拍叫拍大腿,弯腰用两只手轮流拍两条大腿的四周;第12拍叫拍小腿,身子半蹲,轮流拍两条小腿的四周;第13拍叫拍脚背,身子坐在矮凳上,两只手同时拍自己的两只脚背;第14拍叫拍脚掌,脱下袜子,坐在凳子上,先把右脚放在左腿上,用左手用力拍右脚掌;再把左脚放在右腿上,用右手用力拍左脚掌;第15拍叫拍手背,先用左手拍右手背,再用右手拍左手背;第16拍叫拍手掌,两个手掌对着拍,拍得越响越好。这16拍,不论拍何处,都至少要拍30下,最好拍到被拍处微微发热才好。下边,我们请邝绣华老人先给你示范一遍。

说到此处,她敲了一下电脑键盘,电脑屏幕上就出现了一个老太太,正在做拍拍健身操。在这同时,那女士说道:萧老先生看到了吧,106岁的邝绣华老人,拍起来是如此地自如、自在和潇洒;你看她的动作,是怎样的有力、准确与到位。老人平日过的就是普普通通的日子,吃的是家常饭菜,用的是家常用品,没吃任何保健药物,就靠着这每日一次的拍拍操,硬硬朗朗地活过了百岁,而且至今耳聪、目明、牙坚、发半白,这实实在在地证明了拍拍延寿操的作用和威力。

电脑屏幕上的老人看上去的确很精神。

那庞女士这时又说:我还要告诉萧老先生一件特别令人惊奇和振奋的事,陕西省西安市有一位80岁的老太太在做拍拍健身操时,当拍完第16拍之后,身子忽然徐徐升离地面约半米高,且有一团白雾将其围住。四周的人看见她的身子在白雾里缓缓旋转,待白雾消去她落地站定之后,人们惊奇地发现她原来瘪塌的前胸一下子变得异常饱满,与20岁姑娘的胸部几乎一样。众人讶异,她本人也震惊不已,当时有两名她的同伴以为她是猝然得了什么怪病,忙上前解开她的领口去看,这一看更是大惊不已,原来那老太太的两个乳房变得挺拔白嫩。问她的感觉,她说没感到任何不舒服。这件事在那个街区里引起轰动。据一位学者后来解释,在我们所处的宇宙之内,当然也包括咱们人类所在的地球上,存在着一种暗能量。因为科学家们在观测中发现,现在的宇宙,并没有停止膨胀,而且是在加速膨胀。加速膨胀的出现就显示有新的能量在不断加入,不然是不会发生的,可这种能量是什么,科学家还说不清楚,于是就把这种能量命名为暗能量。这种暗能量我们平时感觉不到,西安市的那位老者在拍打身体的一些部位和穴位时,可能无意中触动了一种围绕我们人体的暗能量的某个开关,致使暗能量对其胸部瞬间发生了神秘的作用。这种解释是否有道理一时还不能验证,但这件事告知我们,拍拍健身操除了眼下显见的健身作用外,很可能还有一些无法说清的功能。

萧伯伯被庞女士的一席话说得满脸喜色。

接下来庞女士就手把手地教起萧伯伯来。我也在旁边跟着学,心想,不花钱学会了这种操,回老家了可以教给我爹娘。

那天上午,我和萧伯伯就在这种轻柔的音乐声中,一直学到了将近11点钟。应该说,这种操很好学,近两个小时下来,我和萧伯伯就全学会了。依照原来说定的价格,萧伯伯付了庞女士500块钱。庞女士临走时说:教授此操,既是完成公司交给的任务,其实也是在做善事,能让每位老人都活过百岁,那是实实在在的善举。你们身边若有想学此操的朋友,请把我的电话告知他,让他们与我直接联系。萧伯伯连连点头答应道:好,好,好。

结果此后三天,萧伯伯就给庞女士介绍了三个同龄的法官,让庞女士上门去教他们。连我,也给庞女士介绍了在万寿公园认识的两个老人做她的学生。

学会了做拍拍健身操后,萧伯伯异常兴奋,他对我说,如果我每天都坚持做这个操,一直做上30年,就可以再延寿120个月,等于10年时间;加上费大师为我延长的28年,就是38年了。我今年75岁,加上38年,就是113岁,那我写出280万字的法学著作,成为法学家是一点问题也没有的,太让我高兴了!与此同时,我还可以在这争取来的38年的时间里,去寻找更多的延寿方法……

此后,他除了每天的健身活动之外,便是想法去寻找新的延寿方法。为此,他还常去西单图书大厦买书,买那些关于细胞学、分子学、DNA分析、基因技术、神经学等方面的新书,我一本也看不懂,只是陪他去,帮他提。还有就是一有空就上网查看有关长寿和永生的新资料。他常上的是生命类、生物类、人工智能类和医学类的网站,他热切地想要从网上查到更多有关人类长寿和延寿的资料,有时晚上一坐就是几个小时。

馨馨姐由美国打回来电话时,我向她说了她爸爸去找费大师的经过和学习拍拍健身操的情况,也包括他最近的这些变化,她听后只是有些意外地"嘻"了一声,说:他老了,随他的意吧,愿做什么就让他做什么,只要他高兴就成。她还告诉我,在美国那边,也会在报纸上和网站上看到一些人为延寿的消息,只是未去验定真假。虽然是越洋电话,可我还是能听出,她的声音有些干瘪,没有了过去那种圆润味儿。当然,我那时还不知道馨馨姐的生活其实也已发生了重要的变化。

馨馨姐最初到美国那段时间,情绪是很好的。她通常是每周打一次电话回来,话筒里总是传出她清脆的笑声。和她父亲说话时,总是问得很细,吃得怎样,睡得怎样,玩得怎样,大小便怎样,身体感觉怎样,心里感觉怎样,与姬姨的关系处得怎样,等等。同父亲说完之后,还一定要同我说几句,问问父亲血压、心率、血脂、血糖的指标,问问父亲各种药物的服用情况,问问他的体重变化,等等,末了,还总要问问我与男朋友吕一伟的关系如何,打到我卡上的工资是否收到,我有无什么意见。真可谓面面俱到,体贴细致。

当时萧伯伯和我最难回答她的是姬姨的事。这件事不可能长久瞒下去,她几次要求与姬姨通话,我和萧伯伯很难持续找到不让姬姨接电话的理由。终于有一次,萧伯伯在电话里说:馨儿,有件事要告诉你,我和你姬姨不适合生活在一起,我们已经分开了。你不必再为此事操心,也不必再与你姬姨联系,我已不适宜再结婚了。我现在有小漾陪护,日子过得挺好,你只管在美国和常生好好生活就行……

馨馨姐听她爸这样一说,沉默了一霎,叹道:也好,一切按你自己的意愿办吧。随后又声调沉郁地叮嘱我:小漾,担子都落到你身上了,我希望我没有看错你。你就暂且替我当一阵女儿,好好地照顾我爸,我会回报你的。从这个月起,你的工资提到5500元,每月都会打到你的卡上。我当时急忙表态:馨馨姐你放心,我会全心把我的陪护工作做好,让萧伯伯平安快乐过日子。你没必要一下就把我的工资提这么高,这会增加你的负担……

但馨馨姐是那种说话作数的人,从此后,我的工资就变成5500元了。

馨馨姐给我增加了工资,我立马也给我的吕一伟增加了伙食费和零花钱。他这时已考上了研究生,我得让他吃饱喝足好学习呀!

此后一段时间,馨馨姐打电话的频率变高了,差不多一周两次,她显然是担心她爸爸的生活。萧伯伯就在电话里劝她:你节省点电话费吧,毕竟是越洋电话;我又不是很老,身体也没出大毛病,加上又有小漾看护,你就放心吧。不知是听了她爸的劝告还是因为要补习英语很忙,馨馨姐的电话逐渐少起来了。大约在她离家一年之后,电话已变得非常稀少,有时三个星期都没来一次电话。好在那些日子萧伯伯一直沉浸在对长寿问题的研究中,根本没有在意馨馨姐的电话变得如此稀少。他不在意,我更不在意,每月只要能准时收到工资,做好每天的陪护工作,我没必要操更多的心。何况这时我的吕一伟研究生学习很顺利,而且他已正式说定要在

天黑得很慢

研究生毕业后先与我结婚,婚后再接着考博士。一想到自己将来有可能成为一个博士的夫人,我每天都沉浸在快活之中。

我到萧家过第二个春节的前夕,收到了馨馨姐的短信:小漾你好,很抱歉春节回不成国了,原因很复杂,以后见面我会给你细说。很希望你能在春节期间留在北京陪护我爸过节,以免他一人过节太孤单,身体出危险,为此我给你多发两千元节日补贴。我知道这点钱根本不能补偿你不回老家过节的难受,可我只能请你多原谅了。期盼你的回复。

老实说,收到这个短信我心里很不高兴。她原来说好节前10天就回来陪她爸过节的,然后给我放假让我回老家看看爹娘和弟弟、妹妹,还有外婆。我太看重这个年假了,还有哪个节日比春节重要呢?我已经在近些日子抽空买好了回家送给亲友们的礼物,也已和吕一伟订好了一起回老家的车票,现在可让我怎么办?不答应她,让萧伯伯一个人在北京过节?老人心里难受还在其次,重要的是他的身体出了毛病可怎么办?答应她,我心里又确实不甘,与家人团聚的愿望就这样被她用2000块钱轻轻巧巧买走了?我迟疑了很长时间才勉勉强强给她回了两个字:好吧。我想她能从这两个字里感受到我的不快和不情愿。果然,她很快又回复我:非常感谢,以后再送谢礼。我没再给她回短信,我对她用金钱和物质交换我回家与亲人团聚的机会很不开心。

在得到我的肯定答复后,馨馨姐才打电话告知她爸她春节回不来了,由我陪护他过节。萧伯伯放下电话就催我去订返家的车票,说:你只管放心回老家过年,超市里的水饺多得是,我去买些回来煮熟就把年过了。我虽然心里不高兴,可对萧伯伯,我还得找一个春节不回家过的借口,要不然,他心里会不安。我说我的男朋友吕一伟春节也不回家,让我在这陪陪他。萧伯伯这才点头说:也好也好。之后,我就劝吕一伟也别回家,把我俩给两家亲友们买的礼物用快递寄了回去。吕一伟不太高兴,但碍于我的坚持他也没敢坚决反对。何况我还暗示,春节期间他可以随时找我。

大年三十上午,萧伯伯说:你给你的一伟打电话让他过来,和我们一起过除夕吧。我没再客气,就给一伟打了电话,并嘱他在路上给萧伯伯买束鲜花来。

吕一伟来到时,我正在厨房里做菜,是萧伯伯给他开的门。门一开,他就把一束鲜花递到了老人手上,这让老人很开心,只听他笑道:嗬,一伟还真讲礼节,到底是研究生,谢谢了!萧伯伯平日笑的时候很少,笑出声的时候更少,这个样子表明他是真高兴了。

三个人的年夜饭吃得很开心。我预先给一伟交代了不能喝酒的原因,我俩用无糖的酸奶来敬萧伯伯。我知道萧伯伯想要长寿的心情,所以第一杯的祝酒词是:愿萧伯伯新春新变化,脑子里只增知识额头上不添皱纹;第二杯的祝酒词是:愿纳米机器人能早日顺利进入萧伯伯的血管清理杂物,纠正 DNA 缺陷,开始返回青年的过程;第三杯的祝酒词是:愿 200 个年头之后,我们还能与萧伯伯一起过除夕!这三句话一说,萧伯伯的眉头完全舒展开了。他饭后叹口气说:没想到是你们让我这样开心。我自己的女儿、女婿带给我的反倒全是担心和忧虑……

那个除夕之夜,萧伯伯破例允许吕一伟留住在馨馨姐和常生哥原来的卧室里。半夜时,吕一伟悄悄溜进了我的房间,尽管我严禁他弄出声响,但兴奋中的他哪还能记得我的警告,该死的床也不停捣乱,不是这响就是那响。我估计萧伯伯一定是听到了,弄得我大年初一早上起床后都不敢去看萧伯伯的眼睛。

那一个春节过后,萧伯伯有一天欣喜地拿着一张小报让我看,原来那报上登着一则消息,说世界上使用最广泛的抗糖尿病药物二甲双胍具有抗衰老、延长寿命的作用。这种药是通过促进细胞中氧分子的释放,从而增加细胞的坚固性和寿命,最终缓解机体老化并延长个体寿命。英国卡迪夫大学2014年的研究发现,注射过二甲双胍的糖尿病患者,实际上拥有比非糖尿病患者更长的寿命。目前,美国的食品和药物管理局已经批准进行进一步的试验,科学家们已开始招募自愿参加新试验的志愿者……

我刚看完这条消息,萧伯伯就对我说:小漾,我现在不是每天都在使用二甲双胍这种药吗?你可把我每天的用量再增加一倍!

我吃了一惊,回答道:我只是一个护士,改变药量需要经过医生的同意才行,你自己更不能随便增量。是药都有毒性,万一加量对你的肾脏肝脏造成伤害咋办?新闻里还没有完全断定二甲双胍就一定有抗衰老延长寿命的功效,还说要进一步试验,还在招募参与试验的志愿者,你还是慎重一些好。萧伯伯听了我的话有点不太高兴,说:你这样年轻观念却很保守,我都不怕你怕什么?你没看2014年英国大学已得出了研究结论吗?我见他不高兴,只好说:那咱们去一趟医院,找一下平日给你看病的医生,听一听他的意见。萧伯伯勉强点头同意,于是我们去了医院。未料医生一听完他的话就斩截地回绝:不能增加!你用的量已经不小了,再多用,出了危险由你自己负责……

没过多久,有一天他又高兴地喊我去看他在网上发现的一则长寿功培训启事。那启事上说:龟龄功是潘巡大师借鉴乌龟长寿的经验,潜心十年新编的一种延寿功,简便易学,坚持做一年可延寿半年。培训地点在颐和园北宫门旁。萧伯伯两掌相击高兴地说:我得去学学!费大师给我延了28年的寿,拍拍健身操每做一年又延长4个月的寿命,如果我再学会了这龟龄功,岂不又可延寿很多年?

我觉得网上发布的信息不能全信,但见他如此感兴趣,也不好反对,就按启事上留的电话打了过去,问清了培训费是9998元,每天的上午即交费即培训。萧伯伯说:9998 就 9998 吧,花这点钱买几年寿命,值得!他嘱我第二天早上早点儿做饭,饭后就打车过去。

第二天早饭后我们赶到颐和园北宫门时,果然在远处的一棵大树下看见了一个牌子,上写"龟龄功"培训处。近前一看,只有一个中年男人和一个小伙子坐在那儿。我问:这儿就是龟龄功培训处?那小伙子起身答道:对,你们是来参加培训的?先交费吧,交完即可接受培训。我有点不放心,再问:怎么不见其他人来学?那小伙子点头:我们的培训方法是随来随训,学完就走,不让学员有等待的时间。长寿是分秒必争的事,延迟一个小时,说不定哪种病就上了学员的身子。今天早上到现在,我们已经培训了四个人。我和萧伯伯对视一眼,觉得这话说得也有点道理,就再问:谁负责培训?他指了一下那个微阖双目坐在树下的中年男人答:潘大师亲自负责培训。萧伯伯见状,急忙上前向那位潘大师询问:怎么个培训法?但那位潘大师却并不答话,照样双目微阖坐在那儿。小伙子这时又开口说:先交费,交了费自然会告诉你培训方法。萧伯伯于是向我挥手示意,让我把他预先给我的 9998 块钱交到那小伙子手里。小伙子数完钱,示意萧伯伯坐在那中年男人对面的一只圆凳上,随即将一个塑料布做成的类似屏风样的东西围在了萧伯伯和那中年男子四周,塑料布上画满了一只只的乌龟。我因不知他们的培训手段,担心萧伯伯会因培训伤了身体,于是向那小伙子要求:我也必须进入围挡里,因为我伯伯心脏不太好,我得防止意外。小伙子沉吟了一霎,点头道:可以,但你只能听和看,不能发出声音,干扰培训!

我应允后进了围挡,见那一直微阖双目的中年男子已睁开眼睛正对着萧伯伯说:作为培训师,我先向你做个自我介绍。本人潘巡,生于洞庭湖滨,现年 95 岁。自幼随父在洞庭湖一小岛上靠捕

天黑得很慢

鱼鳖虾蟹为生,与乌龟常打交道。萧伯伯和我闻言都对他的年龄惊异无比,萧伯伯诧异地问:你95岁了?那潘巡不答,只将自己的身份证递到了萧伯伯手上:你可以自己看!我忍不住好奇,也急忙探身去看,嗬,身份证上的出生年份和日期果然证明他95岁。老天,一个95岁的人怎么看上去会如此年轻?只像是45岁的人?

你是不是觉得有些奇怪,我怎么会有如此年轻的体态和相貌?告诉你,我就是靠长期做龟龄功做出来的。你要想变得年轻和增长寿命,来找我学龟龄功是正确的选择。龟这种动物,我长期与他打交道,对他做过仔细地观察。他虽属爬行动物,但他拥有其他爬行动物所没有的显著特征。他有一个坚硬而厚实的壳,在面临敌害时,这个壳可以保护其五脏、头、四肢和尾巴,使敌人无从下手,不必疲于奔命。这就使其遭受他害的可能性大大降低,寿命自然就长了。更重要的是,他行动缓慢,非常"懒惰",每天的运动量极小,因此他的体能消耗很微小,新陈代谢也就变得极其缓慢;加上他又爱睡觉,既要冬眠又要夏眠,一天能睡15个小时以上,全年约有10个月都在睡觉;以冬眠来抵御严寒,用夏眠来抵御炎热,还可以数月不吃不喝,有着超强的耐饥饿能力。所以他们通常活个几百岁没有问题。我就是根据自己对乌龟的观察和研究,编出了这套龟龄功。这套功法基本的动作有三个,就是坐、爬、躺。最大的要求是慢、静、稳。外在的表现是少吃、少喝、少视、少听。目前,跟我学会这套功法并坚持做的5556人,平均年龄已是88.996岁。喏,这是我们的学员统计表,你可以看看他们的年龄。这些人如今都健在,最大的已活到了102岁。萧伯伯翻了几页,便又被潘大师拿过去说:你现在就跟我学这套功的做法。第一个动作,先微闭上眼睛,与外界的景色和人物隔绝,双眼不看周边人;第二个动作,拿两个橡皮塞塞住两只耳朵,与外界的声响隔绝,双耳不闻身边音;第三个动作,在椅子上坐下,保持安静,缓慢吐气和吸气;第四个动

作,想去厕所时,双手着地,缓缓爬着去,大便或小便结束后,再慢慢爬回原来的坐处;第五个动作,仰躺在床上,似睡非睡,想睡便睡,争取一天在床上躺15个小时,忍饥挨渴,一天只吃一顿饭,只喝一次水,什么药也不要吃,你啥时见到龟吃药了……

萧伯伯听得津津有味,我却听得疑窦丛生。

回家以后我问萧伯伯:你真要练龟龄功吗?萧伯伯点点头:当然要练,既然已经学了,动作又不难做,还花了钱,为何不练?何况有那么多的人因练了这功法,已平均活到了88.996岁,我不练不是傻吗?

我当时说:这些数字可都是潘大师说的,并未经他人证实。根据我有限的人生经历和学到的医护知识来看,这龟龄功的设计是有缺陷的:第一,人不运动,固然可使新陈代谢减缓,但也可能使四肢的运动功能退化;第二,人每天都在床上躺15个小时,是有可能得褥疮的;第三,人挨饿尚可,但血脂稠又少喝水是可能导致血栓形成的。萧伯伯听罢笑了,说:人们总是不相信新生事物,没想到你这样年轻也是这样,我们要坚信一条:龟是动物,人说到底也是动物,既然都是动物,那人是可以向龟学习的。龟龄功就是人向龟学习的一套方法,效果应该是有的,像龟那样活到800岁不大可能,但多活20岁30岁是完全有可能的。我见他态度如此坚决,又想起馨馨姐当初"一切随他意的交代",就不再阻拦,任他去练那套龟龄功了。

萧伯伯练龟龄功的最大好处是省钱了。我每天只用买很少的食物,他给我的用于吃喝的那笔钱节省了许多。其次是我变得轻闲多了,主要是为我自己做饭吃。但三天下来,我觉得萧伯伯的气色变得很糟;五天下来,他的血压、血糖都升高了,大便解不下来,关键是心跳变得很不规律。我害怕了,劝他赶紧停下来,但他摇头道:干啥事都有代价,人想要长寿肯定也要有代价。我现在的情况

天黑得很慢

应该就是在付代价,过了这个适应期应该就会好了……

他的身体状况让我很害怕,劝又不听,没办法,我只好给身在美国的馨馨姐打电话,让她来劝劝她爸。那是一个晚饭后,电话打过去,通了,却无人接,我以为她在睡觉,想想美国的这个时候应该是早晨,于是便接着打。三次之后她总算接了,声音是馨馨姐的,但她好像一下子没弄清我是谁。我一连报了三次名字,她还在问:你是谁?我很奇怪,馨馨姐怎么连我是谁也不知道了?难道是做梦弄得迷糊了?我正要再报名字时,忽听见萧伯伯的卧室里发出"扑通"一声,赶紧扔了电话跑过去。天呀,萧伯伯在下床时昏倒在了地上。我急忙去摸他的脉搏,这一摸吓得我的心都提到喉咙里了,他的脉搏几乎摸不到了。我慌忙打了120。到了医院急诊室就开始急救。最后总算没出大问题,但医生在得知我是他的陪护员后,根据老人的体征怀疑我在虐待老人,质问我:这位老人差点因为虚脱丢了命,他的营养状况怎会如此糟糕?你是怎么陪护的?你有没有按时给他吃东西?他是不是独居?他的子女知不知道他的实际情况?你这是失职呀!如果再出现这种情况我们会报警的!弄得我有苦难言有口难辩。

馨馨姐是第二天上午才给我回过来电话的,问我是不是给她打电话了,我说:是呀,你怎么连我是谁也听不出了?她叹了口气道:对不起了小漾,我当时吃了剂量很大的镇静药,迷迷糊糊地躺在床上,只知道电话响了,拿起话筒却什么也听不明白,怠慢你了!我听了有点吃惊,问她:你年纪轻轻的吃大剂量的镇静药干啥?她再叹一声:小漾,我遇到了一些问题,过些日子我再给你讲;你先告诉我,你打电话找我有什么事?是工资没收到还是我爸爸的身体出了状况?我听她的声音就明白她的心情不好,想她离家万里,就是给她说了她爸爸的情况,也只是徒增她的心理负担,让她焦急,还是不说吧。我只讲是想她了,所以才打电话,并无别的事情。她苦笑了一下,说:我也想你,更想我爸爸。我会找时间回去看望你们……

萧伯伯从医院回到家以后,大约是医生们的对话他都听进耳朵里了,知道了这次昏迷让他险些丧命,故再没提做龟龄功的事。我精心给他调理了饮食,五六天后,他的身体便基本恢复了正常。经过了这件事,萧伯伯对那些延寿功一类的宣传,保持了警惕,我陪他再去公园散步时,碰到那些发放延寿功培训广告的,他都闪身躲开了。

萧伯伯虽不再提龟龄功了,但我还记着那两个办培训班的男人,我估计他们还会诱惑其他的老人去参与培训。有一天,萧伯伯来了个法官朋友,他和朋友在家聊天,我趁这机会去西山医院看望一个当护工的老乡。坐公交车从颐和园北宫门路过时,果然看见那个龟龄功培训班的牌子还在,而且还有几个老人在那里排队交钱。我真想下车去阻止那些老人,又怕他们不相信我,再说,那两个男人肯定也做好了应对这种谴责的准备,最终我也没有下车……

馨馨姐是在去美国的第三年春天,才告诉我她要回国看她爸爸了。在这么长的时间里,我可以自称是尽职尽责,努力完成了陪护任务。当然,馨馨姐也践了诺,保证了我每月的28号准时拿到工资。而正是这一份稳定的工作和不低的工资,不仅让我在京城生活无忧,而且使我有能力支援家里的弟弟、妹妹读书,更重要的是,保证了我的男朋友吕一伟顺利读上了研究生,此时他已经安心在航空航天大学读研二了。我记得收到馨馨姐的短信是在一个上午,我现在还能记住那条短信的全文:小漾你好!我要回京看望你们了,但我想你先不要把这件事告诉我爸,我想给他一个惊喜。你可在23号中午以出门看男友为名,打车去首都国际机场3号航站

天黑得很慢　　129

楼接我一下。我的航班号是纽约至北京的 CA2138,正点到达的时间是 13 点 25 分。我到现在所以还能记得这条短信的内容,是因为随着这条短信,我的生活发生了一个巨大的变化。

当我站到国际到达港口时,电子显示屏上显示 CA2138 号客机已经落地。我盯着到达的旅客,用目光寻找着馨馨姐的身影,心里竟有些兴奋。按说馨馨姐只是我的雇主,我来接她是在尽义务,为何心里会有这种兴奋生出?我想了一下,可能是因为她在对待我时,很少以雇主的身份居高临下地对我说话,而是把我看作一个妹妹,给了我真诚的信任;再就是她从未拖欠我的工资,是一个说话算数的人。

可我一直没有看见馨馨姐出港,起初我以为她走在最后,但在约摸 CA2138 号航班上的客人都出来之后,我有点着急了,就拨打了她的电话。电话接通之后,我问她你现在在哪里,她说我早出来了,就在到达口左侧,有一个空姐帮我出来的。我一听很意外,我一直在盯着到达口,竟然能把馨馨姐盯丢了,真是糟糕!我急忙转头去找,果然在到达口的一侧看见一位空姐,但她身边并不见馨馨姐呀?!我走近那位空姐,正要开口问她可曾协助一位女士到达,忽然感到有人在拉我的裤子,我低头一看,见是一位陌生的分明有病的女人坐在一辆手推行李车上。我有些意外,俯下身问:需要我帮你做什么?那女人苦苦一笑,说:笑漾,是不是认不出我了?我大吃一惊:她的声音是馨馨姐的声音,怎么人已变得我完全认不了?首先是瘦,人瘦得完全脱了形,整个身子,除了骨头,看上去几乎没有肉了,脸更是瘦得出奇,原先的那份美丽、圆润和妩媚,一点影子也不见了;其次是头发焦枯,肯定是很久没有打理了,像荒草一样乱蓬蓬的;再是身形佝偻,完全没有了少妇的精神,原先丰满乱跳的两个乳房,现在瘦得厉害,像两个遭了虫害变得枯干的茄子吊在胸前。她这个样子,我面对面都认不出来,怎么可能在到达的人流中认出她来?

  我怔怔地看着她,吓得半天说不出话。最后还是她先开口:小漾,你扶我站起来。我把她扶起来后,她对送她出来的那位空姐说:谢谢你一路上的照应,更谢谢你特意送我出来,现在家里人来接我了,你去忙吧!那空姐满脸忧虑地对我交代:你最好尽快送她去医院看看。在飞行过程中她除了喝点饮料,基本上没吃东西,她的身体非常虚弱。我急忙请她放心,并向她鞠躬致谢。我搀着馨馨姐出门去打车,她的身子轻得厉害,真像是一张纸;两条腿走路的样子,很像纸在风中飘动。我不由得抓紧了她枯干的胳膊,真怕风把她吹走。是什么病让浑身活力的她在三年的时间里变成了这个样子?她带的行李只有一个小拉杆箱子,她的确没有力气带更多的东西,可常生姐夫怎么可以让她这个样子独自回来?他怎么能够放心呀?

  上了出租车之后,司机问我们的目的地,我刚要说出她家的地址,她碰碰我的胳膊,对司机说了她和常生哥出国前住的地方,我很诧异,问她:怎么不先回家?她摇摇头苦笑道:我这个样子回去见我爸,不把他吓坏了?他老了,不能给他增加心理负担。我先住到原来的住处,待我养养身子以后再去见我爸。我叹了口气,在心里承认她说得有道理。连我见了她都如此吃惊和心疼,一直思念和挂虑她的萧伯伯,把她视为心肝宝贝的萧伯伯,怎么能经受住她这么大的变化呢?

  大约她回来前预先给房东打了电话,房东把房子收拾过了,屋里干干净净。我扶她到床上坐下,问她要不要马上就去医院检查,她摇摇头道:不用去医院,我得的是抑郁症,在美国已有明确诊断。我需要的就是按时吃药和调养,不需要别的。我知道你有很多话要问,你先去楼下的超市给我买些日常吃的、用的东西,然后回来坐下,听我给你说。说完塞给了我一叠百元的人民币。

天黑得很慢

我急匆匆赶去超市,然后回来听她说她得病的过程。原来,她跟随丈夫常生去美国,最初的计划是边学英语边怀孕,生完孩子,英语也就差不多学会了。对这个计划,常生是完全同意的,但没想到怀上孕仅仅三个月,一直小心谨慎唯恐伤及胎儿的她,还是流产了。伤心之下她就与常生吵了一架,把这种习惯性流产归罪于常生当初的不慎。常生也在气恼之下说了一句狠话:你本就是一个下不成蛋的母鸡,你爸爸还把你看成了宝贝!这句话严重地伤了馨馨姐的自尊心,使她十分愤怒,大骂他是一条啄人的公鸡,生生把她啄坏了。两个人争吵时都说了很多重话,很伤感情。这次争吵过后,因为要将养身体也因为赌气,她很长时间没让常生动她的身子。一开始常生还有求她和好的愿望,但她没有搭理。后来常生就常常借故不回家了。接下来,她就发现常生开始与同去美国留学的一个女同学联系,感觉到他们在幽会,于是就再吵再闹。那女的在国内也是律师。两位英语很好的律师对付一个英语不过关,只懂得中国建筑和园林设计的女人很轻松。馨馨姐最初的用心,只是想抓住他们幽会的证据,来要求常生停止这种不忠行为,她并不想失去常生,她真挚地爱着他。但她的英语听力一直很差,常生可以当着她的面与情人商定见面的地方,而她却听不明白。那段日子,她就是在怀疑、无效的跟踪、伤心、绝望中度过的。她的精神状态就是从那时开始变糟糕的。她先上来只是睡不着觉,一夜一夜地失眠;然后是变得暴躁易怒,动不动就发脾气、摔东西;接着是不思饮食,胃肠功能受了伤害。大约在他们出国将近两年时,常生正式提出同她离婚,离婚的理由是:你爸爸一直看不上我,这严重地伤害了我的自尊心,使我与你在一起时毫无乐趣可言。你现在又完全变成了一个泼妇,让我们的婚姻生活无法持续,我现在决定把你还给你爸爸,让他继续将你捧在手心里……馨馨姐可能已经身心俱疲,在听完他的离婚理由后,没有再说任何挽回婚姻的话,没有哭闹和怒骂,只说了一声:好,很好,你是律师,你就着手办手续吧。常生到底是律师,不用回国,他就委托国内同行利索地把离婚手续办了。馨馨姐告诉我:她现在租住的这套房子,租金是她自己交的,租期一年,与常生已无任何关系了。

我惊骇无比。人生阅历很少的我,第一次看到人的生活竟可以在如此短的时间内发生翻天覆地的变化!

她接着告诉我,离婚以后,她的精神状态越来越差,经常处于恍惚之中,觉得学英语和找工作都没有意义,最后甚至觉得吃饭睡觉也无意义。她常常在租住的地方一躺24个小时,后来是同去的其他北京同乡将她送进了医院。医生告诉她,她已陷入重度抑郁状态,需要持续服用抗抑郁药。她本来还想在纽约待下去,至少感觉离常生近一些,但她的情况太糟了,最后是同乡们催她回京的。

回来也好。她努力笑着说,我终于有时间陪陪爸爸了。可是眼下你不能告诉我爸爸我已经回来,我得把身体养好之后再去见他,我不能让他再担心我了……

往回走时,我心里非常难受。我想萧伯伯怎么也不会想到他珍爱的女儿遇到了这么大的挫折;他若真知道了,肯定会怒不可遏,血压会立即升高,心脏也说不定会再出新问题。

为了保护萧伯伯精神上不受打击,身体上不出意外,我只好按照馨馨姐的交代,到家后没有对老人说出馨馨姐已回北京的事实。那天晚上,伺候萧伯伯上床睡下之后,我回到了自己的住屋。没有开灯,只是坐在窗台前,默望着楼前在夜灯下晃动的树梢,望着在树梢上栖落的几只乌鸦模糊的影子,望着远天上隐隐闪现的星星。我什么都不想干,心里只是觉得难受,替馨馨姐难受,替萧伯伯难受,替这个家庭难受。萧家原本正常的、让人羡慕的生活,忽然间变成了这样,这实在让人难以接受。那晚我在窗前坐了很久,直到窗外树上的几只栖鸦被什么惊动,"呼啦"一声飞起来,我才惶然

天黑得很慢　133

起身去床上躺下。

萧伯伯一点儿也不知道他的女儿已回到京城,但可能是心灵感应在起作用,第二天上午他忽然对我说:我昨晚做了一个梦,梦见你馨馨姐说想回来看我。我苦笑了一下,回他道:也可能呀,她肯定也在想你哩。此后几天,他还不时地自语着猜测:馨馨是不是在纽约找到了一份很忙的工作?要不,怎么最近连个电话也不打?我听见后只好附和道:很可能呀。外国的生活节奏快,她在英语环境下工作,不会轻松了。

几天后的一个晚上,我估摸着馨馨姐的状态可能会好些了,就主动给她打了一个电话,想让她用手机问候她父亲一下,那既不会使老人知道她已回京,也免除了老人的思念之苦。可电话打过去,许久她都没接,最后总算接了,声音还是那种有气无力的状态。我对她说了我的建议后,她叹口气道:我现在的精神和身体状态,我爸很有可能从声音中听出来,那只会增加他对我的担忧,电话我还是先不打了,过几天再说;我希望你明天能到超市买一段铁丝,一米多长就行,再买一个钳子,然后找个借口来我这里一下,我得麻烦你再帮我一个忙;我决定再给你加一次工资,每月6000元,从本月开始。眼看着她现在的情况,我怎忍心让她再给我加工资?忙回绝道:不要不要。

第二天上午,把萧伯伯安顿好,我又用要去看望吕一伟之名向他请了假,然后就坐地铁去了馨馨姐的住处,遵她叮嘱买了铁丝和钳子。叫开门后,我注意到馨馨姐的样子与几天前相比,几乎没有变化,而且气色好像更差,眼圈黑得更厉害,头发更乱。我问她吃没吃早饭,她说完全没有食欲。没有食欲也得吃呀!我不由分说去厨房给她下了碗面条,打了两个荷包蛋,我太想让她多吃饭,快点儿恢复了好回家,萧伯伯多么想念她呀。可她端起碗一根一根地挑起面条向嘴里送,吃得极其艰难,能看出她确实食欲很差。她边吃边叹气说:我得的抑郁症,基本表现就是失去了欲望,包括性欲、食欲、利欲、权欲、成名欲,所有人的原始欲望都奇怪地消失了,它让我觉得人活在世上完全无意义无价值,让我不断地想起死,想去死,想立刻就死。我今天让你带来铁丝和钳子,就是想让你帮我把所有窗户全部用铁丝从里边拧死,以防止我忍不住时会开窗跳楼自杀。我现在每天都听到一个声音在我的耳边说:死了吧,死了吧,活着有什么好? 特别是看到太阳在西天开始下落的时候,我就更觉得活着无意义无理由,就会不由自主地向窗户边走,情不自禁地想拉开窗户,非常想一跃而下把生命结束掉。我听她这样说,吓得急忙上前抓住她的手叫道:你可不能呀,萧伯伯在天天盼着你回家哩。他一直在想念你,你应该让进入老境的他得到安慰而不是打击!

馨馨姐听我这样说,苦苦一笑道:我现在唯一的牵挂就是我老爸,唯一不死的理由也是因为我有个老爸,我不能先他而走,让他老境无靠。我告诉你,回北京以后的这几个黄昏,我几次都已经走到了窗边,都拉开了窗户,都把椅子在窗前放好了。有一个黄昏我甚至都踏上了椅子,做好了全部下跳的准备,把姿势都想好了,可在最后的关头,我爸的面孔突然出现在了我的眼前,我骤然间问自己:我要跳下去了我爸可怎么办? 就是在那最后一刻,我急忙从椅子上跳下来,赶紧把窗户关上,快步返回到床上躺下,再不敢朝窗户看,我实在怕它再把我诱惑过去……

天呀! 她说得我毛骨悚然。不用她再交代,我立时起身,用钳子和铁丝把房间里的所有窗户全部拧死,而且使出所有的劲儿去拧。在我拧铁丝的时候,她还再三地交代:一定要拧紧些,确保我用手打不开。她越这样说我越紧张,拧铁丝时真把吃奶的劲儿都用上了……

临分别时,我假装很严肃地告诉她:因我老家有急事,我必须

天黑得很慢

得回去一趟,所以最多再等你一周,之后,即使你回不到你父亲那儿,我也要回老家十天;而你父亲现在的身体状况,没人陪护在他身边是根本不行的。我当时那样说的目的,也是为了进一步唤起她对她父亲的责任感,让她因此振作起来,好好吃饭,使自己的身体好起来。她当时一听我这话,先是着急,希望我先不要回老家,后见我态度坚决,只好点头说:好,我争取一周后回到父亲那儿。

等到了第六天,我给她打电话要她回来,她叹口气说:好吧,好吧!但是,先不要告诉我爸我已离婚回国的事,那会给他造成很强的刺激,他可能又会对常生大骂,说不定还要替我去向常生讨公道。你只说我是刚从美国纽约飞回来看望他的,因前一段在美国生病身子变弱了。我说行,怎么说由你来定,我只装着刚看见你。

她给我打电话说马上就会由机场回家,要我去街边接她,我装作喜出望外的样子给萧伯伯说了,萧伯伯脸上一下子露出了孩子般的欢喜,慌得在屋里转着圈子,说:该去买点她爱吃的东西。我让他放心,他只管列出要买物品的单子,把馨馨姐接到家后我就出去买。约摸出租车快到的时候,我下楼去了街边,馨馨姐由车上下来时我注意到,她的气色有所好转,脸上的笑容虽然勉强可总还是笑容。我拉着她的两个箱子,其中一个是我替她在她住处附近的商场买的,里边装了些在那家商场买的外国产的东西。她就提着她的手袋跟在后边走。萧伯伯早开了门站在门外迎接,当他看到馨馨姐的第一眼时,我注意到有一丝惊诧出现在他的眼睛里,他一定没想到三年后回家的竟是这么消瘦虚弱的女儿。馨馨姐很快地扑上去,紧紧地抱住了他,哭出了声,我知道她这不是喜极而泣,而是满腹委屈的泪水。她的确需要哭一次了,好用泪水把积压已久的不良情绪都冲走,不然会把她憋坏的。萧伯伯也直擦眼泪,我明白他是又欢喜又疼惜。

一进到屋里,萧伯伯就迫不及待地问:馨儿,你这是病了?

是的,爸,我不太适应美国的气候,加上学习、工作紧张,就总是小病不断,所以回来看你的时间就一拖再拖。爸,我看你的气色挺好的。

我还行吧。常生好吗?萧伯伯紧盯着馨馨姐问。

他挺好的,正在争取当上美国的执业律师。爸,你看我给你带来了什么礼物。馨馨姐显然不愿在这个话题上延续下去,起身去打开了她带回来的箱子,向她爸爸展示她带回来的礼物,有穿的,有吃的,有用的,特别是有让人长寿的保健品。萧伯伯高兴地一一接过,那一刻,父女俩笑得都很灿烂。我当时在心里想,要是这样的场景能一直持续下去该多好。但愿馨馨姐回到自己的家以后,能在家的温情里使自己彻底痊愈。

因为预先说过我老家有急事,所以在馨馨姐坐定之后我就向萧伯伯请假,萧伯伯很轻松地说:有馨儿回来照顾我,你就放心走吧。我当天下午去见了男朋友吕一伟一面,买了些回家要带的礼物,晚上就坐火车回南阳老家了。

很长时间没有回家,我真的太想爹娘和弟弟妹妹了,到家后心里的那份欢快和舒畅,是别人很难体会到的。尤其是看到全家人都拿着我带给他们的礼物开心地笑着,一份自豪感不由得从胸中升起来:我已有能力回报这个养育我的家庭了。我这个长女对家人尽了一份责任了!不过在这份自豪感升起的同时,我不由自主地想起了北京的馨馨姐,是她,给了我一份收入稳定也并不太累的工作,我应该感恩于她。

我对这十天假做了仔细的安排:前三天主要是帮娘拆洗家里的换季衣被,打扫室内和院子里的卫生;接下来两天是分别检查弟弟妹妹的作业和辅导他们学习;跟着两天是帮助爹做点儿地里活;留两天去看吕一伟的爹妈并帮他们做点儿事,最后一天留做回京的准备。可没想到三天还没过完,就接到了馨馨姐催我回京的电

天黑得很慢

话。我记得是我到家第三天的晚饭后,我正在院子里收衣裳,放在屋里的手机响了。起初我以为是吕一伟打来的,心想等收完了衣服再回给他,就没有立即去接,不想手机不依不饶地响着,慌得娘捧了手机来院里找我。我一看是馨馨姐的号码,就有些诧异,急忙问她何事,她在电话里惶惶地叫着:笑漾,你得赶紧回京,我给你每月再加500元工资!我笑了,问她:加薪的事咱慢慢说,你只讲有啥急事吧。她带了点哭音说:我已没有照顾我爸的那份本领了,我脑子里很乱,干什么都不能静下心来。蒸米饭老把饭蒸糊,炒菜总是忘了放作料,用洗衣机洗衣服又忘了放洗衣液,而且干一会儿活就觉得头晕难受想呕吐,我爸看出了我无能,从昨天起他开始不让我干活,换成他来照顾我了,结果刚才他也说他头晕,一量血压,嚯,已经是低压140高压190了。我听了很是吃惊,这个血压值可是容易出危险的!我先叮嘱她给萧伯伯的降压药做点调整,然后告诉她我明天就买票回去。

在返京的火车上,望着车窗外不停变换的田野、道路和沟渠,我心里再一次生出了世事变幻无常的感觉。三年前我最初见到馨馨姐时,她显得多么干练漂亮,标准的一个京城美少妇,是我羡慕和模仿的对象,没想到仅仅三年过去,人就变成了这样,连自己和父亲都无力照料了。

我赶回到萧家已是傍晚了。进了屋,看到萧伯伯正在厨房里佝偻着腰,拿着菜刀艰难地切着菜,而馨馨姐则萎靡地坐在窗前发着呆。我心里一疼,顾不得去换拖鞋,就冲进厨房边洗手边对萧伯伯说:我来……

萧伯伯这时显然已明白馨馨姐的病情不轻,我到家的第二天,刚一吃过早饭,他就交代我说:小漾,照说你才从老家回来,应该休息一天,可你馨馨姐的病让我放心不下,还是辛苦你和她一起做伴去医院做个检查,看究竟是得了啥病,尽快对症治疗。我在家,哪里也不去,你不必再操心我。我自然点头说行。可馨馨姐不愿去,说她的病在美国已经确诊,就是严重的神经衰弱,休息休息就会好的。但萧伯伯不说话,只让面色阴沉下来,那是他要发火的前兆,馨馨姐见状只好不情愿地起身,收拾了一下和我一起出门。

依馨馨姐的意见,我和她不必去医院,只需到某一个茶馆或咖啡厅坐到中午,回家见了她爸就说看过了便行。但我坚持要去协和医院一趟,一是我不能负了萧伯伯的信任,再一个是我也想确切了解一下她的真实病情。大约因为她现在要靠我来照顾萧伯伯,不愿把与我的关系搞僵,所以她没有执意坚持不去,只说:好吧好吧,咱们就再浪费一次钱。我敢肯定会与美国医生的诊断一致。

为了节约时间,馨馨姐直接从号贩子那里买了一个专家号。协和医院的精神科主任在反复询问症状并看了有关化验结果后,得出的结论果然也是:重度抑郁症。馨馨姐最后对那位主任说:为了不让我父亲担心,我想请求你将诊断结论用英语写出来,另用中文写明是严重的神经衰弱,后者用来安慰我父亲。那位主任犹豫了一下,照做了。可在我们走出诊室之后,他又把我喊回去,低声说:如果我没猜错,你应该是患者萧馨馨的妹妹吧?你姐姐的病已经非常严重,你必须督促她按时服药,并要小心看护她,以防止发生意外!我当时只能默默点头。

那天回到家,萧伯伯没有听馨馨姐和我汇报看病情况,而是直接要过就诊本去看诊断结论,医生写的那些英文结论他果真没看懂,他只看到了"严重神经衰弱"几个字。他盯住那几个字看了许久,最后沉了声问:常生知道你得了这个病吗?馨馨姐故作轻松地答:当然知道,他陪我去了几次医院,但这种病治疗和恢复起来很慢,需要一个挺长的过程。萧伯伯又问:那你是想在家治好了再去美国,还是要回美国治疗?馨馨姐立刻肯定地答道:当然是回美国治疗,那边的医疗条件要比这儿好!我听了暗暗叫苦:馨馨姐已不可能再去美国生活,她所说的去美国治疗就是回朝阳区那套房子里,而这样,我要陪护萧伯伯,怎么可能再去照料她?萧伯伯一听她这样回答,坚决地说:既是要回美国治疗,那你在家就不要停太长的时间,再过个三五天你就定机票飞回去吧,治病要紧。爸有小漾陪护着,没有大事,你放心走就是了……

当天晚上,待萧伯伯睡下之后,我走进馨馨姐的卧室,低声抱怨她为何要继续编谎话说回美国治疗?就在家服药治疗多好?这样我也可以照料你,还省下了租房子的那笔钱。她抓住我的手轻声说:好妹妹,我谢谢你的一片好心!可我这种病治疗的难度很大,要想让我爸很快看到效果是不大可能的。若是我坚持住在家里治,那就会让他每天为我的身体状况揪着心,我知道我在我爸心里的分量,他42岁才有我这个独生女儿,把我的命看得比他的重,我要在家治病就等于是催他快点死,你明白吧?

我听罢叹了口气,我也只能叹叹气。我只是他们家雇的一个陪护员,无权做出任何决定。我装作欢欢喜喜的样子送馨馨姐去首都机场,其实是把她又送回到了朝阳区她租住的那套房子里。我帮她打扫了一遍,门窗紧闭的房子里有一股不好闻的味道。我还拿上她给的钱、她开的购物单子去超市买了一堆食品和用品。临走前,我握住她的双手说:姐,你可一定要按医生的要求及时吃药,争取早日治好病,好回家与伯伯一起生活,他太爱你也太需要你了。我每周来看你一次,你有事可随时给我打电话、发短信。她也捏紧我的手说:好妹妹,我真庆幸当初找到了你,让我能把照料父亲的重任卸下一段日子。姐以后一定会回报你的……

当我第二天告诉萧伯伯馨馨姐平安返抵纽约,已开始了正式治疗之后,能看出老人就不再忧心了,他还宽慰我道:美国的医学先进,像这种神经衰弱的病,在北京都能治好,在美国更是没有治疗难度的……

我只能在心里为馨馨姐祝福祈祷!

萧伯伯收起了对女儿的忧心,重新关心起延寿的问题。有天一大早,他兴冲冲地告诉我,他在电脑上看到了一个75岁的男子讲自己吃完千岁膏的感受。他吃了10天的千岁膏后,两眼不戴眼镜可以清楚地看报纸了;吃了半个月的千岁膏后,原来总疼的膝盖不疼了;吃了一个月的千岁膏后,原来一直酸软的小腿肚不酸软了;吃了一个半月的千岁膏后,原来白了的眉毛开始变黑了;吃了两个月的千岁膏后,原来睡不着觉的毛病彻底没有了,一躺下就能睡着,而且一觉睡到大天亮;吃了三个月的千岁膏后,一天能走6公里路,而且一点也不累;吃了四个月的千岁膏后,掉落的几个牙齿的根部又长出了新牙来。我一听他叙说过程中露出的羡慕口气,就知道他对这种千岁膏动心了,便问他:你是不是想买点儿尝尝?他点点头道:我知道网上这些广告式的宣传,咱不能全信,但也不能一点儿都不信,万一这是个有真才实学的中医专家发明的神药,确实对延寿有好处,咱要不用岂不是咱的损失?我说:好的,我来了解一下情况咱们再决定。

我看了一下萧伯伯指给我的网络页面,记下了上边留下的手机号码。千岁膏,名字起得真好,这是最容易诱惑老年人的,谁不想活到千岁呀?我打了对方的手机,接电话的是一个女士,得知我打听千岁膏的事,非常热情,说:我们可以带上产品亲自上门向老人介绍情况,指导老人试用。站在旁边的萧伯伯一听这个,迫不及待地接口说:好,你们最好明天上午就来……

第二天上午,果然有一男一女提着两个提袋上了门,萧伯伯很热情地请他们进屋,那位女士脚还没迈过门槛声音已在整个客厅响彻起来:萧叔叔,你和我爸长得有些相像,我看见你,觉得就像看见了我爸爸,特亲切。你们俩都是宽额、挺鼻、丰颊、长耳,带一点佛相,一看就是一副长寿的模样。你要再常年坚持吃我们的千岁膏,能不能活到千岁我不敢保证,活到150岁应该是没有任何问题的,要不然,我可以退全款、负全责!

我当时觉得这像是在说大话,但也不便立马反驳,只默默站在一旁看他们向萧伯伯展示产品:这千岁膏分黑、白两种,装在玻璃瓶里,包装很精美。那女士交代服用方法:白色的膏是白天吃的,你每顿饭前吃一勺就行;黑色的膏是晚上上床前吃的,也是吃一勺,最好在上床前30分钟吃到肚里。我们的千岁膏是根据已传承30代的祖传秘方精心制作的,有效率达100%。我们今天给你先留一盒黑的一盒白的,你不必付钱,待试吃一周,感觉有明显效果之后,我们下次来时你再付款;倘若你觉得效果不好或根本无效,你可以不付一分钱!

这有点出乎我的意料。看来,他们是真有把握,不然不会这样承诺。他们走后,萧伯伯笑道:这种销售办法好!先不付款,无效就退,看来他们是有真本领,而不是跑江湖的。跑江湖的哪敢这样?还是我当初的判断对,对这样的事不可全信也不能一概不信。

萧伯伯当天就开始吃千岁膏了。嗨,你别说,这种黏糊糊的膏状东西,看着不起眼,吃下去当晚就见了效力。平日他睡眠不好,主要是入睡很慢,总是要在床上翻来覆去地折腾好久才能睡着,而当晚上床没有多久,我给他量血压还没有量完,他就开始熟睡打鼾了。这让我很是吃惊:起效如此之快,真是有点儿神了!

他第二天早上开始服用白色的千岁膏,一天三次,都是饭前服用。服到第三天,效果也显现出来了。萧伯伯原来每天上午散步回家后,都有疲乏的感觉他若是坐在沙发上看报纸或是看电视,会打盹。我觉得这也属正常,年轻人运动后还想休息哩,何况他已七十多岁。但从他服用千岁膏的第三天开始,我注意到他的精气神好了,散完步回来,不仅不在沙发上坐着打盹,而且在屋里不停地走,还不断地找话题与我说话。甚至在午饭过后,也中断了一直就有的午睡习惯,坐在那儿兴致勃勃地整理着他从网上和书上查来的有关长寿的资料。我暗暗吃惊,想这一定是千岁膏的作用,没想到真的碰上了一种延寿品,幸亏萧伯伯在电脑上发现了它,不然,错过了实在可惜。萧伯伯自然也感觉到了自己身体的好变化,高兴地说:看来,这次的决心下对了。

千岁膏保健公司是周末来回访的。来前先打了电话,来的仍是那一男一女,女的进屋就上前拉了萧伯伯的手直接问:亲爱的萧叔叔呀,吃了我们的千岁膏之后感觉如何?身体上有没有变化?睡眠好些了吗?精神状态如何?萧伯伯自然连声说好。那女的这时就又问:你要不要买一点儿坚持吃下去?我们这种药出产量有限,你要买的话也不能多买,每次最多只能买10瓶,每瓶1500元;当然,可以预订,但也只能预订30瓶。萧伯伯一听说药是限量供应的,有些着急了,说:看在我年岁大的面子上,能不能让我一次买40瓶,我付款也好是个整数。那女的好像很为难,说:这事我做不了主,得向我们经理请示请示。之后,就见她出门去打电话了。过了一会儿,那女的进来说:我请示了我们经理,希望他看在萧叔叔年轻时当过法官,为国家法制建设出过大力的分上,破例给你优惠。他同意了,允许你一次买40瓶千岁膏,但要求一次性付清全款。萧伯伯听了好高兴,急忙说:当然要一次性付清。说罢,就去卧室里拿来银行卡,让对方去POS机上刷钱。我这时问:药能现在给吗?那女的就支使随行的男子:去楼下车上给萧叔叔取药来。这边6万块钱刷走没有多久,那男的就提着一纸箱千岁膏上来了。那一男一女临走时告诉萧伯伯:你吃了这40瓶千岁膏之后,保你至少多活3年时间,吃完之后想继续吃的话,就再给我们打电话。萧伯伯笑得脸上开了花,一连声地说着:谢谢,谢谢,慢走哇……

萧伯伯很高兴地扳着指头算:费大师给我延了28年寿,拍拍健身操能给我延10年寿,这40瓶千岁膏又给我延了3年寿,加在一起是41年,我差不多可以活到117岁了……

眼看着萧伯伯吃这种千岁膏睡得好、精神好,我就想起了我爹娘。他们的年纪虽比萧伯伯小,但也算老人了,我该给他们也买点千岁膏补一补。馨馨姐这时每月给我开6500元的工资,除了供应吕一伟读研究生和我自己的开销外,我已有了一些积蓄。就在我准备联系千岁膏公司的女士时,出了一件意外的事:萧伯伯在一个傍晚开一瓶黑色千岁膏时,不小心把瓶子掉到了地上,瓶子里的千岁膏流了一地。伯伯和我都很心疼,一瓶就是1500元呀!我慌忙拿了个碗来收拾,可只能回收一点点,剩下的都脏了。没办法,为了不浪费,我就去邻居家把他们养的宠物狗叫过来,让他舔吃了。未料到的是,那条狗刚一舔完地上的千岁膏,竟立刻躺在原地睡着了。萧伯伯见状没有在意,只是笑了一下,却让我吃了一惊:千岁膏对狗也有作用?照说人吃的保健品,对狗不应该立即产生作用呀?这让我对千岁膏的成分生了一点怀疑。我抱着熟睡的狗给邻居送去时,邻居也很惊异,说他家的狗从未在此时睡觉而且从未睡得如此深沉,问我让狗吃了啥,我说了之后他有些担心,要我最好谨慎一些,不要给老人乱吃保健品。我于是就产生了去测试化验一下千岁膏成分的心思。

萧伯伯所住小区的附近有一个药检所,因为常从他们门前过,认识了在所里工作的一个人。我第二天带了些黑色千岁膏去了药检所,对那个熟人说:我负责陪护的老人目前在吃一种保健品,人和狗吃了这种保健品的效果是一样的,麻烦你给检验一下所含成分,我好放心。那人也没推辞,拿进去没有多长时间就出来告诉我:膏是用红糖熬制的,里边含有较大剂量的催眠药唑吡坦,就这两种成分。我一听浑身发冷:天呐,怎么可以这样伤天害理?竟敢用催眠药来冒充保健品欺害老人?若不是来检验,让萧伯伯天天晚上服用大剂量的安眠药,时间长了怎么得了?我当即回家拿来另一种供白天服用的千岁膏,让那位熟人再检验一下,检验的结果竟是:膏是用白糖熬制的,内里加了很浓的咖啡。我真是被气得七窍生烟,几乎是跑着回到萧家的,进屋我就给萧伯伯说了两种千岁膏的检验结果。萧伯伯听了先是惊呆在原地,接着就怒不可遏地去给千岁膏公司的那位女子打电话,但对方只听了一句,就断了电话,再打,移动公司的提示音告知:对方已经停机。他恨得在屋里走了几圈,然后找出那女子留下的名片说:我现在就去找她!我当然不能让他一个人去,见了对方他们争吵推搡起来怎么办?萧伯伯哪经得起这个?

我们按名片上写的地址,打车径去了生产千岁膏的厂家,是京郊大兴区一个乡村的院子,院门上落着大锁。我找来邻居一问才得知,房主在城里买了房子,这个院落租给了一伙人开千岁膏保健品公司。半个月前,这家公司被工商部门查封了,但他们在网上的销售广告并未撤销,所以就又再骗了萧伯伯一次。

6万块钱呀!萧伯伯痛心至极地仰天叫道,身子气得索索发抖。我扶他坐进出租车,只能先劝他:想开些吧,权当是买了一个教训。

教训这么贵?6万块?气恼中的萧伯伯转对我发开了脾气,我只有苦笑以对。

第二天,我去公安局报了案,骗走6万块钱不是个小数呀,应该让公安部门想办法追回来。接待我的警察听了我的叙说后,拿过了一沓纸放到我面前说:看见了吧,类似的老人被骗案子太多了,我们会想办法破案,但你也要告诉你家老人,别什么有关长寿的话都信,他不是个法官吗,还这样容易上当?要提高点儿警惕!

这件事让萧伯伯一下躺在了床上,不停地拿手去敲自己的额头。我知道他是因为后悔,我自己在心里也暗暗后怕,幸亏有那条

天黑得很慢　　145

狗呀,要不然,我可能也会把辛苦积存的一点钱给了那一男一女两个骗子。

更糟糕的是,萧伯伯在我的反复劝说下刚刚开始下床吃饭,竟又传来了两个不好的消息:一个是派出所在小区院里张贴了一张通知,通知上说:经查,最近有一个自称庞仁爱的女子,说是受天成公司委派,以教老人学习拍拍延寿操为名进入有老人的家庭,她其实是一个入室盗窃团伙的头目,进家传授拍拍延寿操是她在为入室盗窃踩点,有时若老人单独在家她会直接动手偷盗。她所说的拍拍延寿操创立者邝绣华,子虚乌有,此操只是她个人胡乱编的,并无明确的可验证的健身功能,切勿再信,若有人发现她,请立即报告派出所……

萧伯伯和我看完通知惊得半晌说不出话来。那个伶牙俐齿、亲切无比的女人竟然也是个骗子? 她没在萧家盗窃大概是因为我这个陪护员总在家里吧?!

另一个消息是晚报上刊载的,说在顺义以消灾延寿闻名的费芰大师,昨日被公安部门以涉嫌诈骗罪逮捕。记者披露,费芰早年是一个魔术演员,后因赚钱不多,遂生计用玩魔术的手段,把自己扮成一个消灾延寿大师,专门欺骗那些急于延长寿命的老年人,让这些老年人把自己辛辛苦苦积攒的钱财心甘情愿地送给他。我看到这则消息更是瞠目结舌。天呀,亲眼见到的事竟然也是假的,费芰原来是在玩魔术? 他怎么可以这样对待信任他的人呢?! 我不知道该不该给萧伯伯说这件事,不说,他会继续被蒙在鼓里,以为真被延长了28年的寿命;说了,又担心他承受不住这个新的打击。就在我犹豫着要不要给他说时,当初知道他去见了费大师的一个同院的老人,竟主动给他打电话说了这个消息。那人的目的当然是不想让萧伯伯继续受骗,可萧伯伯接完电话就一头歪倒在了床上,幸亏他接电话时是坐在床边的,倘若他是站着接电话,没准儿就一下子摔倒在地了。我当然又是一番急救忙碌,好在他只是气急攻心,一时晕倒,并没有引起大问题。萧伯伯醒过来后哑声问我:你说,我还敢相信谁?还能相信谁?还应该相信谁?

我能说啥?只能说:以后,咱对网上的消息,可不能轻易相信了……

又过了几天,萧伯伯才勉强由床上坐起来,叹口气说:幸亏你馨馨姐去了美国,她要是在国内知道了这几件事,不知道会气成啥样,不知道会把我埋怨成啥样,唉,要是我还当法官就好了,那样我就会要求亲自审讯这几个混蛋,把他们全送进监狱里……

这几次被骗事件发生后,萧伯伯原先对未来的那份乐观和自信消失了,我听见他经常低声自语:我还能活多长时间?我的寿限还有多长?我还有写完法学著作的可能吗?

他的精神状态大不如前了。

我知道萧伯伯已经钻进延长寿命这个"回"字形胡同里了,要想让他走出来,必须想一个法子才行,要不然,他会在这个胡同里来回乱闯,最终会把自己的身心都搞糟的。他的最大愿望是长寿,只有告诉他了真正的长寿法子,才能使他得到实在的安慰,让他的心神安定下来,从而彻底走出那个胡同。

可谁能告诉他真正的长寿法子呢?

世界上真有实实在在的长寿法子吗?

我想呀想的,想得头都有些疼了。

突然之间,我想起了我奶奶曾说过的伏牛山里的长寿村。

还在我很小的时候,就常听奶奶在家里感叹:可惜咱没有托生在深山里的长寿村,要不然,也能活过100岁,过一过百岁的生日瘾!我记得我曾问过我娘:奶奶说的是不是真的?伏牛山里真有一个长寿村吗?娘点头答,这事假倒不假,就是离咱这儿太远。说是在伏牛山深处的森林里,有一个不大的村落,那村里的人大都能活过100岁,最高龄的活到一百一十多岁,但路不好走,很少有人去过……

能不能带萧伯伯去那村里一趟,让他取点长寿的真经,从而治好他的心病？我生出这个想法后,当即给娘拨了一个电话,让她想办法打听打听这个村子里的人现在是不是还能长寿；能长寿的话,由什么地方能走进村子里去。娘接了这个电话后很认真,立马通过亲戚们四处打听,并很快给我回电话说:这个村子里的人还很长寿,九十多岁的老人有七十多个,100岁以上的人有二十几个,去这个村由伏牛山的垭口镇进去,路很远且很不好走……

我于是就给萧伯伯说了伏牛山深处有个长寿村的事,一本正经地问他:你是不是想取点长寿的真经？如果是的话,就随我去一趟长寿村,别在这北京城里听凭别人忽悠你。

萧伯伯对我说的长寿村很感兴趣,但大约是被骗怕了,不敢轻易相信,问道:只听说广西有个叫巴马的地方,那里的人长寿,没听说过你们伏牛山里也有长寿村呀?!不会是假的吧？我告诉他这消息来自我的娘,她没必要来骗你,你要愿去,我就做出发的准备；你要不愿去,就作罢,算我没有说过。他想了一阵,然后表态:去吧,就去弄个究竟,权当是去大山里旅游了。我告诉他山路很不好走,要去的话就得准备吃点苦头。他说:我啥苦没有吃过？这点走路的苦还能吓住我了？见他是如此态度,为了医好他的心病,我决定就带他去一趟。我把这个决定打电话给馨馨姐说了,馨馨姐也支持,说:去吧,只要他愿意,再说旅游对改善他的心情也有好处。我多给你卡上打点钱,你把准备工作做细,想办法别让他累着就行。

我于是开始做周密的准备。除了准备萧伯伯平日要吃的药之外,我还准备了防山里虫咬、蛇咬的药和其他的急救用药,再就是便于携带的吃食和雨具。

临行前,我又去了一趟馨馨姐的租住处,给她买好了日用品。嗨,他们父女,其实得的都是心病。

我和萧伯伯先坐飞机到南阳市,然后坐出租车进了内乡县城,再雇车径直开到了垭口镇。垭口镇上知道长寿村的人不少,但去过的人不多。进了镇子一问才知道,进长寿村的直线距离不是很远,但山路弯弯绕绕上上下下,加起来要走差不多110里方可抵达,而且这山路不通任何车辆,只能靠两条腿走。我把萧伯伯先安排进镇上一家小客栈里歇息,自己去镇北口看路。我一看那条像羊肠子一样盘旋在山林间的小路,就知道要让萧伯伯凭双脚走完这110里山路是根本不可能的。我返回来,问一家山货店的老板:这镇上有没有愿送人去长寿村的脚夫?他点头说有,但因路太难走,要钱不少。我让他喊来两个脚夫问问价钱,他很快打手机喊来了两个二十七八岁的小伙子。我一看那二人强健的四肢,就估摸着他们能行,问他们去没去过长寿村,其中一人说前年省上来过一个考察组,他带着他们去过,路极不好走,有的地方树草太密,还需要用砍刀砍过才能走;我再问他们愿不愿把一个竹椅子绑成个简易滑竿送一位老人进山,他们笑道:给咱每人1000块钱就行。我一听这价能接受,便说:若能把老人安全送去再平安带回,每人1100元,路上的吃喝我负责提供。他俩一听这条件,挺高兴,道:你这位妹子倒是大方,好,咱们一言为定,明早五点半在镇北口准时起程,天黑前到达。我说,请把你们的身份证给我看一看,我要拍个照片发往北京的家人,并同时报告镇上的派出所警察;一旦老人和我在路上出了不测,他们会要你俩负责。那两个年轻人笑了,一边递给我身份证一边笑着:我们又不是强盗,只是靠力气挣你们点钱,你只管拍吧……

当晚就住在垭口镇。萧伯伯一开始听说我安排两个人抬他进山,还不太乐意,待到第二天早晨到了镇北口一看那条小道,只好老老实实坐在了那个简易滑竿里。我把行李箱留在了客栈,早晨出发前真的又到镇上的派出所报告了一声,目的是怕那两个年轻人半路上会起歹意。我背着药品、面包、熟鸡蛋、红肠、黄瓜、矿泉水和一把护身的剪子跟在后边。那两位脚夫,一人挎了防狼的猎枪,一人背着一把削枝的大砍刀,我们一行四人,在晨曦里走进山林,开始了一场取长寿真经的旅行。

我家乡虽也在山区,也常走山路,但那是浅山区,山都不高,路也还平坦,像这种动不动就是五六十度的坡度,不是上就是下,上下不停的陡峭山路我还是第一次走。没有多长时间,我就气喘吁吁了。那两个小伙子虽然身体棒,但抬着萧伯伯在如此陡峭的山路上走,也不轻松,没有走几里地,就也大汗淋漓了。萧伯伯听着我们三个人的喘息,不忍心地说:太辛苦你们了,要不咱们不去了吧。其中一个抬滑竿的小伙子笑道:老大爷,你可不能不去,我俩还等着挣你这2200块钱哩!我们两个都已经对老婆说了这趟能挣的钱数,倘是两手空空回去,会挨骂的。萧伯伯一听这话,说:好,好,咱们去。我给你们每个人再加100块钱!那两人一听笑了,其中一个说:你们父女俩处事都挺大方,咱们以心换心,俺俩保证把你平安送去再带回!

我们走走歇歇,伏牛山深处的奇异景观在我和萧伯伯眼前次第展开:茂密的森林,落差很大的瀑布,羽毛艳丽叫声好听的飞鸟,在树上悠来荡去的猴子,一人多高的山草,懒懒爬过小路的长蛇,成群奔跑的野猪,清澈的山溪,奇异的山菌……我们总共歇息有32次,总算在天黑之前走进了那个闻名山外的长寿村子。

村子的原名叫元阳,这两个字就潦草马虎地刻在村头的一块大石头上,显然不是专业人士所为,字也写得歪歪斜斜,写字人的文化程度肯定不高。村子坐落在一座山的阳坡上,木质的房子,随意散落在山坡上的每一小块平地里;村子的左侧、右侧和后侧都是密密的森林;村前是一条挺宽的山溪,清澈的溪水在山石的作用下发出叮叮咚咚的声音。

肯定平日很少有外人来,村里的孩子们看见我们很觉新鲜,一下子围了上来。他们还自动充当向导,将我们领到了村头的一个院门前,高声喊着:雾爷雾爷,山外来人了!来人了!应声而出的是一个留着长须、眉毛全白的老汉,他看见我们略略一愣,随即鞠了一躬,问:请问几位是来借宿的吗?我急忙上前说明来意,那老汉一听是来取长寿经的,不由得嘀嘀一笑,说:俺们这偏僻小村,哪有啥子长寿经呢?不过你们既是来了,天又立马要黑了,就请先住下吧,来来,随我进屋。

我们跟着他进了屋,刚在一张木质的大方桌前坐下,就听他朝后院喊:娘,来客人了。我闻唤一惊:这么老的老汉,竟然还有娘哩?!他的喊声刚落,就听内院里有个洪亮的声音应着:叫小丫丫先给客人倒杯老茶。声音还没落地,一个头发全白、面孔红润的老太太由后院走出来,看见我们几个,笑道:前几天老听两只红尾鹊在树枝上叫,我估摸着会有喜事来了,这不,真的有贵客登门了!在她与我们寒暄时,一个头发半白的女子端着一个托盘由侧门出来,托盘里放着几只杯子,在我们每人面前摆了一杯颜色发黑的茶水。

那个面孔红润的老太太这时说:你们已经认识我的雾儿了,再认识一下我的孙媳妇小丫丫。说着指了一下端茶水进来的老太太。她今年才71岁,正是好年华哩!

我与萧伯伯交换了一个吃惊的眼神,天呀,71岁的人还叫小丫丫?!那我这二十多岁的人叫什么?

老奶奶,你今年多大岁数?我抑不住心里的好奇,急切地问。

别叫我老奶奶,这样叫会把我这心叫老的,叫奶奶就行!我今年也才108,我是18岁跟雾儿他爹拜天地的,当年就生下了他,因为生他的时候天降大雾,满山的雾好久都不散,所以就给他取了个雾儿的名字。雾儿,我看你先领客人们去屋子里洗洗歇歇;小丫丫去准备饭吧,客人们走了一天的山路,得让他们好好吃一顿!

奶奶,给你添麻烦了,我们需要借用三间房子,这位萧伯伯住一间,两位抬滑竿的大哥住一间,我住一间,我们按你们这儿的定价付钱,不会白住的。我想我得预先说明,好让人家放心;再者,也需要把房价预先说定,省得结账时麻烦。

付啥子钱?嗨,你这个小丫头!在咱这大山里借宿哪还有要钱的?谁家还不出门呀?出了门就该以四周的村子为家,到了哪个村子就住哪个村子,这是俺这一带山里的规矩!去,雾儿,领他们去。

我伸了伸舌头,这个老奶奶说话还真厉害!不过她的慷慨也让我高兴,可以省下一笔钱哩。

我们跟着雾儿爷来到相邻的一个小院子里,房子的墙也都是用原木垒起的,房顶盖的是木板和山草,屋里的床和椅子也是木头做的,满屋都飘溢着一股木头和山草的香味儿。给我们住的三间房连成一排,好像原来并未住人。我问雾儿爷这是专门预备的客房么?雾儿爷点头说是,他说深山里的村子都相离很远,人们外出,借宿的事经常发生,所以每个村子都得预备几间房子专门给来借宿的人住。我问那些孩子为何偏把我们几个领到你家来住,他笑了,说:俺们家的辈分在村里最高,村民们就选我当了村主任,我和我儿子又都是木匠,盖木头房子有点本领,所以家里就多盖了这几间供借宿用的房子。我想起他娘刚才说的18岁成亲当年就生了他的话,猜想他今年应该是90岁,那他应该是中国年纪最大的村主任了。

从未进过深山的萧伯伯,尽管一天都在滑竿上被摇来晃去的弄得很累,可这会儿也迫切地渴望了解这个神秘的村子,进屋不大会儿就喊我陪他出去走走。天这时已经黑透,整个元阳村都沉在夜色里,只有一些人家的窗户和门缝里露着一点光亮。也许是这儿海拔高的缘故,缀满星星的天空显得很低,似乎伸手就可以摘到星星。四周很安静,除了几声狗叫就是山溪流动的一点儿响声。村中的路都是用条石铺的,已被磨得很光滑。这会儿正是吃晚饭的时间,村路上几乎无人。萧伯伯边走边猛吸着鼻孔,我问他怎么了,他说:这儿的空气中有一股清新之气……

晚饭是在雾儿爷家的正屋里吃的。屋子里摆了两张木桌,一张桌上坐着雾儿爷的娘、雾儿爷、雾儿奶、雾儿爷的儿子和儿媳小丫丫,加上我们四个人;另一张桌上坐着小丫丫的两个儿子、两个儿媳,加上四个孙子三个孙女,这真是一个五世同堂的大家庭。饭菜是由71岁的小丫丫指挥着她的两个儿媳端上来的,每张桌上的菜都是两大盆,一盆是山兔炖萝卜,一盆是母鸡炖蘑菇。饭是蒸红薯和煮玉米,把红薯一劈为二,块头很大,但蒸得非常软乎;包谷是整穗整穗地煮,啃着很香。粥是用玉米糁子熬的,也有很浓的香味。除了那些孩子们,每个人的面前都还摆着一小碗果子酒,雾儿爷说是用猕猴桃做的,不醉人,喝了对身子好。饭菜酒摆好之后,只见雾儿爷的娘拿起筷子敲了一下自己的碗,众人便都开吃了。孩子们和男人们都吃得狼吞虎咽,只有萧伯伯不知如何下手,我只好拿起一穗玉米递到他手上,示意他张嘴去啃。

一向不喝酒的我也把那碗猕猴桃酒喝了,甜甜的酸酸的,喝到肚里很舒服。馋酒的萧伯伯一见我今天不拦他,把自己面前的那碗酒喝下去之后,又把碗朝小丫丫递过去问:可不可以再来一碗?小丫丫笑了,又给他添了一碗。

屋里的电灯时暗时亮,我问雾儿爷这是不是电压不稳的缘故。雾儿爷说:俺们这儿通电的成本太高,乡里给俺们配了一台发电

天黑得很慢　　153

机,管发电机的肃儿识字不多,所以村里的电灯就总是这样明暗不定。

吃过饭回到房子里我的眼就睁不开了。长这么大,我还是第一次在一天之内步行这么远的山路,累到、困到极处的我忘了过去伺候萧伯伯吃药,往床上一躺就睡了。那是我睡得最沉的一晚,沉得好像梦都没有做。当持续的鸟鸣把我惊醒之后,才发现天已经大亮。我这才记起昨晚忘了让萧伯伯吃药的事,慌忙跑进萧伯伯的房间里。萧伯伯还在呼呼大睡,鼾声如雷。我急忙去给他测血压测血糖,嗨,血糖值与往日相比竟是正常的!

萧伯伯醒后也笑道:昨晚是我睡得最好的一个晚上,大概是太累了。

我和萧伯伯出门去溪边洗漱时,挑着一副担子的雾儿爷走过来笑问:睡得可好?

好,好。萧伯伯点头,睡得一夜连厕所也没去。萧伯伯这话提醒了我,可不,我也是睡下就没有出去上过厕所呀。

雾儿爷笑得出了声:一般人喝一碗果子酒就会睡得啥都不知道了,你喝的可是两碗!

萧伯伯和我都吃惊了,原来是酒的作用?!

俺们酿的这种酒,有一种功用就是让人睡觉的。一般人年纪大了,都会睡不着觉,可俺村里的人不管年纪多大,都能睡得死沉死沉的,原因就在这酒。

嗬?!萧伯伯与我对视了一眼。睡觉,可是保证人身体健康最重要的一环呀。

你担着的这是啥东西?我望着雾儿爷挑篓里的黑东西问。

土肥,是用鸡粪、猪粪、牛粪加上树林里的烂树叶堆在一起沤成的,比化肥的肥力有劲儿还持久,是种庄稼、种菜的好东西,用这肥料上地长出来的庄稼和青菜,味道好。

哟,你这是要往哪儿挑?萧伯伯来了兴致。

往菜地里送。你们要想看看俺们的菜地,可以跟我来,离吃早饭还有一些时间。雾儿爷说着,挑了他的担子迈上一座石桥向山溪的对岸走了。我和萧伯伯跟在他的后边,看着他不紧不慢挑担迈步的背影,你真难相信他是 90 岁的人了。

过了桥绕过溪岸上的树林才发现,山溪对岸是一块连一块的菜地和农田。眼下正是仲秋时节,菜地里种的白萝卜、红萝卜、大白菜和诸如小油菜、菠菜、香菜这些青叶菜都长得正好,几十个早起的村民正在自家的菜地或农田里忙碌。其中有两家正脚踩着古老的水车由山溪里抽水向菜地里浇,看见清凌凌的溪水向菜畦里流,萧伯伯说:他们吃的菜是用这样清的溪水浇灌出来的,与大城市郊区用再生水浇灌出来的菜,味道与营养肯定不一样……

吃过早饭,萧伯伯对我说:咱既然费这样大的劲来了一趟,马上就走可是太亏。干脆,咱在这儿住上两天,到第三天再走吧,你去给咱们雇来的那两个小伙子说,请他们在这儿等两天,每人每天除了吃的费用咱付之外,再加 100 元。那两个小伙子一听我说了这条件,都挺高兴,其中一个说:你们只管放心住,我们正好可以在这儿睡上两天觉歇息歇息哩。

头一天,我和萧伯伯在雾儿爷的带领下主要是看这个长寿村的环境和村民的吃、喝、穿的情况。我们先去看了"和泉"和"安泉",这两个泉位于村西三里多地的一处悬崖下,两泉相离三丈左右,每个泉的出水量都在每分钟一大桶的样子,两泉的水汇流一起,成了流经村前的山溪的主要水量。雾儿爷让我和萧伯伯分别尝了尝和泉和安泉水的味道,和泉的水略甜,安泉的水略苦。雾儿爷说,若只喝和泉的水,人会上火,会生疗生疮,皮肤黑;若只喝安泉的水,人会拉肚子,会让人皮肤发黄,只有把两泉的水掺在一起喝,才会让人身子康泰少生病,而且皮肤又白又嫩。你看看俺们村里的姑娘,虽说平日里都是粗茶淡饭,但一个个长得白白嫩嫩,像刚出水的鲜藕一样,远近几十里的村子有男孩的人家,都爱托媒婆来俺们村里求亲。萧伯伯听了笑道:是,是,我注意到了,从昨晚进村到今天上午为止,我还没见过一个长得丑和黑的姑娘。

接下来雾儿爷领萧伯伯和我去看了村后的老林子。生在渭河平原的萧伯伯和长在浅山区的我,进了老林子都很惊奇。这里的树一般都有几十丈高几抱粗,树冠几乎把天都遮住了。雾儿爷说,这里的大树都有灵气,村人一般不敢攀爬,更不敢随意砍伐,这是原始老林子,很少有人敢走进林子的深处,主要是怕迷路和遇见大蛇巨蟒,林子里狼多,也有獾、野猪,偶尔还能见到虎。林子里有猴头菌和各种蘑菇,就是这片老林子,让俺们吃到了各种山珍。

之后,雾儿爷又领萧伯伯和我去看了村里的麻布织房。麻布织房位于村子的东边,山溪的下游,由两排木头房子组成。每排木头房子里都放有十台老式织机,每台织机上都有个中年妇人在织麻布。我上前拿起她们织的麻布看了看,布很薄很轻,透气性好。雾儿爷说:这种麻布做成衣服穿到身上,蚊子、苍蝇、跳蚤、小咬都不来找你,皮肤也不会发痒,不论是男人还是女人,穿上这种麻布,皮肤都会很光滑。织麻布的原料就来自村子两侧的山上,来自山上长的一种山麻。老辈子人很早就发现,这种山麻的皮经水沤漂白之后,可以织成布做衣服。过去是每家都有织机,家里的女人们在农闲时自己来织布,后来山外兴起了洋布,村里的年轻人喜欢去山外买来衣服穿,织麻布的人就越来越少了。再后来,大城市里的人听说俺们这种麻布对皮肤好,就来买我们的麻布,于是乡上就让俺们村里办一个麻布厂,就买了这 20 台织机放在一处,从村里找了二十来个手巧的女人一起织,织出的麻布主要是拿到山外去卖。萧伯伯拿起麻布边仔细地看着边说:我基本上明白你们为何会长寿了,你们这儿的土地、空气和水都未污染;你们吃的是当年长成收获的新粮食和山珍;喝的是比城里卖的矿泉水还好的和泉与安泉里的水;穿的是自己织的有益于皮肤的山麻布;住的是用原木做墙的有着木头清香的房子,一切都从大自然中来,当然会长寿了!

雾儿爷笑道:你说的有点道理。俺们村里的人,没有病死的,只有老得没了吃饭的本领死的和出意外,比如挖山货落崖而死的;上天可能知道俺们这儿离山外的医院太远,所以不忍心让俺们得需要找医生、进医院的大病。有谁得了头疼脑热的小病,一个是硬扛下去,让病自动滚开;二个是用土法子治,找上一把草药熬熬喝了,喝几天病就好了。

第二天,我们在雾儿爷的带领下,去拜会了村里几个高龄的人。第一个去见的是九月叔。雾儿爷说:九月叔是元阳村第二高寿的人,今年107岁,只比俺娘小一岁。萧伯伯和我以为这样大岁数的人,肯定在家里坐着休息,没想到进了他家一问,他的老伴,102岁的九月婶竟很不高兴地回道:他去帮那个贱货种菜去了!我一愣,轻声问雾儿爷,谁是贱货?雾儿爷招手要我们随他出院,出了院门才轻声说:九月婶嘴里说的贱货,是指村西头刚过100岁的十月婶,她一直怀疑九月叔与十月婶有一腿。萧伯伯听了哈哈大笑,问:人过百岁了还会吃醋呀?问得雾儿爷也笑了:吃,吃,九月婶天天吃……

雾儿爷领我们来到溪边的一块菜地里,朝正蹲在地里忙碌的一个老头儿喊道:九月叔,北京城里来了两个同志想见你。那老头显然耳朵不聋,闻唤一下子站起身,声音很响地问:咋,是想叫我去北京当个啥子主席?雾儿爷笑了:你想得倒美!九月叔跟着说:人呐,你就得想点儿美事才行,整天想着美事你才能高高兴兴!萧伯伯这时也笑着接口问:老人家平时都想哪些美事呢?九月叔看来是爱开玩笑的人,高声道:我就想着老天爷哪天能再让我娶个年轻漂亮的媳妇!萧伯伯哈哈笑了。他的笑声还没落,从溪岸的树丛后突然闪出了个拄着拐杖的老太太,只听她高声朝九月叔叫:你狗嘴里吐不出象牙,一说到年轻女人你就眉开眼笑,你过去还没有浪荡够?就你现在这个老鳖样子,还有哪个年轻女人会看你一眼?我看你趁早死了那个心,好好把心思用在种菜上!雾儿爷这时忙向那老太太打着招呼:婶子也来地里了?我这时明白了,这个老太太就是十月婶。九月叔一见十月婶,撇了撇嘴角,朝我们几个做了个鬼脸笑道:是,是,我趁早死了心,心活着是要挨骂的。

老人家这是在种啥菜?萧伯伯收住笑声问。

大葱!你们北京人知道吃大葱的好处么?大葱能让人的血流加快,是催情的东西。男人一天吃两次大葱,睡女人时才更有兴头和劲头,懂吗?小子?!他称萧伯伯为小子!

我被九月叔的话弄得脸红了,十月婶这时又开口骂道:你个老东西,三句话就又绕到了那事上,当着你雾儿大侄子还有这个姑娘的面说这些,你害不害羞呀?真是个老不正经!

这有啥羞的?男人要不想这些事,还有啥子活头?九月叔笑着辩解。雾儿爷这时朝九月叔肃穆了脸道:这两位同志,是想来问问你长寿的经验,你给他们正儿八经说说,别扯远了,他们的时间宝贵。

是问这个呀!九月叔又笑了,这个好说,就一条,你就只想好事别想闹心的事,你整日快快活活笑呵呵的,阎王就不会来找你。阎王爷抓人有一条规矩,就是只抓那些愁眉苦脸的家伙……

我们拜会的第二个人是杞奶奶。杞奶奶刚过了104岁的生日,我们去时她正在镜前试穿一件印有大朵玫瑰花的褂子,雾儿爷示意我们别出声,待她试完了再说。杞奶奶在镜前左照右照,边照边自语着:行,挺惹眼的,花色亮,花朵也大,要买就买这种的,穿上爽气,别人也会留意。这小子还算有孝心,知道给我买件花衣裳……

差不多在杞奶奶要离开穿衣镜前时,雾儿爷才开口夸着:杞奶奶这件衣服真漂亮呀!

哟,是雾儿来啦?!你也觉得我这件衣服漂亮?杞奶奶高兴地反问。

当然啦!这两位从北京来的同志也觉得漂亮呀!雾儿爷说着朝萧伯伯和我挤了下眼睛。萧伯伯于是也立即开口夸道:是很漂亮哩!

好好,既是你们都觉着漂亮,那我从今儿个起就穿上了!快坐快坐,啥子风把北京的同志都吹到咱们村了?

他们听说你活过了100岁,要来向你取经哩!雾儿爷笑着介绍我们的来意。

我有啥子经呀!我这人就是永远觉得自己的日子过得好,心里头啥时候都觉得很满足,不去同别人比三比四。其实这人来到世上,不就活个一百多年吗?怎么个活法不是活呀?不要眼馋别人的活法,人家当县长,咱就一定也去当县长吗?天下有那样多的县长让人去当?咱种庄稼不也能活下去么?别人天天吃肉,那是人家的福气,咱天天吃红薯,那也是一种福气是不是?在萧伯伯与杞奶奶说话时,我特意看了看老人家的三间房子,发现三间房子里并未放多少东西。当间用来待客,一张木桌几个木凳,再就是一面穿衣镜挂在墙上。东间放一张木床,和两个放衣服的木箱。西间也放一张木床,和三个盛粮食的木桶。我问杞奶奶:你家的贵重东西放在何处?杞奶奶摊摊手:全在这三间房子里,有睡觉的床,有放在箱子里的衣裳,有堆在木桶里的粮食,就足够了。人活着不就吃、穿、住几件事吗?要别的东西干啥?东西再多,死了也带不走的!

我与萧伯伯交换了一个眼色,萧伯伯对杞奶奶的回答有点意外。

这一天,我们差不多把村里过了100岁的老人见了一遍。天黑的时候,萧伯伯说:行,咱没有白来,总算知道了人要长寿得有什么样的心态,得有什么样的外部环境。外部环境咱个人只能接受既有的状况,能改的是自己的心态……

我们是第四天早饭后离开元阳这个长寿村的。走时,萧伯伯让我用塑料壶装了一壶和泉和安泉混在一起的水,背了雾儿爷送的一小袋青菜和晒干的山菇、木耳,另买了两丈多麻布,还有一小罐猕猴桃酒。走前,萧伯伯要我给雾儿爷留下了1000块钱,雾儿爷说什么都不要,推让了好长时间,萧伯伯只好说:你要收下了,我可能还会再来;你要不收,就是不想再让我来了。雾儿爷闻言只好收下说:好好,我等着你再来做客。

我们一行四人与雾儿爷挥手作别时,我听见萧伯伯感叹了一句:可惜咱们没有出生在这儿。抬着滑竿的一位脚夫笑了,说:可我们羡慕的是你们这些生活在北京城的人,而不是元阳村里的村民,真让你长期住在这儿,没有座机电话,没有手机信号,没有网络,电视信号断断续续,电灯亮亮停停,没有饭店、酒吧、茶馆、车站、咖啡厅,更没有音乐会、戏剧、歌舞、运动会让你看,你肯定不会习惯的!

我想想也是,尽管住这里人会长寿,可真要让我选择,我还是想回北京,那儿多热闹呀;来这元阳村里过日子,会把人寂寞死的。

人真是一种奇怪的动物……

回到北京之后,萧伯伯的精神状况好了不少,差不多淡忘了过去受骗上当的事,重又恢复了上午去公园打一套搏击格斗拳、下午慢步走路的习惯。他对我说:我真得向元阳村的老人们学学,心里只想好事、快活的事,不想烦事和难受的事。他的心态变了,日子便又恢复了平静。就在这种平静中,时令进入了冬天。也许是穿上了臃肿羽绒服的缘故,我注意到萧伯伯比我三年多前初见他时,分明是老了许多,行动举止看上去比伏牛山深处元阳村的雾儿爷小不了多少。他打拳时挥臂抬腿,明显慢了、缓了、不自如了;他走路时腿脚有些颤了,个别的时候,我还发现他的身子有些打晃。为此,我特意去商店给他买了一根拐杖,想让他散步时拄上,但他看见那根拐杖后很不高兴,带了几分怨气地问我:你认为我到了需要拄拐杖的时候?元阳村90岁的雾儿爷还担担子哩,你是不是想催着我赶紧老呀?我一听这话,忙苦笑着说:我只是为你做个预备,万一你哪天想用拐杖了,随时可以拿到手里,不至于我措手不及。他冷冷地回道:以后别让我看见它,看见它了我会心烦。见他原来是这样的心理,我随后就把那根拐杖藏了起来,再没有让他看见。

萧伯伯还特意叮嘱我,要我把在元阳村的所见所闻给馨馨姐说说,好让她知道中国还有那样一个好地方;她真要不想在美国过日子了,可以回来去元阳村看看。

我就用手机给馨馨姐拨电话,详细给她说了在元阳长寿村的所见所闻。萧伯伯见我说的时间长了,急忙打断我:别忘了你是在打越洋电话,说话时间不能太长。他哪里知道,他的女儿就住在北京城里的东四环与东五环之间,离他很近很近。

打完电话之后,我又背着萧伯伯去馨馨姐住的地方看过她几次。每次去,一看见那些被铁丝拧死的窗户,我的心就会沉重起来。她的精神状况有时好有时坏,身体状况好像改善了一些,不再像原来那样消瘦了。我劝她在吃药治病的同时最好能出去找个事做,多见见同学、朋友,这样对身体的康复和精神变好会有帮助。她叹口气说:现在出去找个工作做,怕做不好误了人家的事情,会让我的心情更不好;何况,那也会传到我原来的熟人那里,并最终让我爸爸知道,还是待病治好了再说吧。我听她这样讲,也就不再坚持。记得有一次去看她时,她让我去把楼梯间的那扇窗户也用

天黑得很慢　161

铁丝拧住,我犹豫了一下,那毕竟是公共空间,把同楼层邻居们共用的窗户拧死,会不会遭到他们的反对?她见我迟疑,叹口气道:我在夜里醒来时,仍经常会有那种想拉开窗户一跳的冲动,当然,目前我都还能压制住那种念头;可我实在是担心,万一哪天晚上这种念头特别强烈了,我可能会失去对那个念头的控制力……我一听她这样说,就急忙拿上钳子和一截铁丝,想去把那扇窗户拧死。也巧,正当我用力拧的时候,住同一层的一个男人推门出来了,他看见我的举动后很是诧异,问:你这是干什么?我支吾道:我姐住你对面,夜里老有风把窗户吹开,她让我干脆把它拧住算了。他一听笑了,说:那窗上不是有插销嘛,怕被吹开,插上插销不就行了。他这样一说,我也就不好再坚持,再坚持就需要把馨馨姐的病情说出来,那显然不好,馨馨姐一直希望保密,便点头道:也是,那就插住算了。回到馨馨姐的房间,馨馨姐问我:拧死了?我想减轻她对那件事的关注,想她未必真还去那窗口看看是否拧死,就打了个马虎眼说:拧死了。

我根本没想到我这是犯了一个严重的错误,对抑郁症所知很少的我,完全不懂得患者只要关注了一个地方,尤其是便于自杀的地方,便会反复地去观察它。我没有意识到我的这种大意,等于是给她创造了一个寻死的机会。

那天我回来后,萧伯伯还问过我一句:最近你馨馨姐怎么没来电话?我听了急忙打着圆场:她可能是担心你去公园锻炼不在家,上午把电话打到了我的手机上,她问了你的身体状况,还说她最近很好,让你不要挂念她。萧伯伯"哦"了一声,说:只要她的神经衰弱转好了就行,记住提醒她要治就把病根彻底消掉,不要见轻了就不治了;她要再打你的手机你记住告诉她,我很好,别让她再挂念我了。我急忙点头。

一周之后的一个晚上,大约是因为我来了例假、流血有点多的缘故,感觉有点累。伺候萧伯伯上床之后,我把第二天做早饭要用的东西准备好,就也上床睡下,而且很快睡着了。我是被一阵持续的手机铃声惊醒的。在最初被惊醒的那一刻,我以为是南阳老家出了啥事,急忙摸过手机去看,及至看清手机显示的是一个陌生号码,又有些生气,我断定是骚扰电话,于是就冷冷地问:半夜三更的,你想干什么?手机里传出一个男人不甚客气的声音:请问你是萧馨馨的妹妹吗?我一听这话,忙回道:是,你有啥事?

我是派出所的,请你立刻来一趟她住的地方!那人的口气像下命令。我正要问他原因,他却已经挂断了电话。对方的身份和口气让我有些着慌。我急忙起身穿衣,然后来到萧伯伯门前,轻声编着谎话说:萧伯伯,吕一伟病了,我得现在过去送他去医院。萧伯伯显然早已被我的手机铃声惊醒了,隔着门说:你去吧,年轻人生个病是正常的,你别太着急了。

我打车急急地向馨馨姐的住处赶,离那座楼还有段距离的时候,我就看见有几辆警车停在楼下,车顶的警灯闪得晃眼。我的心也一下子提到了嗓子眼,本能地觉得不好,可我还不敢去想别的。我坐的出租车刚在楼前停下,一个警察就跑了过来拉开我的车门急问:你是叫笑漾吗?

我才点了一下头,他就急切地说:你姐姐萧馨馨已经跳楼自杀身亡,请跟我来现场!我闻言两腿一软,身子一歪,差点倒在地上。老天爷呀!那警察见状急忙搀住我,几乎是拖拉着我向几个警察围着的一个地方走。还没走到他们身边,我就看见了馨馨姐的裤角和衣服。是她,是她平日常穿的那身衣裳。我叫了一声,想扑过去,但那警察又扯住我轻声说:不必上前,不要看那惨状,你会受不了的……

我记得我当时向楼上看了一眼,老天呀,她躺倒的地方正对着楼梯间的那扇公共窗户!我该拧死它的!我只来得及这么自语了

天黑得很慢　163

一声,就眼一黑啥也不知道了。我再醒来时,发现自己已躺在楼上馨馨姐的床上,两名女警察站在床前看着我。一个女警察见我醒来,低声说:你躺着别动,事情已经出了,不要太伤心。你要协助我们把你姐的后事处理完毕,你可以先看看这个。说着,将一张纸递到了我手上。我双眼看着那张纸,却怎么也看不清纸上的字,馨馨姐的死给我造成了强烈的刺激,我已因惊恐暂时失去了视力。我过去虽然知道她有跳楼的危险,但我以为那只是她作为病人对自己的担心而已,内心里并不以为它会真的发生,当我确确实实地看到馨馨姐的遗体时,我内心里并不能把这视之为现实,我希望这是做梦、做梦!是我在熟睡中做着的一个噩梦!我当时只会哭。

我不知道哭了多久。我期望自己的哭声会把我扯离虚幻的梦境,但是没有,不管我怎么哭,那两个女警察都一直站在我床头,其中的一个女警察还提醒我:你不能总是哭,出了这样的事谁都会很难受,但你得冷静并坚强起来,我们需要你做出一些决定,来把事情处理完毕。她的话让我再次意识到我现在面临的是现实而不是梦境。我作为萧家目前唯一能出面的人,我必须着手处理所面临的事情,警察不可能一直站在这儿干等。意识到这一点之后,我挣扎着坐起身,重新去看手中的那张纸,是馨馨姐留给我的一封信——

笑漾妹妹:

我实在不愿让你看到这封信,但如果你看到了,那一定是我无法抗拒那种呼唤了。我要先请你原谅,是我,把你一个与我家毫不相干的人,生生扯进了这种麻烦和痛苦之中。你一定要原谅我呀,这样我到天国后才有可能心安。

妹妹——不管你愿不愿意,我现在都把你视作了我的妹妹,我想喊你:妹妹!姐姐我给你说实话,我虽然知道我应该活着,我无权去死,我是独生女儿,我有一个年老的爸爸需要照顾,我应该尽到做女儿的责任,但活着对我,确实是一桩极苦极苦的差事!当医生最初告诉我得了抑郁症时,我并没有太在意。我相信凭我的身体素质和平时练就的毅力,我是能够战胜它的。可经过这么长时间的治疗之后,我才知道这个病是一个真正的魔鬼,它一旦缠上你,就永远不想撒手。那么多的药物治疗,都只能短暂地把我拉离它的魔爪,而一旦药效变小和失去,它就又一把抓住了我。在药物起效的时候,通常是上午和下午的几个小时里,我是清醒的,明白的,我能知道我的身份和责任,我还是原来的我,是一个正常的人,我知道该做什么。我给你写这封信的此时,就是这样的时刻。但在其他的时刻,尤其是从黄昏开始,那个魔鬼就紧紧抓住我并开始折磨我了。它不断地提示我应该回忆过去,让我在回忆中生气、后悔、仇恨。它让我想起青春期的莽撞,让我忆起爱常生的盲目,让我记起以身相许的轻率,让我后悔婚姻中的退让,让我恨他的背叛,让我觉得人生被毁得太亏,让我感到男人不可相信,让我认为人生就是地狱。这种病还不断地提醒我人活着没有意义;告诉我人活几十年,在时间的长河里不会留下任何痕迹;提示我一万年之后决不会有人知道我曾经活过;警告我连地球最后都要毁灭,人类的所有历史都会化为乌有,一切都没有价值,没有意义。它不断地呼唤我向窗边走,鼓励我拉开窗户向外跳去,告诉我只要一跳,所有的苦恼都会结束。我就是在这种情况下一次次地走向窗户,渴望跳下去,但因你把钳子拿走了,所以我要徒手拧开窗户上缠的铁丝并不容易,这迫使我不得不一次又一次地放弃跳窗的企图。今天下午,我看到楼梯间的那扇窗户并没有真的拧死,这让我既担心又高兴,担心的是我会不会在某个晚上再次走到那扇窗前;高兴的是我到底拥有了摆脱那个魔鬼纠缠的机会。我现

天黑得很慢　　165

在就是在这种极其矛盾的情况下给你写信的,我想我得把有些事给你做个交代,以防万一此后再无说话的机会。

我想再把你的陪护工资提升一次,提至每月7000元,一年是84000元。我随信装在信封里的这张中国工商银行的银联卡,里边存有160万人民币的活期存款,这是我离婚时分得的全部财产,基本上够付你20年的工资了。当然,以后无法再为你升薪了,非常抱歉。银行卡的密码是860921,你可随时拿上卡到ATM机上取钱,只要一天取钱不超过两万就行。我这样要求你再照顾我爸20年,实在是不应该的,我也没有这个权利,我们当初签的雇佣合同是5年。但我实在没有别的人好托付,只好托付给你了。我并不想推卸赡养和照料父亲的责任,可疾病很可能迫使我离开这个世界;我没有别的亲人可求,只有求你这个交往并不很久的妹妹了。我知道你有自己的父母要照应,你有你自己的生活要安排,我这个托付会加重你的负担,会让你很为难。你自然可以不答应,你如果决定不答应,也求你在北京郊区选一家好些的养老院,把我爸托付给养老院,费用就用卡上的。若是你答应,那我在下一辈子托生成人后,第一件要做的事就是去报答你的恩情;倘是我无法托生,我也会在天国为你祈福!若是你答应了而我父亲又活过了20年,卡上的钱已用光不能为你发工资了,你可以在我爸爸的退休金里取出一部分作为你的工资,我估计,我爸九十多岁之后,已无能力管理他的退休金了,你可以代他管理,直到他去世。我相信他会对他的后事做出安排。

如果我真的走了,求你谁也别惊动,我手机上存的任何号码都不用打,过去的同学和同事谁也别通知,更不能告诉我爸爸,他百分之百承受不住这个打击。你可以对我爸说我在美国生活得很好。我在我的手机上录了五段不同的问候他的话,每当他问起我时,你就通过手机放给他听,让他以为是我在与他通话。这是我能为他做的最后一件事了。我在写字台的中间抽屉里放有3万元现金,装在一个大信封里,这是留给你帮我办后事用的。你雇个车把我送到火葬场火化了就行,然后随便买个骨灰盒装了我的骨灰,去到昌平天寿园让工作人员放进我妈妈的墓穴里就成。我妈妈的墓穴在安悉苑第3排第15个墓位上,名字叫金思羽。辛苦你了!你年纪轻轻我就让你去办这类沉重的事,实在是不应该,你多原谅姐姐。

我租住的房子租金早已付过,你只需把钥匙交给本栋楼1609室的户主就行。替我向房东表达歉意:我肯定惊扰了他们,但我不是在屋里出事的,应该不会影响他们继续出租;如果有影响,请你替我向他们再一次道歉。

我的两个箱子里有些衣服、饰物及化妆品,我想留给你做个纪念。当然,你若觉得不吉利,也可以全部扔掉。

笑漾妹妹,你来我们家虽然时间不长,我俩直接接触的时间很短,但我已感受到你是值得我信任和托付的人。我庆幸当初在网上发了个广告,就让我俩结识,感谢上天借此机会给我送来个没有血缘关系的妹妹。笑漾,如果你看到了这封信,那我们就只有在天国或来世再相见了!

谢谢你……

读完这封信我真是痛彻肺腑。虽然她不是我的亲姐姐,但目睹前几天还在见面的她以这种可怕的方式离世,实在是身如刀戳、心如针扎。我当时努力坐起来,听警察们说话,并做出馨馨姐希望我做出的那些决定。我特别叮嘱警察们,为了不使死者的父亲受惊,此事最好不发布任何消息;如果一定要发布,务必不要提死者的名字。

天亮的时候,约摸萧伯伯已经起床,我由火葬场用手机给他打了个电话,谎称我的男朋友吕一伟病重,要向他请一天假,并告知他已同小区的另一个陪护员朋友说好,她会从附近的饭店为他买来早餐和午餐送上门,还嘱他今天最好就在家休息,别一个人出去散步了。萧伯伯说:好,你赶紧照顾一伟,我这里你不用操心,一天两天的我能自己照应自己。

上午火化完馨馨姐的遗体后,我即遵嘱打车送她去了天寿园。我把她的饰物全部带去放入了墓穴,只把她一块戴旧了的手表留下来做个纪念。我想,只要听着那手表指针的跳动,就等于听见她的心跳了。再就是留下了她的手机,她的手机里有她留下的五段录音,我要用它来安慰萧伯伯。

匆匆处理完馨馨姐的全部后事,我回到萧伯伯家时,已是晚饭时分了。进屋第一眼看到萧伯伯,我差一点儿就要号啕大哭,我强忍住跑进了卫生间,打开水龙头放水以掩盖自己的哽咽,直到平静后才走出来去做晚饭。在我做晚饭的时候,萧伯伯走进厨房看了我一阵,显然注意到我眼睛发红,轻声问:一伟的病情现在怎么样了?我答:已经好多了。他点点头道:那就好。别太担心。年轻人抵抗力强,有点儿病很快就会好起来的。

那天晚上给他量血压时,我发现他的血压比往日要高出不少,心跳的速度也比往日快出很多,就问他今天有没有出门,遇没遇到什么事情。他说:没有出门,今天一天都在家里,看看书和电视,打了一套搏击拳和一套太极拳;可不知为何,心里总是有些发慌,没来由地感到着急。我心里暗想:远走的馨馨姐的灵魂,不会不来与父亲作别,萧伯伯不可能没有一点心灵感应。馨馨姐,你既是要走,你就放心走吧……

第二天,我趁萧伯伯午睡,下楼给我的男朋友吕一伟打电话,告知他萧伯伯家发生的事情,并就我下一步的决定争求他的意见。我和他原来商定第二年五一结婚,我如果要继续在萧伯伯家当陪护,肯定会改变我们原来的安排,这是一件大事,我得同他商量商量。一伟听罢也很吃惊,说真没想到馨馨姐会出这事,但对我明年五一后是否还在萧家当陪护,他没表态。他说:这事关你的工作,还是由你自己来决定好。我对他的态度有点儿不满意,这当然事关我的工作,可也关乎我们未来家庭的经济收入。你既然很快就要成为我的丈夫,你为何就不能说说你的意见?不过很快我又原谅他了,我估计他是考虑到我与馨馨姐的感情因素,认为不便发言,以免让我难受。

还好,馨馨姐跳楼的事未在任何媒体上披露,萧伯伯的生活未受任何影响。

我在萧家是留是去,到了该做决断的时候。

要继续在萧家当陪护,我必须把馨馨姐留下的这些钱中的大部分,分别存成一年期、两年期、三年期和五年期的定期存款,以保证这笔钱能有些收益,以抵消人民币的不断贬值。我要做好将来在萧家附近买房或租房的思想准备。我和一伟结婚后不可能还住在萧伯伯家里,萧伯伯与他的女儿女婿都会产生矛盾,何况与我们。再就是我得保证对今后的工资永远保持在7000元不后悔,这是对死者的承诺。一旦决定留下,今后就是有了赚更多钱的机会我也不能走。我想来想去,觉得一直陪护照料萧伯伯直到他生命结束,对我是一个沉重的责任。特别是随着萧伯伯年事越来越高,陪护他的任务会越来越重,我可能将会因此失去生活中的很多自由,失去婚后与一伟外出旅行的自由,失去与我将来的孩子外出玩乐的自由,失去回家看望和照顾我自己父母的自由。我只是馨馨姐随意找来的一个家庭陪护员,我俩之间固然有感情,但我有必要因此让自己陷入这种不自由的状况吗?萧伯伯的老境固然值得可怜和同情,可我确实没有长久照料和陪护他的责任。

经过几天反复的思虑,我最终决定:待馨馨姐的"七七"过罢,我就要做好离开萧家的准备,另找其他工作谋生。当然,在我离开之前,一定要按馨馨姐的交代,把萧伯伯在养老院里安排好,把她留下的那笔钱给萧伯伯在银行里存妥当。无论如何,我都要对得起馨馨姐对我的那份信任!

我先是悄悄地通过上网和给民政部门打电话,了解北京周边都有哪些养老院。然后根据我平日言谈中对萧伯伯个人喜好的了解,做了初步筛选。最后决定亲自去选中的几家看看。因为是给萧伯伯选养老院,必须是他看中的才行,所以我就先给他说:我们老家南阳市的一位家境不错的老干部,想来北京找一家养老院养老,委托我替他挑选。你能不能和我一起去看几家,帮助我做个决定。你毕竟见多识广,又比我了解老人们的心思。他听了有点儿不太愿意,说:这种事还是让他自己来挑吧,一个人有一个人的喜好,我们怎能替他做主?我急忙劝他:这人过去当过检察官,与你做的工作相近,他的爱好应该与你的也很近似,你挑的他肯定会喜欢。你还是帮帮我吧,我确实没有见过养老院。他大概是看在我请求他的面子上,勉强答应道:那好吧,就帮帮你的忙!

我和萧伯伯第一次去看的养老院在顺义的温榆河边,从网上看环境不错。我叫了一辆出租车把我俩拉到了那家养老院的门口。养老院的管理人员很热情地接待了我们,领着我们看了住房,看了办公处,看了供老人们娱乐的地方,看了食堂和花园。我觉得周边环境和院内条件都还可以,但萧伯伯出来后摇头道:不行,这里的各种规矩把老人都当成病人对待,人住进这里没病也会得病的。我闻言急忙说:既然你觉着不好,那咱们就走,接着去昌平。

昌平的那家养老院是几个有爱心的中年人集资搞起来的。因为钱不宽裕,一切建筑和设备都显出了简陋。老人们的住房还可以,但附属的娱乐休息场所条件较差。尽管周边的自然环境不错,但萧伯伯进去没有几分钟就走出来了,撇撇嘴说:住这个地方就等于把人送进贫民窟了。我一见他如此说,就紧忙随他出来了。

第三家在通州区。一进这家养老院大门就感受到了它的气派豪华,所有的建筑都是两层小楼,一栋楼住四位老人,楼上两位,楼下两位,每位老人都有卧室、客厅、厨房、卫生间和健身娱乐房共五间房子。每栋楼前都有花园,楼后都有绿地。大院内还有人工湖。每位老人都配有两名陪护人员。萧伯伯一看就连声说:好,这才像是养老院哩,住在这儿应该能长寿。我一看他这态度,就赶忙去问费用。我的天呀,一月就要收 38000 元,一年就是 456000 元。萧伯伯真要住在这儿,馨馨姐留下的钱就只够住 3 年,这可不行。萧伯伯听见服务人员说了收费标准以后,冷声道:这纯粹是给那些富人准备的,你们老家那位老干部肯定住不起,咱们走吧……

第四家在西山,就是在咱们万寿公园举行过推介会的碧泉养老院。萧伯伯进院看了一圈儿,说:这儿不错。我一问价钱,单间房每月优惠之后收费 6800 元,一年 81600 元;如果萧伯伯在这儿住,馨馨姐留下的钱,够他住上十六七年了。再说,萧伯伯自己来住养老院,他的住房可以租出去,所收的租金加上他的退休金,保证他住上二十几年应该没问题。我心里当时很高兴,既然萧伯伯已经看中此院,费用也能接受,那就把萧伯伯安置在这儿吧。我当即就先用我的名字申请了一个单间,交了 1000 元押金。

接下来就剩说服萧伯伯进院了。大概是由碧泉养老院回来的第三天上午吧,我装作很遗憾地对萧伯伯说:南阳的老干部,子女们嫌碧泉养老院太贵,已决定不让他来北京养老了,这样,我申请的那间房子就还要退掉,当时交的那 1000 元定金也不能要回了,真糟糕!萧伯伯叹口气道:人家不愿来你也不能强迫人家来,押金退不掉只能吃个哑巴亏了,以后帮人要帮那些出言能践诺的人。我紧跟着试探地问:萧伯伯你考虑过去碧泉养老院养老吗?你若想去,那押金不就有用处了么?他一听我这话,眉毛顿时竖起来了,很生气地反问:你怎么能这样问我?我难道混到了要去养老院养老的地步了?去养老院的人多是没有子女或子女不孝的老人们的归宿,我有孝顺的女儿、女婿,而且在美国挣大钱,我住在家里难道会没人照应吗?告诉你,我女儿完全有能力为我请两个陪护员来照顾我,住哪个养老院能有我住在家里舒服?你是不是不想在这儿干了?不想在这儿干了你就走,我立马打电话让馨馨再给我雇新的陪护员!

我被他说得心里很疼,疼得半晌都没办法出声。

他竟然一点儿也没有意识到自己的处境。我当时真想对他说:萧伯伯,你不要那么自傲了!你的处境并不比别的老人好。可我知道他经不起真相的打击,我不能毁了他的自信,毁了他的健康。

既然他对养老院是这种看法,而且态度是如此决绝,那说服他进养老院看来是不可能了。剩下的问题就是一个:我怎么办?是继续留在萧家把陪护做下去,还是辞职离开?做下去,将负担一份沉重的责任;辞职,有哪位陪护员愿接这样一个从此再不可能有涨薪机会的活儿?在无人接手的情况下,我若不顾一切地撂下这副担子,内心里又觉得对不起馨馨姐临走前的信任和托付。

我陷入两难之境里:不走心不甘,走了又心愧。

我决定先试试能不能找一个自愿替代我担任萧伯伯陪护员的人。

我在网上匿名发了一条招聘信息,讲明是为一个已逾77岁的老人当陪护,月薪7000元。这份月薪眼下应该是不低的,招聘信息发出之后,先后有七八个人来电话打听情况。他们都对这份月薪满意,但一听说老人已无亲人却又不能让其知道女儿已走、此后没有涨薪的可能时,就都又不愿意干了。

我脱不了手了。

脱不了手我就只能继续干着,我不能绝情地贸然走开,不能对不起可怜的馨馨姐!

也是在这个当口儿,萧伯伯的身体出了一次意外。这次意外出在元旦的前一天。

几天前,萧伯伯原来工作的法院寄来一份烫金的请柬,邀请萧伯伯在元旦到来的前一天,去院里参加一个迎新年茶话会,其间,还有慰问演出。萧伯伯看了请柬很高兴,说:现在的领导还算懂事,还能记得我们这些老家伙。我问他参不参加,他道:当然参加,我要借机见见老朋友!

那天早上,我早早做了早饭,伺候他吃完,然后打车送他。我问他要不要我陪他进去,他说不要,他说:你就去附近的商店转转玩玩,我开完会打手机给你。我点点头,看着他走进院门,然后就去附近的一家商场闲逛了。

我对逛商店一直有很高的兴致,倒不是想买什么,我衣兜里的钱也不允许我买多少东西,我就是想看,想看看这样高档的商场里究竟有多少东西出售,想看看那些动辄几千块的高价衣服穿在身上究竟有多美观,想看看进口手袋提到手上是什么滋味,想看看化妆品都有哪些包装样式,想看看皮鞋穿到脚上是一个什么感觉。因为这个上午没有别的任何事情,是真正的空闲时间,所以我就在商场里一个柜台一个柜台地看,然后把自己看好的衣服一件一件地拿过来试穿,直试得心花怒放。尽管其中的任何一件我都买不起,但我还是快乐无比。时间就在我的快乐中飞快过去,已经12点了,萧伯伯是不是在他们老单位吃午饭了?怎么到现在还不来电话?可请柬上注明没有午餐的呀。我赶忙拨打萧伯伯的手机,可手机一直没人接,我心里开始发慌:别不是出了啥事情?我急急

天黑得很慢

地向着萧伯伯的老单位跑去,到传达室一问,说迎新年的会早就结束了,而且萧伯伯会没参加完就走了。我又马上往家赶,到家开门一看,萧伯伯正一脸暴怒地在客厅里来回走着。我以为老人是生我的气,忙赔着小心辩解:你没给我打电话呀!萧伯伯忽然口出骂语:这帮混蛋!我一听这个,方知道他不是对我生气,就轻了声问:出什么事了?

竟然把我的座位安排在一个处长之后,我享受正处级待遇时,那小子还是个科员哩!就因为他在办公室待过,给院长们伺候舒服了,便把他看成一个人物了?

我有点听明白了:今天的迎新年会场,把萧伯伯的座位安排错了。

完全是欺负人!是成心要欺负我!萧伯伯依然在屋里快速地转着圈子。

不会吧?也许是工作人员疏忽了。我劝着。

疏忽?傻瓜都知道不可能!办公室里的那帮人整天负责安排座位,一个个都精得跟猴儿一样,谁该排前谁该排后他们心里一清二楚,他们今天把一个资历、职务都比我低的人排在我的前面,就是成心要污辱我!这样的会我无法参加下去,我就是要提前退会以示抗议!

不至于吧,不就是开个会吗?会后谁还会记住排位顺序?我想劝他。

你懂什么?!萧伯伯双眼凶凶地瞪着我,就好像是我把他的座位向后排了。这是官场,你懂不懂?他们今天这样一搞,参加会的人都会看轻我,会在心里笑话我,会悄悄地互相嘀咕:萧成杉牛啥嘛,开会都排在谁谁的后边了。这等于打我的脸嘛,让我的面子往哪搁?还让我怎么活?唵?!

反正这次已经过去了,就别生气了;下次再遇见这样的场合,咱提前给他们一个提醒。我想消去他心里的气。可萧伯伯一听我这话,愤怒地猛拍了一下桌子:砰!坏影响已经造成了,挽不回来了,我必须要让他们给我道歉!我要亲自向院长……他说着向电话机走去,可就在他抓起电话听筒的时候,我发现他的身子突然一歪,向地板上倒去。我一个箭步上前扶住了他,使他没有倒在地上。

萧伯伯,你快坐下。我以为他是身子失衡才歪倒的,待我一看他的脸,不禁大惊失色:原来他已双目紧闭晕厥了过去。直觉告诉我,他这是因暴怒导致血压瞬间升高出现的短暂性晕厥昏迷。我迅速给他测了血压和心跳,血压是120—240,心跳是140,我的天呀!我紧忙扶他仰靠在沙发上,做了紧急救护处理,同时给急救中心打了电话要了一辆救护车。还好,救护车赶到时,他的状况已有缓解,眼慢慢睁了开来。但我不敢大意,还是将他送进了医院观察。在医院住了两天后,他才算完全恢复了正常。待他恢复正常后,我心有余悸地对他说:你这次很侥幸没有造成脑出血,而如此高的血压,出现脑出血的概率是非常大的,假如造成了脑出血,你就会瘫痪在床,变成残废了。他听了我的话有些不信,我便把给他看病的医生叫来,让医生又给他讲了他的病的危险性,他这才有些信了,叹了一句:看来,我以后是不敢发脾气了!

我趁机劝他:以后单位召集的聚会你最好别参加了。我也打听了,几乎所有的机关召集聚会,是都要排座次的,排座次的规矩基本上都是按官职大小、居官位置重不重要、在不在职来排的,而你对座位的顺序又特别敏感,咱犯不着去再为这些生气,毕竟身体健康要紧。他听后点点头:也好,咱不去了,眼不见,心也就不烦,不会生气。现在让人生气的事情实在是多,我当年在位时,局级干部是没有专车的,哈,你看看现在法院的那些局级干部,哪个人没有专车?连他们的老婆都敢开了专车去买菜,我看着就想生气,简直他妈的……

好了好了,我急忙拦住他,唯恐他又生起气来。

出院回到家的当天晚上,他大概心情还是不好,夜里睡不着觉,11点时直说屋里进了老鼠,老在他的卧室里扒拉东西,弄得他无法睡觉。我不太相信:老鼠不会由楼梯爬到三楼上吧?他断言:肯定是沿着卫生间的管道爬上来的,过去就有过这种情况。你赶紧去找小区门口传达室的老董要点灭鼠的药来,他那儿有。过去灭鼠都是去找他要药!我见他坚持,只好下楼去了小区门口的传达室。传达室的老董已经睡下了,听我隔门缝说了找灭鼠药的要求后,又起床隔了窗户递过来两包药说:没别的灭鼠药了,我这儿只有毒鼠强,听说现如今已不让用这种毒性大的药了。这药能毒死人,你们用时小心些。我连连应着,回到家把一包药打开放在他的卧室里,他这才慢慢睡着。

这件事发生后,我就不敢再让生性要强的他出去参加活动了,唯恐他再受刺激。谁想到这种精神上的保护措施才落实,他又在穿裤子时把腿摔坏了。

自从我当了萧伯伯的陪护员之后,我就一再提醒他:不论是晚上睡觉脱裤子,还是早晨起床穿裤子,都要坐下来,以免腿绊在裤腿里摔倒,因为你年纪大了,肢体的灵活度降低;一旦不能马上将腿由裤腿里褪出或伸进,就会使身体失去平衡摔倒在地。我还告诉他,老年人最容易摔倒,而一旦摔倒,造成了骨折,人不能活动了,生活质量肯定会降低,会连带其他的脏器也发生问题。对我的提醒,他不以为意,虽然表面上点头称是,仍常常按照他自己的习惯,站在那儿脱、穿裤子。他每晚都把脱下的外衣和外裤挂在卧室门后的一个衣架上,因衣架离床有段距离,他就想省事,脱外裤和穿外裤便总是不坐在床上。我有时看见他这样我行我素,就再劝他坐下来,逢了这时,他就有些不太高兴,就训我:你年纪轻轻的,倒有些婆婆妈妈的毛病,总为这些小事啰啰嗦嗦。我不敢再说下去,怕引起争执,惹他不高兴,只好随他去了。

事情果然就出了。

出事是在一个晚上。我照料他服了药,给他量完血压,把他的床铺展好,将床头灯拧亮,就带上他卧室的门,出来忙我自己的事了。按他的习惯,他是上床先半躺在床上,读一阵报纸或看一会儿书,就灭灯睡下了。我在卫生间正刷着牙,突然听见"咕咚"一声,好像是重物坠地的声音,忙停下手,想去辨别一下这响声来自哪里,这时就听见萧伯伯的卧室里传来了他的呻吟声:哎哟——

我扔下手中的牙刷,带着一嘴的牙膏沫子跑过去推开了萧伯伯的卧室门。天呀!只见萧伯伯一条腿上半褪着裤子,仆倒在地板上,一看就知道是站着脱裤子时身体失去重心摔倒的。我急忙上前去搀扶他,当时以为他只是摔了一跤。谁知他刚站起来,就凄惨地叫了一声:啊——吓得我身子一抖。我扶他在椅子上坐下后,赶紧去仔细查看,他的左小腿那儿摸都不让摸,一摸就疼得惨叫,我估计是骨折了,于是又打120要救护车。好在急救中心已经知道萧伯伯是他们的常客,电话一打,人家不用问地址,就把急救车开过来了。

到了医院一拍片子,果然是小腿骨折,当即就住院了。住院医生来询问他骨折的过程时,他不好意思地回答道:我站着脱裤子准备上床睡觉时,身子不小心一晃,就倒在了地上。那医生闻言扭头朝我批评道:你这当女儿的,为何不提醒老人坐下脱裤子?我有苦难言,只能苦笑着认错:是是,我大意了。萧伯伯这时忍着疼抱怨道:我几十年都是这样脱裤子的,谁能想到脱个裤子还能造成骨折的后果?真他妈的邪门了!那医生一边做着处置一边回答他:倒不是邪门了,是你的反应能力减弱了。你年轻时脱裤子,一条腿褪不下时你另一条腿可以灵活地弹跳,你现在能弹跳得起来吗?萧

天黑得很慢　　177

伯伯只得说:那是那是……

伤筋动骨一百天呀!

萧伯伯不得不在医院卧床了近三十天,出院回家也不能随意走动。我原来给他买的拐杖这下子用上了,而且一根还不够用,又让我给他买了一根更粗大的。他只能挂着双拐在屋里练习走路。

说实话,我心里当时很焦急,萧伯伯的身体不断出现糟糕的状况,我何时才能把他托付给别人陪护呢?就在我照料萧伯伯断腿康复的这段时间,因为不断进出骨科医院,我认识了在骨科病房当护工的一个姑娘。我看那姑娘做事挺勤快,为人也忠厚,就向她说了想请她来陪护萧伯伯的心思。她初一听月薪7000元,很有些心动,但也没有立刻答应,只说要考虑考虑。我正准备继续劝说她拿定主意时,我的个人生活突然出现了一个重大危机。

这个危机,是我做梦也没有想到会遇见的!

我遭遇的这个重大危机,迫使我改变了把萧伯伯托付他人的打算,我不得不做在萧伯伯家长久当陪护员的准备。

我们每个人在设想自己的未来时,都是按一切顺利来设想的,都不会去预先设想危机的出现,我也是这样。按我原来对自己未来的设想,那是充满温馨和幸福的。我原来想,待吕一伟研究生毕业,我们在选定的日子举行婚礼,然后他再去读博士学位;我则找一家招聘护士的医院去应聘,当一个正规的护士。我俩一开始可以租房住,几年后争取能交首付,买一小套房子,在北京彻底安定下来。待有了房子,他又拿到了博士学位,下一步就争取落户,户口一落下,就可以生孩子,过正式的北京市民日子了。也正是因为有这个设想,不论遇到什么艰难的事情,我都能坚持下来;也是因此,我总是尽最大可能去满足吕一伟的所有愿望。他说想尝尝河南的道口烧鸡,我就去有名的河南人开的金狮麟酒店给他买了来;

他说他想戴金利来领带,我就去翠微商场花几百元给他买一条;他说他想用一个苹果手机,我自己不舍得用,忙去排队给他买;他说他喜欢我的身子,我毫不犹豫地给了他,心想反正早晚也是他的。我在与他的交往中,从来没带半点儿戒心。有一次他来我这儿,萧伯伯去公园还没回来,他抱住我就往床上拖。我看他那样猴急,也就顺从了他,谁知他把我的衣服脱光之后,忽然一摸口袋说:糟了,忘带避孕套了。我一听他这话,慌忙起身去穿衣服;这险可不敢冒,万一怀上了,他还没毕业,我又是暂时栖身在萧伯伯这儿,婚一时结不成,我咋办?可他当时忍不住,抱住我一连声地恳求:刹不住车了,你就破一回例,行行好吧,要不然我硬憋回去会把身体憋坏的,以后可能就成阳痿患者了。这会儿再出去买避孕套,万一萧伯伯回来,也做不成了。说着还双腿跪到了床前。我被他的样子弄得心软了,想:不会一次就那样巧,真就怀上了?罢,罢,就遂了他的愿吧。我于是重又脱了衣裳,让他尽了兴。看着他在我身上疯,我的警惕性就渐渐飞到了云端,也跟着高兴起来了……

没想到真是怕什么来什么。一个月以后不见红,我才知道事情有些不妙,买了试孕棒一试,怀疑被证实了。我当时吓得头发都竖起来了,急忙给吕一伟打电话,说:糟了,我有了。他听后愣了一下,先问了一句:真的?那么巧?随后就决绝地命令我:去医院做掉!我听了有点儿不高兴,没给我一点儿安慰,就下达命令,这不大像热恋之人应该做的。我回话道:我听说头一个孩子流产,容易造成以后习惯性流产。馨馨姐他们就是这样的,我们得接受馨馨姐的教训。既然你研究生快毕业了,我们很快要结婚,那这个孩子就要了吧,反正这年头北京城里先孕后婚的人多得是。他听罢语气很严厉地说:那怎么可以?我暂时还不想结婚,结了婚就无心读博士了!他这话让我有点恼:我俩原来商定好的,他一毕业就结婚,怎么现在又不结了?我当时一赌气,就把电话掐断了。

天黑得很慢

按照过去的惯例,只要我一生气,他就会立即跑过来安慰我。这一是因为他爱我,二是因为他的生活和学习费用全靠我给。可没有想到,我这次生气后,他不仅没跑来当面道歉,连电话也不再打一个。我心里更不是味儿,就坚持着不再理他,心想他总有服软的时候。这样一拖竟拖了一个多月过去,还没见他的影儿和电话。我心里先有些慌了,猜测着他是不是病了,还是遇到了别的意外的事。就在我犹豫着要不要放下气恼主动去看看他时,一个叫林萄红的大姐给我打来了一个电话。这位萄红大姐是吕一伟宿舍楼的保洁,四十多岁,是两个孩子的妈妈,老家在河北清河县乡下。我每次去看吕一伟时都会碰见她,一来二去就熟了。因为我俩都来自农村,干的又都是伺候人的下力气活,所以我对她本能地就有一种亲近感。与她相熟之后,我带吃的东西去看吕一伟时,常顺手给她留下一点儿,或是几个苹果,或是两盒方便面,或是几瓶矿泉水,这使得她对我也格外亲。她曾很知心地对我说:好妹子,你能在这个名牌大学里找个研究生当对象,那可是有福气,将来肯定会有好日子在等着你。只是你可要好好看守住他,不要让别人又把他抢走了。如今大学里男生女生搞在一起的可是很多,好多人周末都去开房,你一定要小心些!我记得我当时听了还笑着回她:谢谢大姐替我操心,我相信一伟不会背叛我!心直口快的萄红姐说:那就好!我也会替你操份心,帮你看着吕一伟……

萄红姐那天在电话里说:笑漾呀,你可是有些天没来学校了,有件事我想了几天,不知该不该给你说。今天我实在是忍不住了,觉得还是给你说了好,免得你一直蒙在鼓里,自己挣钱让别人去快乐,这对你太不公了。我一听这话,心立刻悬了起来,本能地知道是吕一伟出事了,等不得地问:姐姐,究竟是啥事,你快说!萄红姐说:已经有一段日子了,总见吕一伟与后边女生楼上的一个女学生来来往往。开始我以为是学习上的正常交往,后来看他们去了学校大门外的连锁酒店,才知道不好了。这不,刚刚他俩又并肩出去了。你平日对大姐我这样好,我觉得我不能对不起你,我得替你操操心,我就悄悄地跟在了他们后边,看着他们进了万江连锁酒店的215房间。我这会儿就在酒店的大门口,你要想守住吕一伟,最好能来一趟,当场把那个女人赶走。当然,来了动嘴别动手,动手怕会把警察给惹了来,那样对吕一伟也不好……我一听这个,头皮一奋,拉开门就要向外跑。尽管当时萧伯伯正在家里慢慢地练习走路——他摔折腿已过八十多天了,已可以不拄拐杖慢慢走了。我当时只给他扔下一句:我出去有点儿急事! 就跑出门了。

待我打车来到万江连锁酒店前时,萄红大姐还在大门口站着。我几乎是跑着进了大门,她紧跟在我身后叮嘱道:你要想还跟他过日子,就别跟他闹,给他留个面子,只把女的赶走就行! 我没时间回话,只是急步向215房间走。快到215门前时,我放轻了脚步,把耳朵贴到了门上。这种连锁酒店的门封闭不严,里边的声音很清晰地传到了我的耳朵里,那种声音我太熟悉了,根本不用再把他们关系的性质往好处想了。我把一路上心里积攒的怒气全聚到了右脚上,猛地抬脚朝门踢去。这种门在设计时根本就没考虑到会承受这样大的撞击,一下子轰然大开,门里的情景顿时全展现在了我的眼前:吕一伟和那个女生赤裸着全身在床上搂抱在一起。大约是我踹门的响声太大太突然,把他们惊呆在那儿。有一会儿,他们一动不动,这给了我冲进去拿起茶杯朝他们砸去的机会。我疯了一样地拿起屋里所有能拿起的东西朝他们砸去。他俩在床上跳着脚躲避我的攻击,待所有能扔的东西全扔完之后,我上前一下子抓住了那女生的头发,将她按在床上扇她的耳光。吕一伟跑过来想救那女的,被我猛一下捏住了蛋蛋,疼得他像杀猪一样地叫起来。要不是萄红大姐和几个女服务员跑过来掰开我的手,我想我那天一定会把他的蛋蛋捏碎。

天黑得很慢

那天的混战是在那个女生的哭号声中结束的。酒店的老板和保安跑过来,先嚷嚷着要让我赔偿损失,待我大骂他们是在开妓院之后,他们不吭声了。我哭是在离开酒店之后,是在萄红姐拉我坐在了街心花园的长椅上以后。她轻声劝我:想开些……可我怎能想得开呀?不怕今天说出来惹大家笑话,我当时真是号啕大哭,哭声惊得路人都停下了脚步,好多人都围过来看。我已经不顾哭相难看了,鼻涕眼泪一起流,只想把心里的怨气哭出来。我这些年吃苦受累的全部支柱一下子垮了、倒了、断了、折了。我献出全部身心的男人这样对待我,我咋能想得开呢?我委屈、我后悔、我伤心、我愤恨,我原来设计的生活之路突然间在我眼前全塌陷了,前边一片黑暗……

直到我哭不出声了,才一头倒在了萄红姐的怀里……

回到萧伯伯家时已经是晚上9点多了。我想起老人到这会儿还没吃饭,忙说了一声:对不起。萧伯伯没有生气,甚至没有问我去哪里了,只轻声说道:我已经下了碗面条吃过了,你给自己做点儿吃的吧。我哪里会有食欲?我没有洗漱就躺到了床上,原想早点入睡把今天发生的一切暂且都忘了,可在心里回旋着的怒气怎么能让我入睡?我只是睁大眼睛看着屋顶,在心里反复问着自己:怎么办?用什么办法来消去心里的这股气愤?大概是想到午夜过后,我下了决心:杀掉他,与他同归于尽!

只有杀掉他我才能咽下这口气!

杀掉他!

吕一伟,咱俩都别活了!你别想坑了我再去与别的女人过快活日子!你想得倒美,我不会让你如意的!

怎么杀?用刀?把厨房里那把平时用来切生肉的刀预先别在裤带上,去见吕一伟时突然掏出来刺向他?刺心脏还是刺脖子有把握?他要是躲闪开了咋办?他要是猛地攥住我的手腕咋办?他的力气可是比我大出许多!

把他约到昆玉河边,趁他不注意时猛把他推进河里?那水的深度能把他淹死吗?有人看见了下河施救咋办?不行,我忘了他还会游水。

得想个他无力反抗的法子。我想呀想呀,突然之间,我想起了上次萧伯伯让我去小区传达室老董那儿借来的灭鼠药。当时老董给了我两包"毒鼠强",当晚只用了一包,还剩一包。我记得很清,翌日早晨萧伯伯告诫我:用毒鼠强这种灭鼠药时可要小心,它是能毒死人的。

好,就用毒鼠强杀了吕一伟这个狗东西!

杀!

当然也杀了我自己,咱俩一起死!我上网查了查,有个自杀案件里,有个男人用一包毒鼠强毒死了自家三口人。

一旦下了决心,我反倒平静了。从后半夜开始,我安然入睡了。

第二天早上,我给萧伯伯做完早饭,端上桌他开始吃时,我去洗手间里找"毒鼠强"。我记得萧伯伯后来将它放在了洗手间镜前小柜的底层抽屉里。

可我没找着。

我有些着急,就出来问:伯伯,上次没用完的那包灭老鼠药怎么不见了?

萧伯伯显然没有怀疑我的用途,边吃边回道:我怕卫生间里潮湿,时间久了它会失效,就把它放在我的卧室里了。怎么,又有老鼠钻进来了?

是的,昨晚上我又听见老鼠在屋里叫。我只能撒谎了。

待一会儿我找出来给你。萧伯伯没有回头。

我心神不宁地吃着早饭,思量着拿到药以后的行动步骤:先给

天黑得很慢　183

吕一伟打电话,好言约他出来吃一顿午饭;吃饭时趁他不注意,把药下到我俩的饭碗里,与他同去那个世界……

吃过早饭,我刚洗了锅碗,萧伯伯就拿着那包"毒鼠强"走过来对我说:我已经用剪子剪开了口,你只要把药倒进小盘子里,放到你昨晚听见鼠叫的地方就行。

我小心地接过药,进了自己的屋,先用纸把药包好,然后将一点核桃粉倒进一个盘子里,端去装做灭老鼠。过了一阵我给萧伯伯请假说:我要去看看吕一伟。萧伯伯没有多问,只点头应允:去吧。

我下楼先给姓吕的打电话,他不接;我就不停地打,他最后关了机。我便直接打车向吕一伟的学校奔去。这条路我走过很多回了。过去每次去给他送钱送衣送吃的,都是走的这条路。过去走这条路,心里都装满了甜蜜和欢喜;但这一次,心里装的却全是绝望和与他同归于尽的决心。我熟门熟路地找到了他的宿舍楼,萄红姐看见我,先告知:吕一伟没去上课,还在宿舍里。然后叮嘱我:可不要在这儿闹。我点点头说:我已经想开了,今天来不闹,只是说话。她挥挥手让我上了楼。

吕一伟正半躺在床上喝牛奶,看见我推门进来,紧张地把杯子放到桌上,跟着跳下床道:钟笑漾,这儿可是学校,你不能胡来!我努力笑笑,轻声说:我不胡来,我今天是来与你告别的。既然你爱上了别的女人,我不勉强。强扭的瓜不甜,咱好合好散。他半信半疑地站到那儿,低声道:你过去支持我的钱,我工作以后会还你的,我保证多还一些。我强笑了一下说:不错,你还知道给我点儿利息!我当时看着他喝牛奶的杯子,心里想:不必约他出去吃饭了,就在这儿下手,让他快些死!他这时又说:我会记住你的好。等将来我混成了,一定会帮你!我又强笑了一下,回道:好,那以后再说,先给我烧一壶水喝吧,我走路走渴了。他闻言急忙拿起我当初给他买的那个电热壶,开门去水房里接水。我趁这当儿,把那包鼠药打开,往他的牛奶杯子里倒了一半,用汤匙给搅了搅。然后把剩下的那半包药倒进另一只杯子,握到自己的手上。他端了水壶进来,给壶插上电。在等待水开的时候,我叹口气说:对不起,昨天没想开,做得有点过火了,不会给你造成影响吧?他似乎相信了我的道歉,开始劝解我:相信你将来会找个好丈夫的,天下比我好的男人多得是。我担心过热的水会影响药效,听他说到这儿便上前拿过半热的水壶给自己的杯子里倒了温水,他见状提醒我:水还没开。我说:我太渴了,等不及。我先喝了一口水,感觉有一点点甜,在心里叫了一句:好,造毒鼠强的人知道迷惑老鼠的味觉,这样吕一伟喝牛奶时不至于因异味而停喝。我端起水杯走到吕一伟面前,说:今天是你我分别的日子,从今往后咱俩就各过各的了,来,咱们就碰碰杯吧。他想去再找一个水杯,我不动声色地说:你就用牛奶杯吧。他拿起牛奶杯,与我碰了一下。我一口气喝光了杯里的水,然后示意他也喝光。也许是我假装的大度打动了他,他去喝牛奶前,又开口说了一句:你哪天去医院打胎时,我陪着你!就是他这句话让我突然意识到我还怀着身孕,意识到我在杀死我自己的同时,还杀死了我的孩子。也是在这一刻,我突然明白了我的残酷:我一下子杀死了三个人!后悔之意就是在这一刹那间生出来的,我急忙抬手打掉了他手中的牛奶杯子。可在我打掉牛奶杯子之前,他已喝了一小口,我急切地对着吕一伟大叫一声:快去医院——

吕一伟被我叫得愣在那儿,大睁着眼睛看定我。我只好指着嘴巴又喊了一句:牛奶里有老鼠药——这一下他听明白了,先是脸一下子变得煞白,接着就向楼梯口没命地跑去。

我这时开始转身向外走,我不能死在这所学校里,让人指点着我的尸体去骂我是杀人犯。

我脚步踉跄地走着,我以为自己走不出这栋楼了。我曾在河南老家看见过吃了毒鼠强的老鼠,就躺在离鼠药不远的地方,但我竟顺利地走了下来。楼下没有看见吕一伟,看来他已经跑远了。你活下来吧,吕一伟,去医院里洗洗胃,然后跟你爱的女人结婚吧,我带着我的孩子走了,不再给你惹麻烦了。孩子,咱们走,原谅妈妈害了你,你原本是应该活下来的,是妈妈糊涂做了傻事,害得你……

小漾!我听到了一声喊,睁大眼看见拄着一根拐杖的萧伯伯站在面前。我以为这是幻觉,萧伯伯怎么会在这儿?一定是鼠药开始发挥效力了。

小漾,上车回家吧。这次听得更清了。我摇摇头,想把幻觉赶走,结果是更清楚地看见萧伯伯站在眼前,而且他的身后停着一辆出租车。他还拉住了我的一只手。

难道这不是幻觉?我喃喃自语着。

没有幻觉,你很好!萧伯伯一脸肃穆地说,说完,拉着要我上车。

你怎么会在这儿?我问,挣开了他的手,同时向他说明:我吃了毒鼠强,我很快就要死了。我觉得这时应该向萧伯伯说明。我的遗书就放在我的枕头下,烦你去邮局寄给我的爹娘,很对不起……

萧伯伯听了我的话并没有吃惊,反而冷冷地说:你吃的是红糖,不是毒鼠强!

他的话像一记耳光打在我的脸上,让我再次摇了摇头。我好像一下子清醒了,那种幻觉感没有了,我抓住他的手急切地问:你说什么?

我说你吃的是红糖而不是毒鼠强!萧伯伯的脸越发冷厉了:你以为我这个法官是白当的?你以为我发现不了你的企图?你以

为我会让你去犯罪？在你问毒鼠强的那一刻,我就知道你想干什么了。告诉你,我把毒鼠强换成了红糖……

一股巨大的意外的冲击——不,应该说是喜悦的冲击——轰然涌进了我的脑子,使得我晕了过去。我在失去意识的最后一刻说了一句:孩子,我们能够活下去了……

待我醒过来的时候,我已经躺在北医三院的病床上了。一位年纪挺大的女医生和颜悦色地对我说:你和你的孩子都很好,你可以放心！女医生说完闪开身子的时候,我看见萧伯伯拄一根拐杖依旧一脸冷意地站在病床不远处。

那天回到萧伯伯家已是晚饭时分了。我满怀歉意和感激地说:伯伯,谢谢你！本该是我来陪护你的,结果让你陪护了我。萧伯伯冷声回道:你知道你今天干了什么？说严重点儿就叫预谋杀人,你懂吗？如果不是考虑到此事有前因,如果你拿的是真的毒鼠强去找吕一伟,我是完全可以把你送进公安局的,你明白吗？仅仅因为对方背叛了你的感情,你就要把人家杀掉,你还懂不懂法了？再说了,带着自己的孩子与一个不爱你的人同归于尽,值当吗？

尽管萧伯伯这些话全是呵斥和训斥,可我听了以后,心里却觉得异常温暖,眼泪止不住地涌了出来。这是我在知道吕一伟背叛之后第二次流泪。第一次流泪之后,因为我的心里全是恨意,很快就把剩余的眼泪烧干了,这会儿,我才因为后怕和委屈而泪流不止。

萧伯伯这时在我面前坐下说:我理解你现在的心情。在处理你俩的感情问题上我没有话说,我对处理这类事情也很外行;但作为一个退休法官,我现在对处理你与他之间的经济问题提一条建议:去法院起诉他,索要回你当初给他的学费。我知道这几年你省吃省用,把不少钱都给了他,你有索回的权利……

当天晚上,我几乎又过了一个不眠之夜。就在这个夜里,我做

天黑得很慢 187

出了两个决定:第一,活下去,把孩子生下来,再不要给孩子带来惊吓了;第二,此生与吕一伟断绝一切联系,让他去飞黄腾达过好日子,过去给他的钱算是喂狗了。

喂狗了!娘曾经给我说过:人应该可怜狗,人不能看着狗饿死……

我在痛苦里又整整挣扎了一个月,才算勉强挣出身子,能够面对这一巨大的变故了。在这一个来月里,我不断地想起伏牛山里元阳村中那些老人们说过的话:要想好的事情,想快乐的事情……

我虽然失去了很多,但我有了个孩子!这是多么好的事情,我不应该总是去伤心痛苦!

这之后,日子又恢复了正常,我像过去一样陪护着萧伯伯。每天给他量血压、测心率、测血糖,过些天带他去医院给他化验一次血脂,按时给他服用治疗高血压、糖尿病和疏通血管的药,督促他使用治疗痔疮的药栓,陪他去公园散步,给他做他喜欢吃的饭菜。

我过去做好陪护工作,原因有两个:一个是因为这是陪护员的职责,我当初在学护理专业时,尽职尽责全心为护理对象服务的信条,已经被老师用语言的注射器注进了我和我的同学们的心里;另一个是因为我当初对馨馨姐有过承诺,我也喜欢和同情在我困难时给我工作机会的她。我现在做好陪护工作,原因又增加了两个:其一,是萧伯伯救了我、吕一伟和我肚里孩子的命,避免了我去犯杀人之罪;其二,是因为我此时也不敢再生离开萧家去找别的工作的心。我的身子已越来越重,凸起的肚子外衣已渐渐无法掩饰,没有谁愿意在这个时刻来招聘我这样的人做事,我不能不把萧家看作我相对长久的栖身之所。

这件事过去之后,萧伯伯的身上也发生了一些变化。他过去不喜欢多说话,即使说话,也是说关于他自己身体健康和延寿、长寿方面的事。尤其对我说话时,多是指令的口气。可如今,他常会叮嘱我:别提重东西!小心你的肚子!不断提醒我:家里有苹果,你可以吃一个,对你的孩子好!经常要求我:少看手机,那东西可能有辐射……他有点在朝婆婆妈妈的方向转变,这让我有点儿意外。当然,他这种少有的对我的关心,使我心里很感温暖。

随着时日的延长,我的肚子越来越大,这样,我做起照护萧伯伯的事来,就有些迟缓和吃力了。比如,去超市买菜所需的时间会增加,做饭的时间会延长,整理房间卫生会很慢,陪他去医院化验的时间会忘记。要照过去他的脾气,他是会发火的,但是现在没有,他的忍耐力好像增加了,脾气爆发的爆点分明是提高了。有一天,我饭后突然恶心,把吃的东西全吐了出来,在我半躺在床上歇息的时候,他竟然去厨房为我做了一碗西红柿鸡蛋汤端了过来。这可是一件破天荒的事。自从我来到他家,这还是他第一次给我做饭。当初馨馨姐交代过我,说她爸爸很少进厨房,根本不会做饭,一旦家里没人做饭他只会去下馆子。没想到我还能喝到他做的西红柿鸡蛋汤!那天,尽管他在汤里放的盐很多,但我还是咬着牙把汤全喝了。

离生产的时间越来越近了,我得把一个紧迫的事情弄明白。我记得是在一个早晨,我给萧伯伯量完血压、测完血糖之后,嗫嚅着问萧伯伯:伯伯,我产后从医院出来,还能不能住到你家里?你如果不同意,我就预先去附近把房子租好。萧伯伯闻言不高兴地抬头看着我:这事还用问吗?你应该把这儿看成你的家!

得到这个回答让我很高兴,我暂时没有了后顾之忧。只要萧伯伯不嫌弃我带个孩子住他这儿,即使坐月子期间,除了不能陪他出门,其他陪护他的事情我都能做。

我是在没有母亲指导也没有女伴传经的情况下,独自走完妊娠之路的。我不能对娘说我已怀孕,因为在相对封闭和保守的南

天黑得很慢　189

阳乡下,未婚怀孕是家族的耻辱,会使爹娘在村里永远抬不起头。我在北京也没有已经怀过孕当过妈妈的女伴可以做我的老师。我只能一切全靠自己。所幸萧伯伯还多少懂得一点儿,不断提醒我去妇幼保健院做检查,保证了我妊娠期间没有出大问题。

我内心最害怕也是最关键的时候到了,按照掐算好的日子和我的身体反应,我得去产院了。我很早就把去产院所需的东西准备好了。当我拎上那个提包准备出门下楼打车去医院时,萧伯伯说:我也去。我很意外,问:你去干什么?他一脸庄重地说:你恐怕需要一个家人。那一刻,我的眼泪差点掉下来。

幸亏萧伯伯来了产院,尽管产前检查都说胎位正常,我也说了要自己正常生产,但上了产床之后,医生却意外地发现我的产道异常狭窄,无法正常自己娩出孩子,必须进行剖腹产手术。这就需要有人在手术单上签字。已经被折腾得毫无力气的我,勉力伸手要去签字,但医生不允许,大概是怕万一出了事我的家人来闹医院,坚持要让我的丈夫亲自签名。我哪有丈夫?我还没来得及向医生说第二句话,比我还焦急的医生已站在产房门口高喊:哪位是钟笑漾的丈夫?我听见萧伯伯跑到门口惊慌地问了一声:什么事?

你的妻子产道异常,需要做剖腹产手术,请赶紧在手术单上签字!

哦?!我听见萧伯伯慌张地说:好,好,我签。我在那一刻闭上了眼睛,无声地在心里愧疚地喊道:对不起了,萧伯伯……

手术还算顺利,医生从我腹中取出来的是一个七斤半的男娃。在我儿子的哭声里我听见了医生的感叹:嗨,别看是老夫少妻,生出的孩子还真是壮实健康!

我哭笑不得,只能任泪水悄悄流出来。

我在医院里住了11天。这些天里,萧伯伯每天都让附近街上一家小饭店的厨师给我熬一罐鸡汤,他自己端了送到我的床头。

我住的房间里连我一共有四个产妇,其他的产妇都由年轻的丈夫来伺候,独有我,是由白发满头、走路徐缓的萧伯伯来照顾的。那几位产妇和他们的丈夫,除了不时把惊奇和探究的目光朝我和萧伯伯放过来,还不时将压得很低的辱骂和讥笑送到我和萧伯伯的耳边:女的八成是个小三……老东西吃嫩草还真吃出了结果……

萧伯伯肯定是听见了,因为我看见他端鸡汤罐的手在发抖。我见识过他的脾气,若是在别处,他保准早发作了;但在这里,为了我和我的儿子,他忍下了。

我对他心里充满了感激。

出院回到萧伯伯家后,我做的第一件事不是去给孩子喂奶,而是马上去给萧伯伯量血压和测血糖,不是因为我想特别表现一下对他的感激,而是因为我确实害怕这些天的忙碌会损坏他的身体。结果令我有点意外:他的血压没有升高,比我入院前量的数值甚至还低了一些;血糖指标也未上升;心率和脉搏也很正常。我告诉他测量结果之后忍不住问他:你这些天又增加了什么健身项目?他摇摇头道:因为总朝你住的医院里跑,心里只怕你们出事,我每天都有点儿累,夜里总是倒头就睡,有时连降糖降脂的药也忘了吃。

我在心里暗暗称奇:难道说有目标的劳累也可以健体?也或者是老人转移了对自己身体健康状况的关注反而有益?

我说不清楚,但作为萧伯伯的陪护者,我心里感到了快慰。倘是萧伯伯因为照顾我生孩子而致健康状况恶化,那我心里会很难受。

家里多了一个孩子,又哭又闹的,我开始担心萧伯伯会烦躁、会生气,会在气恼之下把我们娘儿俩赶走——这是我现在最怕的事情。离开萧家,我们能去哪里住?北京的租房费我一个没了工作的女人怎么可能负担得起?如果说我过去一心想的是怎么离开萧家,是怎么放弃这份陪护的差事,抛开照料这个孤寡老人的责

天黑得很慢 191

任,那现在我的心情刚好相反,最怕的是萧伯伯不要我这个陪护员了。

世上的事情变得可真快呀!我那会儿才理解"三十年河东,三十年河西"这话说得真好。对我来讲,简直可以改成"一年河东,一年河西"了。这世上,真的是谁也不敢说他就一直能站在人生的上风头!

我过去对他的那些不满已经悄悄消失,过去心理上对他的那种优势也已经撤走,我开始小心地观察着萧伯伯的脸色,唯恐他对我们母子的存在表示出不满意。

记得回到萧家的当天上午,快到11点时,我围上围裙想去下厨做饭。医生说我的身子已无大碍,我不能让萧伯伯再去给我准备吃的,可萧伯伯看见后说:哪有不满月就下厨的?何况你还动过手术,你歇着吧!我已经从家政公司请了一个小时工来给我们做三顿饭,她应该马上就到,你就安心坐你的月子。这令我心中再次一热,他倒是想得真周到。说实话,过去,他的古怪性格让我觉得他只是我的一个陪护对象,可是现在,我觉得他的做派有点像我的父亲,在感情上与他真有些亲近了。

我给我的儿子起名为钟承人,希望他能顺顺利利长大成人。萧伯伯听我喊这个名字,低着头在客厅转了三圈后,说:叫这名字当然可以,但只是希望他成人,显得标准太低;若是叫个钟承才,倒是有些喜气,带有祝福他将来成为一个人才的意思。我一听,觉得有道理,就说:那就依伯伯你的意见,叫他承才吧。

承才一满月,我就让萧伯伯辞了小时工,自己干。这个家只凭萧伯伯的退休金和馨馨姐留下的那点儿钱,是养不起三个人再加一个小时工的。好在经过一个月的休养,我的身子在变胖的同时,也变得更有力气了。尽管承才有时在夜里哭闹影响我睡觉,可在做好陪护萧伯伯的同时兼做家务,并没有让我感觉到累。白天,我总是推着婴儿车陪着萧伯伯去公园散步和做健身活动,对一老一少的陪护让我觉得心里很充实。

有一天,我推着婴儿车又跟在萧伯伯身后向公园走时,忽然注意到萧伯伯每走几十米就要停下来歇一阵,而且有了很重的喘息声,腰伛偻的幅度也明显大了,与我当初见他时的样子已判若两人。我来到萧家才几年,没想到几年时间就可以让一个老人迅速变样。看来时间在摧毁70岁以上老人的体力上更不留情面。但萧伯伯对这种变化依然不在意,上下台阶仍不允许我搀扶他;当听到别人喊他"老头儿"时,仍会面露愠色,很不高兴。

萧伯伯一向不善说笑,脸上肃穆的时候多,也因此,他走到哪里,哪里的气氛也会变得严肃起来。公园里有些老人正在说笑,只要萧伯伯往他们身边一站,他们的笑声常会自动停止。但他在承才这个孩子面前,却会笑得很灿烂。他平日在公园做完健身活动后,总会走到承才的婴儿车前,用手指轻轻戳戳承才的腰部或腋下,逗他发笑,而承才一见老人戳他,便要咯咯地笑出声来。承才一笑,萧伯伯就也会笑,而且会和承才一样笑出声来,这使我很感意外,也很开心。

有一次,正当他俩这样笑时,我说了一句:伯伯,你就把承才看成你的外孙子吧。未料我话音未落,萧伯伯脸上的笑容就像听见枪声的鸟儿一样"呼啦"飞走了。随即便听他轻叹了一声:不知道馨馨的孩子生下了没有。我闻声一惊,猛然意识到自从我入产院之后,我就忘了以馨馨姐的名义给萧伯伯打电话了。这么长时间萧伯伯没有馨馨姐的任何音讯,他当然会着急担心,父女连心呀。我暗暗抱怨自己的粗心大意,抱怨自己竟把馨馨姐给忘了,而且竟在老人面前说什么"外孙子"这样敏感的词汇。当天晚饭后待承才睡了,我借出去给承才买纸尿布的机会,用馨馨姐留下的手机,拨打了萧伯伯床头的座机,然后给他放了馨馨姐的录音。座机早

天黑得很慢

已被我取消了来电显示的功能,加上萧伯伯的听力已有减退,对声音的分辨能力大大降低,我估计他不大会明白这声音是有问题的。果然,待我拿着买的纸尿布回到家里,萧伯伯很轻松地对我说:就在刚才,你馨馨姐来了电话,说她和常生都很好,这我就放心了,只是我忘了问她孩子的事。我听了先是装着替他高兴,然后说:馨馨姐前段日子肯定是因为忙什么事情,忘打电话了。至于孩子的事,我建议你最好别问。你知道馨馨姐在家时就流过两次产,万一现在还没有怀上,你一问她还不是要伤心呀。我这样说,实在是因为馨馨姐的几段录音留言里,都没有谈到怀孕的事……

我用馨馨姐的手机给萧伯伯打了电话,让萧伯伯的心情转好了。可仅仅过了两天,我自己的情绪却又急剧转坏了。起因是为承才报户口的事情。在咱们中国,报户口是一件大事,一个人没有户口,啥事都难办成,啥好事都没有你的份儿。承才在北京,我知道是没有上户口资格的,所以一开始我就想在南阳老家为他报上户口。但我又不想通过我们村委会向乡里申报,因为那样势必会把我没结婚就有孩子的事弄得满村里人都知道,让我爹娘在村里无法抬头。我费尽心机,在另一个离我家较远的村里找了一个女同学,向她诉说了吕一伟背叛自己和承才已经出生的困境,请她帮忙通过她所在的村委会向乡里报上承才的户口。她倒没有推辞,可几天后她回话说,乡上管户口的说,除了要求提供孩子的出生证之外,还必须出示孩子父母的身份证复印件,不能只有母亲而没有父亲的证件。这下子难住我了,我决不想让吕一伟与我的孩子再发生任何关系,决不会让他来做我孩子的父亲!可没有他的身份证复印件承才的户口就落不下来,这可怎么办?我在电话里问同学可不可以交点钱把这事通融通融给办了,她答:根本不可能。接到这个电话之后,我的心情立时变得很坏,恰恰承才那会儿不知是因为渴还是饿,高声哭闹起来,哄他几句他不听,我顿时火起,朝他的屁股上就重重地打了几下。不明所以的他大概被我这一顿打弄疼了,委屈无比地把哭声提高了八度,声音更响了,这使我更烦,忍不住又给了他几巴掌。他最后哭得嗓子都有些哑了。萧伯伯这当儿从他的卧室开门走出来,上前抱起承才说:他这么小,你打他干什么?你心里肯定是有不快活的事了,有事可以跟我说呀,干吗拿他出气?我当时眼泪就出来了,哽咽着回答他:在俺老家给承才报户口的事,跟你说了有啥用?一切全怪我呀!怪我瞎了眼,看上了那个狼心狗肺的吕一伟,要不是我当初看错人,哪有今天这样的苦和难?报户口还只是我遇到的第一道难关呀,以后我怎么带承才回老家去见爹娘?我和承才怎样才能长期承受无数人蔑视的目光……

萧伯伯先是默默听着,没有说话,半晌之后才问:把吕一伟的身份证借来用用可以吧?你别开口,我去找他?

我宁愿死,也不会再去找他!实在没办法,我就把承才送到福利院去!我当时发狠地说道。

那怎么可以?萧伯伯着急地拦住我,再想想法子嘛!

我忍不住哭了起来,我何尝愿把孩子送给别人来养?可我想不出别的法子了……

晚饭后,我哄承才睡了,又收拾完厨房里的卫生,正要给萧伯伯量血压,萧伯伯摆手止住我说:先不忙量。我问你,给承才在你们老家上户口的事,真的想不出别的办法了么?我摇摇头答:没了,办不成了。他一时无语,起身到客厅里走了一圈,然后看着我说:我有一个没办法的办法,也就是实在没有其他办法时才可使用的办法。

什么办法?我很惊奇:你又不认识我们乡里的任何人。

我是说让你在北京给承才报上户口。

那怎么可能?我更加意外地看着他,以为他糊涂了,在说梦话。上一个北京户口那可是比登天还难!

有了北京户口,以后承才就可以在北京上学。他看定我说。

那可太好了!但我一时没有出声,这样的好事怎么可能落到我们娘儿俩的身上?谁有本事让承才在北京落户?

以农村当下的观念,即使你想出办法把承才的户口在你们老家落上,他上学时也会遭到同学们的奚落和挖苦。萧伯伯说:这话好像在提醒我注意这个问题。

我当然明白这一点。每当我在半夜梦醒时,我都在为这个前景忧虑得久久不能再入睡。我依旧没有出声,等待着他继续往下说。

所以最好的办法,是在北京为他上户口,让他日后在北京上学;北京城市大,人的观念开放,未婚妈妈、单身妈妈很多,不少女士就是想过只要孩子不要丈夫的生活,大家都能看开,都能理解,这种环境对承才的成长好。

在北京落户何尝不是我的梦想?我当初就是为了这个,才来到北京打工供吕一伟上学的,就是想在北京站住脚,让我们的孩子能在北京读书,让下一代有一个更好的成长环境,可现在这个梦已经碎了。

我说出来的这个办法,可能会令你吃惊和意外,但请不要生气。你如果不愿意,告诉我就行,就算我没说,你可以再去想别的招儿。世界上不会有什么事情能把活人憋死。萧伯伯很肃穆地看定我。

究竟是什么办法?我没忍住,急急地发问了。

你听了若不同意,可一定别生气!他又一次重复道。

我再次用点头来确定不会生气。

你和我结婚!

我惊得倒退了一步,把眼睛瞪到最大。

只有这样,承才方能在北京顺利落户,这是目前最合法的办法。当然,它也有负面影响,虽合法但违德,是下下策,是实在没有办法时才可用的办法。他解释着。

我呆了一阵,然后就冷冷地无声地笑了一下:这当然能让承才合法落户,可也让我成了你的合法妻子,你就可以成为我的丈夫,合法地占有我了!呵呵,萧成杉,我还一直没看出你有这样的心思!你可真会乘人之危找准时机下手。我过去还以为你是正派人,给了你太多的尊重和敬意,原来我还是看错了人。我的两只眼睛就像烟囱,直冒热烟不发光,根本没有分辨能力,先是看错了吕一伟,跟着又看错了你!我真是连一个瞎子都不如!

当然是象征性的,一切都和过去一样,我和你只是名义上的夫妻。只是用这种办法来适应北京落户的现行规定,来解决你遇到的难题,让承才有一个正常的家,使他的心灵不至于受到伤害。你啥时候找到可以结婚的对象了,我们可以立即办理离婚手续,还你的单身。他用一个法官的冷静语调继续说着。

我一时没有出声,也一时出不了声,这对我确实太突然了。我过去的确想过很多留京的办法,但没有一个与此相同。我从来没有去想把自己的生活与他的生活联系在一起,连一闪而过的念头都没有,对于我来说,他太老了,也根本不符合父母很早就灌输给我的婚姻观念。

现在给我量血压吧。不要立刻回答我的问题,你可以用一个月或更长的时间来想这件事,啥时候想好了,做出决定了,告诉我就行,不要担心我不高兴和难堪。他倒是说得很大方、很开朗。

我当晚几乎一夜都睁着眼在想这个问题。

我怎么可能睡得着?面对着这样一个与我切身相关的、天一样大的事情!

天黑得很慢   197

我首先在想:作为我的陪护对象的萧成杉,为何会提出这个主意？真的是想帮我？这不太可能,天下会有这样好的男人？男人这种东西还值得信任？特别是在吕一伟变心之后,我怎么可能再去信任另一个男人,一个更老的男人？在我把他仅仅看作一个老人的时候,我给过他信任和尊重,可要把他当作一个男人来看待,还能信任他？午餐尚没有免费的,帮你和你的孩子落上北京户口会全然免费？那么萧成杉想要的,肯定就是我的身体。不是有人说男人老了色胆大嘛,联想到他当初一心要和姬姨结婚的事,我更坚信了这一点。社区里的女陪护员和保姆们中间,也在传着有的雇主想占陪护员和保姆便宜的故事,看来我也遇上了。我虽然已生过孩子,但我不丑,吕一伟在没有与那个女生搞上时,不止一次地夸我性感,说我的胸部很饱满;说我的臀部很丰润;说我的脸蛋很耐看;说我的两腿很挺拔。很可能,萧成杉也喜欢我年轻的身体。在他和姬姨交往的过程中,我已经知道他没有了性能力,那他找我做妻子能干什么呢？摸摸、亲亲？也许,这就是他想要的！真的要和一个老头子同床共枕吗？真的要把自己的身体交到他手里,任他枯槁的手在自己的身上滑动么？

但我不能不承认这是解决我当下困境的最好主意。按这个主意来办,我和承才就都可以在北京落下户口,成为真正的北京人。而且承才可以理直气壮地在北京上学读书,直到考上大学。真的按这个主意办,我付出的代价,第一个是名声。这个社区的人包括我认识的其他人,都会以为我是在图谋萧成杉的家产,是我在有意勾引他这个老人上当受骗。第二,是我的爹娘会觉得面子上难堪,女婿比他们的年龄还大。第三,我的自由以后可能也会受到一些影响,我毕竟成了萧夫人,我要再与别的男人交往,他必定会阻拦。不过我要那么多自由干什么？吕一伟已经用行动告诉了我,爱情只是一种狗屁不如的东西,是一件穿旧了就想扔掉的衣服,眼下我既不会再去寻找爱情,也不会去找别的已令我恶心的男人。有萧成杉做伴于我已经不错了。再说,我这个被吕一伟玩过无数次的身体,又生过一个孩子,还能值多少钱?能再换回两个北京城里的户口也算不错了!罢,罢,罢,他想要,就给他吧……

我只用这一夜的思考就做出了决定:按萧成杉的主意办,与他结婚,做他的老婆,任他玩弄,然后换来我需要的北京户口和承才的前途。

第二天吃完早饭,收拾完厨房里的卫生,我对准备外出散步的萧成杉说:我想好了,就那样办吧!

他抬头看了我一刹,说:好的,反正只是名义上的。你既然决定了,那我们就找个时间去婚姻登记部门把手续办了,之后你便可去派出所把你和承才的户口登记上。这件事我晚点儿再同馨馨说明,相信她也会同意的。

我当时想,如果馨馨姐在世,她怎么可能应允这样的事?我那会儿一边把承才往童车上放一边回道:干脆咱今天就去婚姻登记处吧,我不想让这件事总在我的脑子里晃,越晃越难受,早办完早省心。

这是我的真心话。我是害怕自己再左想右想的,改变了主意。而且,对这件事的反复权衡对我也真是一种可怕的折磨。

萧成杉闻言一怔,似乎是有些犹豫,不过随后,他摸了摸自己的衣袋,掏出身份证看了看,然后拿起拐杖,说:也好,早办早省心,那就走吧。

我俩都没有换衣服。我是一手推着承才坐的童车,一手拉着挂了拐杖的萧成杉走进婚姻登记处的。一进了登记处,里边正在说说笑笑办理登记手续的年轻情侣和工作人员都猛地噤了声,一齐扭头看着我们。其中一个工作人员走过来低了声问:请问你们是想?——

萧成杉朗声答道:办理结婚登记手续。

先是寂静,没有任何声音的寂静,然后就有一阵压得很低的嘲弄的笑声传了过来,我的脸一阵发热。我希望地上立时出现个裂缝,好让我钻进去。

当我们最终办完手续走出登记厅大门时,我听见了背后传出一阵戏谑的笑声:老东西……

我这才知道,这桩婚姻带给我的压力远没有带给萧成杉的压力大,他的声誉也受到了真正的伤害。我知道他的听力还好,他肯定听见了那些污辱性的话语和笑声。那天到家以后,我多少有点不安地对他说了一句:对不起……但他没让我说下去,只是挥挥手道:明天,你拿上家里的户口本和今天领来的结婚证,去派出所把你和承才的户口落下来……

那天晚上,我把陪护萧成杉的所有事情做完,将承才哄睡之后,去洗了一个澡,把吕一伟当初向我讨好时送给我的一瓶香水打开,朝身上抹了一些,然后穿着睡衣向萧成杉的卧室走去。我得去履行做妻子的义务。可走到他的卧室门口,我心里有一丝真正的害怕生出来:他会怎样对待我的身体?

单纯用手吗?

一个老男人会玩哪些手段?

会不会虐待我、弄伤我?

在这个我为陪护他而随意进出了许多次的卧室门口,我真的有点害怕了。

可我必须进去,这是他的权利。他为这个婚姻也付出了名誉上的损失,我和他虽然还没有讨论财产问题,但既然成了他的妻子,他日后的遗产是会有我们母子一份的,也因此,他应该有所获得。他已有权享用我的身体。这是交易,是交易就应该公平,我和承才明天就要得到北京市的户口,我不能逃避而让他一无所获。

他肯定在等待着我。

我抑制住身子的颤抖推开了那扇我无比熟悉的门。

没想到听见我推门进屋,他伸手按亮床头的台灯问:你有事?

我的身子肯定在发抖,因为我听出我的声音在抖:我想……睡在你身边。

你干什么?他的声音严厉起来。

我以为他是在假装正经,需要我进一步主动,于是拼力笑着轻声说:你当过法官,你知道从今天起,你对我已经有了法定的权利。

混蛋!他怒不可遏地伸手抓起了床头的拐杖:你敢来我的床边,我就打断你的腿!你把我看成什么了?看成禽兽?!

我惊愣在那儿。

难道我猜错了?

回到你的床上去,我还是你的萧伯伯!

我觉出我的眼泪流出来了。

我竟然猜错了?!

猜错了?!

那一刻,我才知道,我真的错估萧伯伯了。他不是乘人之危想占我的便宜,他是真的想帮我呀……

很抱歉,今天黄昏我就先讲到这儿,我还要回去照护那一老一小。公园领导安排我明天黄昏再来接着讲,谢谢大家。

周日黄昏

各位阿姨和姐姐、妹妹们,谢谢你们今天还能赶过来继续听我的陪护经历。我接着昨天黄昏所说的地方讲下去。

我变成萧夫人六个月零十三天之后,萧伯伯的身体就出了大事。我记得很清,那是一个没有任何恶兆的日子。阳光很早就探过窗户照到了承才的身上,几只鸟在楼前的树上叫得异常响亮,这使得承才醒得比往日都早。我听见他的叫声,忙从厨房里赶过来给他穿好衣服放进了童车里,把童车拉到厨房门口,将两件玩具塞到他手上,让他边看着我做饭边玩耍。萧伯伯洗漱完走过来,把承才坐的童车拉到他的卧室里哄他,不知萧伯伯用了什么办法逗他,反正我在厨房里都能听见承才在"咯咯"地笑,这使得我的心情也顿时大好,边做饭边少有地哼起了南阳老家的乡村小调。我当时一点儿也不知道,一场大祸就要在这个晴朗美好的日子里发生。

吃过早饭,我像往常一样,带上盛了淡茶水的水杯和承才的奶瓶,推着童车跟在萧伯伯的身后向万寿公园里走。我从背后观察,萧伯伯拄杖走路的姿势与往日并无异常——我在卫校学护理课时,老师曾讲过,最好留心观察你所护理的老人的走路姿势。如果你发现他的走路姿势突然出现异常,那你就要小心了,那很可能是大病要来之前的反应。既然没有发现萧伯伯的走路姿势有问题,那就说明一切正常。只要萧伯伯的身体正常,承才又能吃能睡,我的心里就感到轻松。鼻子不灵敏的我,那会儿一点也没闻到灾难这只野兽身上所带有的那股怪味,其实它此时已经在朝我们身边飞快地逼近,距离只有两百多步远了。

又走了两百多步,我们来到了公园门口,刚好,碰上了几位经常在公园锻炼的大爷。萧伯伯与他们都认识,最早萧伯伯与他们并不说话,后来时间长了,在公园里不断地碰面,就熟了,见面便打个招呼,互相问候一声。这天早晨,是萧伯伯先向他们打招呼的,我听见萧伯伯说:老伙计们好呀!那几个老人多是应了一声:好啊,老萧。只有一个胖子伯伯笑道:你老萧最好呀!不仅有艳福娶了娇妻,又老来添子,谁也没有你好呀!我闻言很是尴尬,急忙推了童车越过萧伯伯头前走了。由萧伯伯身边过时,瞥见萧伯伯的脸色也一下子冷了。但那胖伯伯见我走过,并没有停下话头来,而是压低了声音用我能听见的调门儿继续同萧伯伯开着玩笑:这么年轻的妻子,肯定很尽兴吧?能不能给我们讲讲是啥样味道?

你混蛋!

我听见了萧伯伯的一声低吼,扭头看时,只见那胖伯伯仍在笑着说:甭生气呀!你尝了鲜嫩的味道,让老弟兄们也分享一下嘛!

萧伯伯猛地举起了手中的拐杖,那模样像是要朝胖伯伯砸过去,胖伯伯也吓得朝后退了两步,但这时却见萧伯伯软软地向地上倒去。

陪护的常识使我惊觉不好,我松了童车急忙向萧伯伯跑过去。但还是晚了,萧伯伯已经仰面倒在了地上。脑出血!我几乎是即刻就做出了判断。我一边去扶萧伯伯,一边去摸手机;没摸到,才想起手机放在童车后边的手袋里,于是带了哭音喊:哪位有手机,赶紧帮我打120!

那天我满脸惊骇地抱着承才坐在救护车上,简要地向急救医生讲了萧伯伯的发病经过,急救医生判断道:老人是因情绪骤然激动引发脑部原本堵塞变脆的血管破裂,现在就看他的出血量是大是小了……

救护车鸣着尖利的笛声向医院飞奔着,我望着紧闭双眼、毫无知觉的萧伯伯,在心里狠狠地骂着自己:这件事说到底还是怨你,若没有你为了落户口而与萧伯伯结婚,就不可能有那位胖伯伯对他的挖苦;倘没有那挖苦,萧伯伯就不可能在今天脑出血。你是一颗灾星,就是你给萧伯伯带来了厄运!因为我一只手紧按着萧伯伯的脉搏,另一只手紧搂着承才,承才在我的怀里坐得肯定很不舒服,但他竟然没哭,只是睁大着眼睛惊惶地看着医护人员的举动。小小的他,显然也意识到了问题的严重……

那天就近抵达的医院不是我们平日就诊的那一家,负责抢救的医生告诉我,需要立即做开颅手术。我说:行!医生说:这种手术的费用较高。我答:不管多高都要做!医生问我的身份,我理直气壮地答:是病人的妻子!我在手术单上签了字,答应手术一做完就回家取钱。

手术做了近七个小时。在这近七个小时里,我的心像被铁钩子勾住那样难受。我焦急地看着手表上的指针移动,在心里一遍又一遍地祷告:愿神灵们保佑我的萧伯伯……

承才在这近七个小时里只吃了一块蛋糕,喝了一次奶,要在往日,肯定会闹个不停,但在这期间,他一声没哭,只是不安地来回看我的脸。不知是我的脸色吓住了他,还是他以儿童的灵敏直觉感受到他萧爷爷的生命危在旦夕。

喇叭里终于传来了手术室的通知:萧成杉的手术结束。

我抱着承才一步两个台阶地爬上了楼梯,来到了运送术后病人的电梯门口。

手术还算顺利,萧伯伯活着。但术后的萧伯伯迟迟没能醒过来。

萧伯伯躺在ICU病房里,我回家取钱,幸亏馨馨姐当初给我留下了那些护理费,使我能把这场手术应付过去。

萧伯伯在ICU病房里昏迷时,我找到主治医生恳求,要他无论如何也要把病人救醒。医生说:我们会尽最大努力,但你必须明白,救醒他可能花费很大。我答:再大,也要救醒他!

这个灾难是我带给他的,我得拼力挽回。

ICU特护病房不允许家属进去,我只能站在玻璃房门外边远远地看着一动不动躺在床上的萧伯伯。那些天我几乎没离开走廊,承才就抱在我的怀里,他会和我一样默默地看着他萧爷爷的病床。他虽然小,分明懂得这是非常时刻,所以他一直不哭不闹。

馨馨姐留给我的钱在飞快地减少,我已经开始在想万一钱用完怎么筹钱的事了,实在不行,只有向爹娘他们张口借了。爹和娘对我这么久没回家已经很不高兴,如果再向他们借钱,他们肯定会既意外又生气,因为我知道家里在经济上是多么拮据。但我想,为了救萧伯伯,也只有厚着脸皮求救了,不然我还能去求谁?

所幸萧伯伯在昏迷21天之后,清醒了过来。当我和医院里的护士一起把萧伯伯转送普通病房时,我高兴得眼泪都流到了下巴上。躺在病床上的萧伯伯当时看着我,脸上露出了一点点惊诧,就好像刚睡醒了一觉似的问:我怎么了?睡过头了吗?……

我一边擦泪一边向他连连点头。

这之后就是护理他,让他尽快完全康复。当时我没钱请护工,再说,把萧伯伯交给护工我也不放心。我就带着承才住在医院里,晚上租一个靠椅睡在萧伯伯的病床边,让承才睡在童床上,我一个人照顾他们一老一小两个人。那段日子是我当陪护以来最累的时候,但我愿意。萧伯伯是因为我得病的,我一定要让他重获健康。萧伯伯当时虽然醒了,但身子和四肢尚不能动,我给他喂药、喂水、喂饭;我给他按摩手臂、双腿和身子,我给他擦脸、擦手、擦身。在我给他擦身的时候,他只愿意让我擦他的四肢和上身,不准我给他擦下身。我问他为什么,他脸涨红着一声不吭,我知道他是不好意思,便告诉他:长时间不擦洗,会得褥疮的,你在特护病房昏迷时,是护士们给你擦的,现在你把我看成护士不就行了?我实际上就是陪在你身边的护士呀!但他依旧用手捂住裆部不让我擦,没办法,我把嘴对住他的耳朵小声说:你的下身再不擦肯定是会溃烂的;一旦溃烂,就得让更多的医护人员看那儿,我在法律上是你的妻子,让妻子替你擦擦下身是完全可以的,符合道德和法律!他这才慢慢地松开了手。那个病房住了三个人,我知道他不好意思,擦他下身的时候,我都是头顶一个大布单子,把我和他的身子用布单子罩起来,不让别人看见。头一次给他擦完,他满脸难受地皱着眉头,我以为是弄疼了他,轻声问:疼吗?他摇了摇头,艰难地说:太丑了!我一时没听明白,又问他:什么东西丑?他闭上眼睛,满脸痛苦地说:男人的裆里,越老越丑呀……我一下子明白了他的意思,他是嫌他的阴毛变白、阴茎和睾丸缩小,变得太难看了。我的萧伯伯呀,这个时候你还在乎这个,你的自尊心可真是太强了……

转到普通病房最初两天,他不准我帮助他大小便,每次他想小便、大便的时候,他都喊邻床病人雇的一个男护工帮忙,而且答应每帮忙一次给那位护工十元钱。我轻声对他说:你这是何苦?不说我是你的妻子,单说我的陪护身份,这事也该我来做呀!你何必要再花钱找别人呢?把那每次的十元钱给我不行吗?他含了眼泪说:我从来没想到会走到这一步,连大小便都要你来帮助,太脏,太难堪了。我在你面前,再也没有尊严了……听他这样说,我也心酸无比,在他耳边轻声道:人老了都有这一天,今天是你,将来我也会是这样哩。你不把我看成你的妻子,就看成你的女儿吧……从这天之后,他才让我帮助他大小便,但每次,他都像受刑一样地闭着眼睛。

同病房里另外两个病人的亲属看见我全心护理着萧伯伯,先以为我是他女儿,弄明白我是他的妻子后,都用有些奇怪的眼神看着我。其中有一个病人的姐姐还把我拉到病房门外,悄声说:你那么认真干什么?像你们这种老夫少妻,一般当妻子的都是盼着老丈夫早点儿死,他早死你不就早得家产吗!我听了这话很不高兴,对她说:你今天说这话,我原谅你,因为我们才相识,你也可能是好意;但我告诉你,我不希望再听到第二次!她闻言,很尴尬地低头走了。

有一天早饭后,我给萧伯伯全身擦洗干净,见他精神状态也好,就说:你终于转危为安了,咱们拍个合影,留个纪念吧。说着把手机递给了邻床的一个护工,让他帮助拍照。不料萧伯伯厉声反对:不照!不照!我有些诧异,轻声问他:为何不照?他抬手摸了摸自己的头发,低声道:头发已经稀得太难看了,我不想照个秃头照片留下来。我一听他这样说,就赶忙收起了手机。原来萧伯伯还如此在意他的形象!我想起刚来萧家当陪护时,萧伯伯染过的头发还很密实,梳出来的发型还有模有样。未料几年过去,他的发际线飞快上移,头发也越来越少,加上这次手术、用药的折腾,他裸露出的头皮真的是越来越多,而且开颅术还在他的头上留下了一道长长的疤痕。唉,他既然在乎这个,我太想把我厚实的头发分给他一些了。

我学的是护理专业,对脑出血这种病的治疗知道得并不多。原以为病人救醒过来就会慢慢回复到原状,彻底康复,后来才晓得,这种病大多会落下后遗症。转到普通病房后,萧伯伯总说他的右手、右臂和右腿有些用不上劲,我以为是他躺在特护病房久了,功能有些退化,便抓紧给他按摩;但不论怎么按摩,都效果不佳。我去问他的主治医生这是怎么回事,医生说:我们在给他脑部做手

天黑得很慢

术时发现,除了出血的血管之外,邻近的血管大都已经堵了,我们将能处理的处理了,不便处理的只好留下。这片区域是支配右半边躯体的,加上术后常有的后遗症,估计他的右臂和右腿会逐渐失去功能,也就是说,他会偏瘫。"

我的天!我被吓呆在那儿,半晌没有说话。

怎么会是这样?

听到医生这番话的当晚,我给萧伯伯喂完药和饭之后,把承才托付给邻床的男陪护仇大犁暂时照看,然后一个人跑到病房外边,呆呆站着去想偏瘫的事,一想到好强的萧伯伯将从此成为一个偏瘫患者,我忍不住捂脸哭了起来。我哭,当然首先是为萧伯伯哭,觉得他这种刚强要面子的人,命却太苦了,先是妻子去世,然后女儿离开,留下他一个人,还要让他得这种偏瘫病,命运对他太不公了!同时我也是在为自己哭,萧伯伯给了我一个家,让我和孩子有了落脚的地方,原想着好好过几年安稳日子,未料到转眼之间祸事就来了,今后有偏瘫在床的萧伯伯和啥事也不懂的承才,我一个人,可怎么应付得过来呀?!

哭了一阵,我擦擦眼泪,洗洗脸,又强带笑容回到了病房。我不能让萧伯伯看到我在伤心,我现在是他的主心骨,他看见我伤心,必会以为自己的病又要加重;我不能让承才看见我在流泪,他虽然小,可已学会察看我的脸色,一当我脸露不快时,他就会满眼惊惶,我不能让他受到惊吓,使孩子失去安全感。

我要把一切都扛起来。

好在这时萧伯伯所在的法院领导知道他得病了,不停地来看他。我也是在这时才清楚,以萧伯伯的资历,他在这所医院里的所有治疗和住院费用都是可以报销的。法院里的人把我原先所付的钱又都退给了我,这让我暂时在经济上没有了后顾之忧。

我悄悄去街上为萧伯伯买了一个轮椅,萧伯伯出院时需要这个。但我不敢立刻把轮椅推到病房里,以萧伯伯的脾性,他很难一下子接受它。

我希望由医生来告诉他这个结果。

出院的时刻到了。萧伯伯果然很不高兴地问医生:我这右边的手臂和腿都还没有好,还总是发软使不上劲,怎么就让我出院了?医生答:萧先生,依你的年龄,脑出血能恢复到现在这个样子,已经大大超出了我们原先的预想。这是一种非常好的结果,至于右臂和右腿的功能,医学暂时还无能为力。你回家以后,记住在器械的帮助下坚持锻炼,争取使功能得到一些恢复;但你要有思想准备,想完全恢复到患病之前的样子已不可能,毕竟,你不是中年人了。

萧伯伯先是怔怔地看着医生,随后转向我,眼里充满了震惊和无助,我急忙上前握住他的手,轻轻地抚着他的手背,想用这个动作给他安慰。我感觉到他的手在发抖,自从他被救醒之后,他和我一样,以为他还能像过去一样走出医院。我们都不知道,事情已经朝向另一个轨道发展了。

待萧伯伯慢慢平静下来,我才出门去把轮椅推了进来。

萧伯伯看见那个轮椅,眼泪流了出来。

我想亲自把萧伯伯抱到轮椅上,可试了两回,都没能抱动。邻床的男护工仇大犁见状走过来,帮我把萧伯伯抱到了轮椅上。仇大犁问:到家后你怎么办?你能把他再抱到床上?这样吧,刚好该我出去吃饭歇息一会儿,趁这当儿,我送你们回家吧。我想想也是,到了家我也抱不动萧伯伯呀,就说:你送我们到家,我给你20块钱的酬劳吧。仇大犁笑笑:别动不动就说钱,谁还没有一点儿难处?我从那一刻开始意识到,从此后我得练习我的臂力,争取能尽快抱得动萧伯伯。

那天,仇大犁推着萧伯伯所坐的轮椅;我推着承才坐的童车,

天黑得很慢　209

背着萧伯伯住院时的一应用品,向家里走着,模样很像是一支逃难队伍……

萧伯伯这次出院回到家,对于我来说,是又一段过去没经历过的生活的开始。

每天早上,我早早起床做饭。早饭做好之后,去帮助萧伯伯起床。他因为右半边身子瘫痪,自己穿衣非常困难。我得先帮他把睡衣脱掉,换上内衣,穿上外衣,然后拼尽全身力气把他抱到轮椅里,推他去卫生间里帮他洗漱;他慢慢学会了用左手刷牙和洗脸。待萧伯伯洗漱完毕,我再去喊承才起床,给承才穿好衣服、洗完脸抱到童车里,之后准备吃早饭。把萧伯伯的轮椅和承才的童车都推到饭桌前,端来饭菜,我开始给他们两个人喂着吃。右手用一个勺喂萧伯伯一口,左手再用另一个勺子喂承才一口,看着他们两个人在我的照料下一口一口地吃着饭,我的心里很安恬。在北京,这一老一少是我最亲的人,萧伯伯给了我一个家,承才让我做了母亲。一想到这一老一少离不开我,需要我,我就觉得我活在这世上还有意义。我此时对生活已没有更高的希望和追求,我感到这样活着就挺好。

吃过早饭,我会陪着他俩去万寿公园散散心。我在承才的童车上拴根带子,系在我的腰里,这样,我双手在前边推着萧伯伯坐的轮椅,再靠腰上的带子拉着承才的童车,我们三个人排成一队,倒也成了一道景观。每当我们三个人出行时,小区里的人都会扭过头来看,对此,萧伯伯总是低了头,好像很不好意思;而承才却很高兴,总在他的童车里挥舞着手臂,又笑又叫的。有时,当我们这一行三人过马路时,司机们会自动停下车来让我们先走。遇到上坡路,我弓了腰在前边推着萧伯伯的轮椅,拴在我腰后的承才的童车就成了一个累赘,逢了这时,总有路人赶过来帮忙,这让我心里很感激。

午饭吃罢,我安排一老一小睡午觉,自己去超市或农贸市场买全家人的吃食用物,约摸在他俩睡醒时赶回家。下午,若天气好,就再带他们去公园玩一趟,让萧伯伯看那些老人打太极拳、下棋、打牌;让承才在儿童角的沙滩上爬着玩一会儿。若天气不好,就在家让他俩互动。萧伯伯刚从医院回来时对身体半边瘫痪想不开,整天皱着眉头,饭量也减了下来。后来我发现,每当承才到他的轮椅前跟他捣蛋乱闹时,他的眉头竟会慢慢舒展开来。特别是当承才摇摇晃晃能走并咿咿呀呀地会说些简单的字词时,他还能把萧伯伯逗得笑起来。有一天,我正缝着承才衣服上的绽线处,萧伯伯坐在客厅发呆,就见承才摇摇晃晃地走过去,趴到萧伯伯的膝前叫:也也,你今儿几水——本来我要让承才喊萧伯伯为"爸爸"的,但萧伯伯曾严厉地瞪着我纠正:叫"爷爷"——所以,承才就叫他"也也"。萧伯伯见承才喊他说话,就停了发呆的样子,问承才:啥是几水?承才答:妈妈说我两水了,你几水?萧伯伯这下听明白了,听明白的同时他也笑了,答道:爷爷今年快80水了。承才跟着又问:80水是多少?萧伯伯又笑着答:80水就是喝过了好多好多的水。承才再问:比妈妈给我麦来的糖斗斗还多么?萧伯伯再次大笑:是,是,比那还要多……这次的观察让我明白,我不能为萧伯伯解开的情绪疙瘩,承才能解开,一老一小才是最好的伙伴搭配。

晚饭后,我通常会打开电视,让萧伯伯看一阵新闻。我注意到他不喜欢看电视剧,却特别关心国家大事,看起新闻节目总是津津有味。在他看电视的时候,我去给承才洗澡。待给承才洗完澡再把他哄睡之后,我来关了电视机,把萧伯伯推到卫生间为他洗澡。在为萧伯伯洗澡这事上,一开始我很作难。所以作难是因为他不愿让我帮他洗,他提出去医院里找个男护工,每周来给他洗三次澡,每次给人家50块钱。我算了算,光这一项,我们每月就得多支

天黑得很慢　　211

出600块钱,我于是就假装去医院走了一趟,回来告诉他,男护工们都不愿专程跑来干这事。他闻言又提出,我只要把他推到卫生间里就行,洗澡由他自己来。我知道他是怕我看他的身子,他认为他的身子因为衰老变得臃肿难看了。我说,你的身子我在医院为你擦身时又不是没见过,有什么不得了的?我没觉得难看,相反,我感到你比一般老人都好看,就让我来给你洗吧。可能是实在没有其他的办法,他听罢总算默许了。但接下来的问题是,我在把他由轮椅内抱到淋浴喷头下边的圈椅里时容易滑倒,最后我想出了个办法,去商店里买了一把小型的、全用塑料做的轮椅,用这个轮椅直接把萧伯伯推到喷头下,让他就坐在轮椅上洗,洗完再将他擦干裹好浴巾推出来。每天为萧伯伯洗完澡安顿他睡下后,虚掩上他的门,我一天的劳顿才算是正式结束。接下来,是我自己的洗澡时间。我洗完的时候,一老一小都已睡着。到了这个时刻,我常会轻轻打开我刚来北京那会儿买的一个听戏机,插上耳机,听一阵河南豫剧,或是《花木兰从军》,或是《穆桂英挂帅》,或是《打金枝》《秦雪梅》——俺受俺爹的影响,打小就爱听戏,初中时还曾经想过去南阳豫剧团当一名演员。每天晚上,当我在萧伯伯的鼾声和承才的鼻息声里低声听着豫剧唱段,我就感到很享受、很满足,觉着自己的人生也不错。

关于萧伯伯右半边身体瘫痪的康复问题,我一直在想主意。我曾推着他去过京西的一家康复中心。康复医生问了他的病程和年龄,又仔细探查了一遍他右半边身体各部位的反应之后,轻声告诉我,不会再有康复的可能,要我不必再乱花钱了。可我还想试试,万一能恢复一些功能,对于提高他的生活质量会有好处。孩子入幼儿园通常是三岁,可我在承才两岁半时就把他送进了幼儿园,那之后,我便推着萧伯伯去了京城的其他几家康复中心,一一咨询有无康复的办法,但人家检查后,都表示说无能为力。回到家,我还不死心,去找了附近一个修自行车的师傅,花钱请他给我焊一个长方形的半人高的不锈钢架子,摆放到客厅里。我对萧伯伯说,我搀着你站到不锈钢架子里,然后你试着用双手抓住架子一点一点挪步向前走,看能不能慢慢让你的右腿和右臂恢复一些功能。萧伯伯看着那个不锈钢架子想了一会儿,点点头说:行。

看来,萧伯伯想重新站起来行走的愿望很强烈,他在我的搀扶下拼力站在那个不锈钢架子里,咬着牙想向前迈步,但半边身子失能之后,想要迈出一步竟是如此艰难,他几乎是用了全身的力气,还是没能迈出一步。我看见他发狠把嘴唇都咬出血了,急忙对他说:先别急,咱今天先到这儿,以后再说。但他的左手紧紧抓住钢架子不松,那模样是想坚持练下去。我没法,就搀着他站在架子前听他大口喘息。待他喘息停了,他又试着想伸出右脚,但无奈他的右边身子是软的,没有对右腿的支配能力,右脚根本不听他的;他再试着伸出左脚,可因为右腿没有支撑能力,左脚根本伸不出去。他急得满身大汗,我因搀他让他几乎全倚在我身上,也累得筋疲力尽。

第一次的康复锻炼失败之后,我陪着萧伯伯又试了多次,但毫无进展。哪怕是有一点点进展,也会鼓起我们的信心,可上天就是连一点儿变化的苗头也不给。每一次都是怎样站在钢架子里的,又怎样离开它。这期间,萧伯伯不止一次地自语着:我就不信我不能走上一步。我这一生啥样的难处没遇见过,我还真不相信你就能困住我了……可他真的就是迈不出这一步。到最后一次,是萧伯伯绝望地长叹了一句:罢了……叹出这一句后,他流出了两行泪水。

我心里难受极了。我竟然真的帮不了他了。

连一点儿希望也不给我们,老天爷竟是如此绝情。

就在他决定罢手的这天晚上,我给他量血压、测心率时,他左手突然抓住我的胳膊问:是不是因为我当了太久的法官,得罪了什么人的灵魂,他现在想报复我,就也想把我囚进屋里?我知道,监狱里有个别人的案子后来经过复审,证明是被冤枉的,是不是这些人去世后,想来加害我?

我听了一笑说:伯伯,你别胡思乱想了,没有谁要来害你,这只是一种病状,有这种病状的可不止你一个人……

我觉得我不能再盲目鼓励萧伯伯进行康复锻炼了,那只会给他带来更多的精神折磨和肉体痛苦,也许,人到了一定的年纪,有些病状已是不可逆的,上天已经取消了你与疾病对抗的权利,你只能承认它的存在,接受它,面对它,与它一起生存了。

我把那个不锈钢架子向屋外拖的那天,注意到萧伯伯无奈而不舍地看着它,我和他都曾经把它看作一种希望,现在,那希望没有了。

萧伯伯此后一直没能由沮丧中回过劲来,饭量明显减少,说话更少。有天上午,他用铅笔不停地在一张白纸上写着三个字:我不服!我看见后以为他是对医生的治疗不满意,就紧忙劝他:医生当初的确尽力了。他摇摇头,愤愤地说:我不是对医生不满意,我是对上天不服气,他为何偏偏对我这样?北京城里那么多七十多岁、八十多岁甚至九十多岁的人都身体好好的,为何独独让我变成这个糟糕的模样?这不公平!我一时语塞,不知该怎样劝他。

有天后晌我出去买菜回来,走到门口时忽然听见屋里有一种刺耳的响声,很像是砸金属器具的声音,我很吃惊:家里当时只有萧伯伯在,怎会有这种声音?我火急地开门,门开后才看清,原来是萧伯伯在用那只能动的左臂,挥舞着他过去用过的拐杖,猛砸他常坐的轮椅,边砸还边咬牙低骂着:你这个混蛋,为何要死死缠住我?!为什么?!我站在门口没动,只默默地看着他,直到他砸没了力气,颓然扔下拐杖,我才过去轻抚着他的后背。

眼见他的精神状况越来越差,我想我得赶紧想办法扭转这种局面。也是巧,就在我苦思法子而不得、一筹莫展的时候,他原来所在的那家法院的一个科长家属来电话,说她的丈夫前些日子也中风了,情绪很低落。她听说萧伯伯脑出血后的精神状态不错,就想把她的丈夫推过来让他俩见见面,看能不能叫萧伯伯开导开导他。我一听,觉得这个主意不错,虽然萧伯伯目前的情绪也很糟,他可能根本不会给对方什么开导,但两个得同类疾病的熟人坐到一起,总是会有话说的。即使相互诉诉病中的苦恼也会使他们的心里好受一点儿。于是我就立即在电话里答应,请他们第二天来家里做客。

当天晚上,我给萧伯伯说了科长第二天要来看望他的事。我没说对方也患病了,怕引起他的反感。萧伯伯先上来不同意,说我这个样子还有啥看头,没有轮椅连动都不能动,看了只会让他难受,请他不要来了。我劝他道:既然是一个法院里的同事,人家好意来看你,拒绝了不太礼貌,再说,有病又不是啥丢人的事,谁敢说谁就不得病了?他见我如此说,就不再反对,算是默许。

第二天上午,我把客厅收拾得干干净净,摆了鲜花和水果,一边替萧伯伯按摩右臂和右腿,一边静等着对方的到来。门敲响了,我紧忙去开门,门打开后,尽管我预先知道来的是一个中风的病人,可对方的病态还是惊得我一怔:病人斜躺在一张轮椅里,嘴歪着,眼斜着,身子完全不能动弹,涎水不停地由嘴角向下滴着。在后边推着轮椅的病人的妻子,看见我,眼圈一红,眼泪立马要下来的样子。我见状一边急忙向她使眼色要她别流泪,一边接过轮椅向萧伯伯的身边推。原本无精打采坐在轮椅里的萧伯伯看见推近了的人,大吃一惊,急忙用力挺起身子叫道:小武逑呀,嗨,你小子怎么也中风了?那被叫作小武逑的男子闻言,呀呀呀地连声叫着,却一个字也说不清楚。萧伯伯忙用左手把自己的轮椅向对方摇近些,然后伸出左手抚着对方的头发说:别急,别急,我听明白了。你肯定在说你是喝酒喝的,对吧?你小子当年的酒量可是全院谁也比不过哩,还记得你逼我喝得烂醉的事吧?小武遒又呀呀呀地叫了一阵,他的妻子这时接口解释:他说他要知道自己会中风,当年打死他他也不会逞强喝酒了。萧伯伯笑道——他竟然笑了——过去的事咱就不再说了,反正也无法改变,要紧的是眼下要想开些。病已经来了,咱没有办法,只有接受了……

萧伯伯那天对武遒说的话,全是我想对萧伯伯说的。天呐,原来萧伯伯是懂得这些道理的,他可以用这些道理去解劝别人,却不能用其来说服自己。我估计得没错,那天武遒叔叔走后,萧伯伯的精神状况有了很大的改变,他不再愁眉苦脸了,愿意摇着轮椅在客厅里走来走去,饭量逐渐增加了,气色也好了起来,也不再动不动就想发火了。我猜,他所以开始心平气和,是因为他看到自己熟悉的人中也有人得了与他相同的病,命运并没有独对他不公。我也是这时才明白,人是一种特别喜欢比较的动物,只要在比较中发现有人的处境比自己还糟,他就可能接受自己的糟糕处境。我们在陪护安慰病人时,这倒是一种应该加以利用的心理。

从此以后,萧伯伯就算安于轮椅上的生活了。他不再抱怨,不再恼怒,不再赌气,开始老老实实与轮椅做伴。每天早上起床后,他默默地让我把他抱到轮椅上,推他到卫生间里小解、大解,然后洗漱,之后吃早饭。早饭后,待我把承才送进幼儿园后,推他去公园呼吸新鲜空气;在他与别的老人说话时,我按摩他的右臂和右腿。临近中午,再推他回家,我做饭时,打开电视让他看看新闻。吃了午饭,我把他抱出轮椅——由于总是抱他,我的臂力也逐渐练强了,抱他时不再吃力——让他躺床上午睡。午休结束,再推他去公园与几个也坐在轮椅里的老人见面聊天。晚饭后,他再看一阵新闻,待我把承才哄睡,就给他洗澡,抱他上床。他的一天,除了睡觉,都是在轮椅上度过的。这对于一个练过武功、脾气暴躁、自视很高的男人,肯定是一种很不好受的生活,但萧伯伯终于低头接受了。

看来,人老了,有时你不得不低头,想一直像年轻时那样昂着头生活,难哩。

为了让萧伯伯的轮椅生活好过些,我开始对轮椅的种类与功能关注起来了。市面上在售的轮椅分两大类,一类是手动的,一类是机动的,因萧伯伯半边身子无力,机动的轮椅难以准确控制,容易出意外,不太适合他,所以我特别留意手动轮椅的品种和型号。我先后买了四个手动轮椅,一个是坐椅宽大柔软、可坐可躺的,且前边有横板可用来放水杯等用物,用来在春、秋、冬三季推他外出;一个是全用塑料制成、坐椅中间留有空洞的小型轮椅,供他大小便和洗澡用;再一个是两边扶手很高但坐椅较窄的,供他在饭桌前坐着吃饭用;还有一个全用实木做的轮椅,供他天热时候用。我没有让他抛开轮椅的本领,但我能尽力让他在轮椅上的日子过得舒服些。

时间真是一个厉害的角色,它硬是让萧伯伯最终习惯了在轮椅上过日子。待承才到了去小学读书的年龄,他已经能在轮椅上很熟练地吃、喝、拉、撒、洗、穿了,也能很自然地说笑了。我记得承才去上学那天,他含笑对承才说:小男子汉,到学校可要好好读书,争取将来能考上政法大学,然后也当一个法官。到那时,爷爷会把当法官的全部经验都传授给你!承才"咯咯"笑着脆声应道:好的,爷爷。不过楼下的二毛说他将来要去美国上学,你说我去不去?

正在洗菜的我听了这话急忙想去岔开话题,但是已经晚了,萧伯伯已被这话勾起了对自己女儿的思念,目光立时暗淡下来。我当时想:今晚该以馨馨姐的名义给萧伯伯打个电话了——已经有些日子没打了,因为忙着承才上学的事,又把这事给忘了。

当天晚饭后,我洗涮完毕,便悄悄拿了馨馨姐留给我的那个手机,去小区外拨通了萧伯伯床头的座机,待萧伯伯拿起话筒之后,我按响了馨馨姐留下的第二段录音。

始终在监听着萧伯伯回话的我,这次一点也没听到萧伯伯的声音。这让我多少觉到了一点反常,不过当时我没有多想,只以为萧伯伯听到了馨馨姐的声音,心情应该会好起来的。未料我刚由小区外边回来,萧伯伯忽然对我说:以后不必这样做了。我当即一愣,没明白他这话是什么意思,只怔怔地看着他。

他低了声道:前几天,你去超市买东西时,承才从你的手袋里翻出了馨馨留下的手机,这个手机是我给她买的,所以我认识它。我当时很意外,以为是馨馨上次走时特意留给你用的,但我把它打开后,无意中拨到了留言开关,听到了她留下的那几段声音。本来,她这么长的时间不回来看我就令我不解,每次与我通话不管我说什么她都是总说那几段话,更令我生疑。这下子才明白,她每次与我的通话,原来都是你在放录音。

我没有想到他发现了这一秘密,一时不知该怎么回答,只能结结巴巴地说:伯……伯……我……

告诉我,她出了什么事情?萧伯伯双眼紧张地看着我。我这几天没有催问你是因为我害怕听到真相,现在请告诉我吧!

没出啥……事情……我一时想不出该编一个什么样的理由,才不至于令他无法接受。

馨馨用这个办法来安慰我,只能说明一个问题:她不在人世了,是吧?萧伯伯看着我的眼睛一眨不眨。

我无语,只在飞快地想着减轻他受惊的法子,可我一时就是想不出来。我当时心里已经决定的事情是:不向他说明真相。因为馨馨姐走的方式太可怕,他不可能接受得了。

是不是她和常生在美国一同遭遇了车祸?他逼问着。

我的心开始疼,想着:也许说成车祸能把对他造成的伤害减到最轻?

如果不是一同出了车祸,他们中的一个肯定会回来看看我,会向我说明情况吧?即使馨馨是因为病重出事,那常生总该回来一趟吧?

我向他点了点头,极轻地说了两个字:车祸。看来,眼下只有这个说法给他带来的打击要轻一些。我实在想不出别的法子了。

萧伯伯见我真的点了头,身子一颤,能动的那只左手抬了一下,似乎想去抓住什么,两眼也立时变得空茫起来。我见状急忙上前扶住他,轻声喊着:伯伯——

那是啥时间的事?他的声音也抖得厉害。

有一段时间了。我不想说得很详细,因为说详细了就难免有漏洞。

我不该让他们出国呀——萧伯伯突然呜咽起来,泪水涌出眼睛,顺颊而下。美国的车太多了,肯定是常生在开车。他这个人刚愎自用,总是自以为是,听不进别人的意见,对一切都满不在乎,麻痹大意,保准是车速太快,结果把灾祸引来了……归根结底,馨馨不该找了他这个男人,我对不起馨馨她妈,我没有照顾好女儿,我该死哩……我该坚持不让他们结婚呐……

我没有出声安慰他,我不知道该说什么。我只是用手不停地去抚触他的后背,希望用这个动作去减轻他内心的痛楚。我的手能感觉到他的后背在急剧地起伏,我实在担心他那颗衰老的心脏受不了这股痛楚的折磨……

当天晚上,在萧伯伯终于平静下来之后,我抱他上床躺下,但那晚,我几乎一夜没睡,时刻倾听着他的动静。还好,他挺下来了,除了此后几天他的情绪和食欲变差之外,身体没出大的问题。记得是第五天,我把馨馨姐留给我的银行卡和我用钱的清单拿出来递到萧伯伯手上说:因为车祸事故的责任在我们一方,加上新买的车没有来得及上保险,所以没有赔偿。这是馨馨姐和常生姐夫留下的全部存款。萧伯伯只看了一眼那张卡和那张清单,又把它推到我的手边说:我不想看,还是留在你手上,你来安排使用吧……

馨馨姐的事说开之后,原来一直压在我心里的心病也算消除了,以后在萧伯伯面前,再不必装着馨馨姐还在世的样子,说一些谎话欺骗他。萧伯伯原先虽然不说但一直隐隐地担忧,这时也算彻底放下了。这对他当然是一个巨大而沉重的打击,在他心中造成了剧痛,可事情既然已经出了,谁也没有回天之力。剧痛终要来临,已经经历过妻子去世的萧伯伯当然明白,除了面对它,没有别的办法。他在家里枯坐了两天,手拿着馨馨姐的照片不停地看。我能做的,就是默默地陪着他。到第三天,他才又示意我推着他向公园里走去。在此事之前,萧伯伯的头发和眉毛还有一些是黑的,但这天我注意到,他所有的黑发和黑眉毛都消失了,头发、眉毛包括脖子里全部的汗毛,都白得像雪一样。

痛楚居然能够消去毛发的黑色素。

所有的剧痛过后,是钝痛;钝痛之后,是麻木;麻木过后,才是逐渐的忘却。这件事过去大约两个半月的样子,萧伯伯才总算是从痛楚的阴影里稍稍走出来。有天早饭后我推他来万寿公园散心时,他对我说:小漾,我现在在世上只操心一件事了,就是我那三部书,不知道在死前我还能不能写完出版。我宽慰他道:当然能!很多人都是一只手敲电脑写作,你也完全可以!不过,你要是觉着单手敲电脑太费力气,就口述,我来记录,并帮你整理。我虽然上学时作文一直不好,但把你说的用文字记录下来,还是能做到的。他当时未置可否,过了两周,在一个下雨无法去公园散心的日子里,他用左手递给我一沓空白稿纸,说:来吧,咱们今天就开始。我明白他是要口述了,就忙坐在桌前铺开稿纸拿起笔,并同时打开了手机上的录音开关。

我今天先说说我第三本书要写的主要内容,也就是人类的犯罪史。萧伯伯说得很慢,以便让我记下来。——人类走出原始社会之后,不论是何种制度的国家,都开始重视法律法规的制定,全球所有国家到目前为止制定出的法律法规条款,加起来将是一个巨大的数字。那人类社会为何要不厌其烦地去制定这些法律法规呢?原因就是人类走出原始社会之后,就开始犯罪了。人类有着犯罪的本能,不论是男人还是女人,都本能地喜欢占有更多的物质财富,本能地喜欢淫乐,本能地喜欢争斗。如果没有法律法规的约束,必将会造成社会的大混乱,使人类无法正常生活下去。

对他的这种说法,我虽不懂法律,但也有点认同。

他还说,回顾人类的犯罪历史可以明白,人类所以会犯罪,全是因为人的欲望失控了,而且人的欲望千奇百怪……

萧伯伯那天还讲了不少他收集到的贪污犯的案例,以证明控制欲望的重要,我都给他记下了。这些人中,我记忆特别深刻的是三个。一个是国家一个部里的主任,专管审批国家的一些建设项目。这人出生在一个很有权势的家庭,父母都是大官,从小就见过各种大人物和大场面,啥好东西都见识过,也因此为人很清高,对物质和金钱不屑一顾,绝少参加别人的宴请。他做了主任后,从不收受下属送的吃、穿、用方面的物品,更不说钱了。倘若有谁给他送了礼物和礼金,单是他脸上露出的那份鄙视就足以让你无地自容,所以他也就因此保持了清廉的声名。但他受在大学考古系当教授的舅舅的影响,有一个独特的嗜好:收藏古瓷器。但凡碰见有价值的古瓷器,他都愿买来放在家里,供自己和朋友赏玩。有一个从省里到北京跑项目的官员,听说了他有这个爱好后,并不直接给他送有价值的瓷器,而是预先花 30 万元高价买了明代的一件瓷器,在拜见他时假装轻描淡写地说一句:我家里有一个旧瓷盆,是我姥姥当初送给我母亲的陪嫁品,不知有没有点收藏价值,想请你帮助鉴定一下。那主任一听这个,顿时来了兴致,说:好呀,带来没有?跑项目的官员于是就从提包里掏出用旧报纸包着的瓷盆。主任一看:天呀,哪是什么旧瓷盆,是正宗的明代青花大笔洗,文人们用的,太有收藏价值了!跑项目的官员见主任爱不释手,便说:你要喜欢了就给 50 元,卖给你了,反正我母亲总用它来洗手,我再给她买个搪瓷脸盆还更好些。那主任连声说好,立马就掏出了 50 元成交。自此后,两人就有了交情,那主任就乐意去赴跑项目官员的宴请,跑项目官员也源源不断地给主任带来各种古瓷器物贱卖,最后,跑项目官员想要的开发项目都得到了批准,当然,那位主任后来也就出了事。法庭从主任家搜出的受贿瓷器总共有二十多件,仅其中一只宋代汝瓷官窑出的小碟,在嘉德拍卖行就能拍出三十多万元……

另一个是一所艺术学院里的院长,出身于艺术世家,人很帅,早年演过话剧,是一个艺术气质很浓的官员,对美有很高的鉴赏力。男性在这种院校当领导的一个最大危险,就是容易出亲近女色的问题,因为这儿的女生都是千挑万选来的漂亮姑娘。不过他却认为,经过现代生活雕琢的姑娘失去了一种纯朴美,他对学校里的那些美丽女生看不上眼,不允许任何一个女学生单独接触自己,不给她们套近乎、拉关系的机会。他在经济上也洁身自好,从不收受别人的礼品礼金。他有很高的志向,期望在官场能有一番更大的造就。就是这样一个人,有一天在楼道里碰见一个做保洁的姑娘,竟然惊讶得一下子停住了步子。据他后来在法庭上坦白,他当时看见那个穿着保洁服的、没有任何妆饰的姑娘时,身子像遭了电

击一样,觉得像是见到了由云层上飘下来的一位仙女。那姑娘脸上、眼中和身上所透出的,全是纯朴和真挚,而且五官和体形,都是一种极致的均衡,有一种天然的、无任何修饰的美。他感到自己脑子里原来想象的女神,与这个姑娘相比,除了服装不同之外,其他的方面都一模一样。他于是上前对那个满脸娇憨的姑娘进行询问,得知姑娘家住湘西的大山里,刚刚高中毕业,没考上大学。18岁的她为了不给父母添累赘,生活能够自立,前几天才随同乡来学院受聘当了保洁工。院长听了很高兴,当即给学院物业值班室打电话,让这位姑娘今后就负责他办公室和隔壁会议室的保洁工作。由此,他和这姑娘有了近距离的接触。他会主动去买了自己喜欢的衣服让这个姑娘穿。他觉得看着这姑娘走动是一种很美的享受。他给她买了很多他喜欢的饰物让她戴上,供他欣赏,姑娘受宠若惊却又不明所以。终于在一次请她外出吃饭时,他忍不住提出了自己的要求:看一眼她的裸体。姑娘很骇然、很意外,但作为他给予关爱的回报,她也无话可说。于是在一家宾馆的房间里,那姑娘羞怯无比地把自己的衣服脱掉了。那位院长先是瞪大眼睛惊喜地上上下下地看着姑娘的裸体,随后就情不自禁地拥住了她。姑娘吓得直发抖,但他也没有强迫她做什么,帮她把衣服又穿上了。他说他对美有一种痴迷,第一次看过姑娘的裸体后,无法控制再看的欲望,于是在不久后再次提出了裸看的要求;直到第五次这样裸看时,姑娘才扑到他身上,把身体给了他。他说他从来没见识过这么纯洁美丽的女人的裸体,他感到快乐极了。他的工资自然不够在养活妻子、儿子的同时,再去满足那姑娘的各种需要。没办法,他只好变着法子去贪污公款。到他案发时,他为那姑娘已经贪污了上百万元……

第三个是一位区长。他说,那个区长是农民出身,家住河南信阳乡下,兄弟姐妹七个,他排行老六。在1960年困难时期,因家里实在没有粮食吃了,父母怕他饿死,忍痛把4岁的他放在镇边的一个十字路口,看能不能遇到一个好心人将他抱走。父亲是在天亮后把他放在十字路口的。他当时已饿得既爬不动也哭不动,他也不知道父亲这么做的用意,只能静静地坐着。他直直等了一天,看着一个又一个路人从他身边经过,直到傍晚,已经饿昏的他,才被一个男人抱起来。那个男人就是他的养父。他从此跟着他的养父母长大。4岁的他对这件事有记忆,也因此,他对养父母怀着深深的感激,并知道努力上学。最终,他上了北京大学,并留在了北京市的一个机关里工作。他知道他的出身卑微,不可能靠别人在社会上立足,他只有努力工作,凭自己的本领吃饭。他硬是凭自己的工作实绩一级一级走上了领导岗位。此时,他非常孝敬养父母,愿意满足养父母的任何一个要求,回报他们养育之恩的欲望非常强烈。他也非常珍惜自己所得到的,不愿因为收受一点礼品和金钱而自毁,自律意识很强,算是一个清廉之官。他升任区长后,有决定区里所辖土地出让的权力,故很多房地产开发商千方百计地想把他变成自己的人,使出了各种手段,包括美女和金条,他都机智地躲开了。导致他最后出事的,是有大恩于他的养父母。有一天,养父突然出现在他在北京的家里,说:孩子,爹有一点事求你,咱们县里有一个建房子的老张,在北京看上了你们区里的一块地,说你能批给他建房子,那你就批给他建吧。这人不错,待人特大方,同咱不是很熟,头一次去咱家里就给了我10万块钱,这种人值得交。区长听了很紧张,忙问:爹,你收了?他养父点头说:收了,人家那么看得起咱,咋能不收?而且已经被你妹妹和妹夫拿去建养猪场了……他惊瞪着眼,看着养父,涌到嘴边的埋怨又生生咽了回去。他不能让给了自己生命的养父生气伤心,经过一夜的权衡和思想斗争,他最终把地批给了那个开发商。那个开发商因此与他攀上了关系,建立了感情联系,隔三岔五地往他家和他的养父母家里跑,每次都不是空手来,带了各种用品,当然也有现金,因已经有了第一次,再拒绝就显得有些不近情理,所以他就安心地收了。几年下来,收受的东西已很可观。到区长被审时,他所收受的贿物和贿金已足够被判刑了……

我把萧伯伯讲的这些案例,一一记下来,有时记得不准确,我会在夜晚安顿萧伯伯和承才睡了之后,对着手机上的录音,修改一遍之后,再交给萧伯伯过目。萧伯伯对我的记录稿看得非常认真,用左手持笔在上边改来改去。待终于定下来后,我再在他的电脑上打一遍,打印出来放在那儿。

除了照应承才上学之外,那段时间我和萧伯伯每天的日程就是这样安排的:推上他来万寿公园散心,回到家里听他口述他的书稿,然后在静夜里进行整理。

日子就在这种散心、讲述、整理的过程中,一天一天地过去,平静重新降临在这个家庭里。那段时间,一种安逸的感觉充溢了我的心,使我暂时忘记了过去这个家所经历的东西,我常会无声地在心里祷告:让日子就这样过下去吧!……

但上天没有允许。

那是一个中午,我去厨房做午饭时,打开了电视机,并把电视遥控器递到萧伯伯手里,让他看会儿电视。他通常这会儿会看看央视的午间新闻。我在厨房将午饭差不多快要做好时,忽然听见电视里的声音一下子爆响起来,响声大到几乎要把我的耳膜震碎,我惊得急忙由厨房跑到客厅,我还没有来得及开口问是咋回事,萧伯伯倒先朝我问了:这电视机里的声音怎么突然不响了?是电视台播放时出的问题还是咱的遥控开关坏了?我先是想笑:这样大的声音还说不响?继而猛地意识到:是不是萧伯伯的耳朵出问题了?我急忙由他手中拿过遥控器,先把声音调小,随即用平时跟他说话时的声音问他:你这会儿饿吗?萧伯伯却答非所问:是电视台的责任?

我的心一沉,看来是出问题了。可我自己也很难接受这个陡然而来的变化,明明做午饭前与他说话还好好的,是什么原因让他的听力在这么短的时间里就发生了如此大的变故?我想再确认一下,又用平时的音量问他:要不要先给你盛饭吃?他看见我的嘴唇在动,竟反问我:你确定是咱的遥控器坏了?

我点点头。萧伯伯显然还没意识到他的耳朵出大问题了,我不能让他为此惊慌。我先把电视机关上,然后喊出在自己房间做作业的承才,把已经可吃的饭菜盛一些递给他,告诉他先凑合着吃一点儿,然后继续回房间做作业——那天下午他们学校刚好放假,我要带爷爷去医院。

萧伯伯疑惑地看着我推他出门,直到上了出租车他才问:我们这是要去哪里?我对着他的耳朵大声说:医院。他先是自语了一句:今天的大街怎么这样安静?随即忽然间明白了似的转向我问道:是我的耳朵出了问题?我努力笑了一下:我们去做个检查。

医院耳鼻喉科的医生检查后很快就得出了结论:突聋。对这个医学用词,我和萧伯伯都很陌生。我高声转达了医生的结论后,萧伯伯不相信似的反问:怎么还会有"突聋"这回事?

值班的医生笑笑,说:这是你这个年纪的老人常会得的病。

为什么?我很诧异:耳聋应该有一个过程才正常。

因为衰老,人耳部的一些血管和神经会突然罢工。那位医生用最通俗的话对我解释。

我急问:该怎么医治?

那位中年男医生笑笑:可以不治,因为丧失听力是人到老年迟早要发生的事;当然,你们如果坚持要治疗也不是不可以,需要疏通耳部的血管,需要消炎,疗程大约要半个月到一个月的时间,而且不能保证他的听力就能恢复;而且,这种治疗可能要付出身体其他脏器受损的代价。

有没有经过治疗听力恢复的老人?我再问。

有,但像他这个年纪、这个耳内状况的老人,不是太多。

我看了一眼萧伯伯,他显然没有听清我们的所有谈话,仍是一脸懵懂地看着我。那一刻,我突然意识到,萧伯伯的生命此时其实已不由他自己来掌握,控制权已悄悄转移到了我的手里,只要我说不治了,他的听力就永远地失去了。

治!我对医生说。只要还有一线希望,我就不能放弃。听力,是一个人感知和把握这个世界最重要的能力,我不能让萧伯伯就这样不加抵抗便彻底失去。

想治,现在就要开始输液,这种病越早开始治效果会越好些。医生说罢就开始开药。我趁这当儿给承才打了电话,要他做完作业自己就在家里玩。谢天谢地,在我们这个特殊家庭长大的小承才,懂事很早,已经能分得出事情的轻重缓急。他脆脆地应了一声:妈放心,你照顾爷爷要紧,我一个人在家能行,谁来敲门我也不开。

我舒一口气,开始照料萧伯伯输液。

那天回到家天已经黑了。玩累了的承才已上床睡下,在沙发前的茶几上,放着承才临睡前写的一张纸条:爷爷、妈妈,我泡了一包方便面吃了。我困,先睡了,晚安!

我注意到萧伯伯看了那张纸条之后,疲惫而又充满沮丧的脸上,露出了一丝微笑。他坚持又把轮椅摇到承才的床边,用手轻轻触了一下熟睡的承才的额头,方又摇回自己的卧室。

这天过后,又进行了二十来天的持续治疗。

看来医生对我说的是实话,治疗的效果真的不好。一个疗程结束之后,萧伯伯的右耳只恢复了一些听力,左耳依旧与来就诊时一样,没有任何好转。

不能再治下去了,持续用大剂量的消炎药对萧伯伯其他的脏器会有副作用。决定停止治疗的那个上午,萧伯伯惊慌地看着我说:听力还没有恢复哩,就停了?我先是点点头,尔后把嘴对住他右耳高声道:再治下去,会损伤你的其他器官。萧伯伯怔怔地看定我。我注意到,绝望一点一点地漫上了他的眼珠,直到把整只眼蒙住。最后,他低下了头,不得不再次接受身体上的这一新变化。

我无声地叹了口气,无奈地轻拍着他的两个肩头。看来,上天是存心要把人出生后他曾给予的东西,再一件件收回。这一次,他收走的是萧伯伯的听力。

不用说,萧伯伯的情绪再一次受到了影响,变得很低落。对去万寿公园散心不感兴趣,食欲消失,不愿吃不愿喝,不想洗澡,基本不说话。我让承才去安慰他,可惜承才无论怎样高声说话他都听不见,都是一脸茫然。承才无法,只能用力握住他的手,把对他的问候用手传递给他。我则四处打听好用的助听器,跑了不少卖助听器的商店,最后给他挑了一副德国西门子公司出产的老人专用助听器。我刚给他戴上助听器的那一刻,他在忽然间又听到了四周的声音时,脸上露出一丝狂喜;不过很快,不能自然降噪的助听器不时将巨响传进他的耳朵,又使他痛苦不已。他后来还是自己把助听器扯下来了。

他的精神状况令我再次焦急起来,我到处打听安慰老年耳聋者的法子。有一天,我意外地在网上看到了一个消息,说是残疾人协会新建了一家专供非全聋的聋人使用的音乐厅。音乐厅的每个座位上都有一台可根据听者的微小听力来自动调节音乐音量的设备,保证使每个非全聋的聋人都能戴音量适中的耳机来享受音乐之美,而且本周就有一场演出。我急忙与那家音乐厅联系,买了两张票。票买好之后我才给萧伯伯高声说了,怕他听不清楚,还在纸上把这件事写了给他看。但萧伯伯却摇头坚决地表示:不去。我急了,告诉他一张票四百多块,一律不准退票,不去岂不是太浪费了?大概是"浪费"这句话让他听进了心里,他不再反对。我于是在那个傍晚安顿好承才之后,带着萧伯伯打的去了那个聋人音乐厅。

推着萧伯伯的轮椅进入音乐厅之后我发现,观众中除了陪护者之外,几乎全是老人,这大概是因为票价太贵,年轻的非全聋者没有这个经济力量买票。这些老年观众中,又几乎有一半人坐在轮椅上,所以这个音乐厅的座位设计得极有匠心。每一个座位旁边,有一个座椅是可以折叠的,椅子折叠起来后能停放轮椅。我和萧伯伯在买定的座位上坐好之后,我发现萧伯伯也满眼新奇地看着四周,他显然也没想到观众中有这么多与他一样的老年聋人。我听见他在喃喃自语:我的天,他们也都聋了……

我也是在那一晚才真切地感受到,失去听力,大概是人进入老境的一条常律。

音乐会开始不久,我就知道这家小型音乐厅在网上所做的广告不假,每个听众的耳机传出的声音分贝数值,都由计算机根据对听者听力自动测试的结果来自动设定,我注意到萧伯伯在听,而且听得很认真,我试着拿过他的耳机去听音量,嚯,差点把我震晕。

音乐会结束推着萧伯伯向外走时,我看见萧伯伯这些天一直挂在脸上的阴郁之色消去了许多,我当时还以为是音乐的力量。出门之后,听见萧伯伯说了一句:原来人老了所享有的听力还算平等。我这才霍然明白,今晚使萧伯伯心情转好的根本原因,是因为他看到了那么多的聋老人,这让他相信,上天并不是独自收走他一个人的听力。这种平等的对待,让他的心里获得了平衡感。

突聋过后差不多三个半月,萧伯伯才在万寿公园对着一帮老人笑着说:聋了好呀,聋了可以少听多少烦心的话哩……

天黑得很慢

我这才算把心放下了:萧伯伯认可了听力上的这一重大变故。

我儿子承才上到二年级的时候,我个人的感情生活又起了一点波澜,也就是说,又有一个男人想进入我的生活。因为这件事与此后的故事联系着,所以我在这儿就也给大家说一说。

这个男人其实我前边已说过他的名字,叫仇大犁,是萧伯伯住院治疗中风病时我认识的一个年轻护工,年龄与我不相上下。那时萧伯伯刚刚半身瘫痪,体重还没有减轻,我的臂力也未经过锻炼,每次要把他从床上抱上抱下都很困难。当时在邻床当护工的仇大犁见状总是过来帮忙。在医院陪护萧伯伯那些天,每当我要去吃饭、买东西、上厕所和照顾承才时,都是托他帮我照看一阵萧伯伯,这样就相熟了;加上他也是河南人,就觉到了有几分亲近。萧伯伯出院那天,他也相帮着把萧伯伯送了回来。此后,因为他知道了我们的住处,故他在没有护理任务时,偶尔会来家里看看,有时来,会给萧伯伯带点儿水果,或是给承才带个小玩具。对此,我没有多想,只是把他看作一个帮助过自己的老乡来款待。直到有一天,他往我手机里发了个短信:看到你生活得挺难的,既要照顾老人又要照顾小孩,真想用另一种身份来帮帮你。我这才吃了一惊:原来他还抱有这个念头。大家已听我说过我的第一段感情生活,我这时对年轻男人已经根本不敢信任,决不想再与他谈论什么感情,所以我当即在手机上给他回复道:我是有夫之妇,请你自重!

短信发出之后,我先是感到了一种痛快:你也敢对老娘生出邪念?呸!不过随后又生了一点不安,毕竟,这是自承才出生之后第一个向我表示好意和爱意的男人,而且人家还曾经帮助过我,回这样的短信是不是有点过分?会不会伤到人家的心?再说我的身体很年轻,在长长的夜晚,你说没有一点儿对男人的想念那也是假话。万一他真是一个好人呢?就这样真的错过了?

未料到的是,仇大犁并没有被我的短信吓住,他第二天竟然又回复道:我又不是说我现在就要做什么,我只是说了我的一点儿愿望,别生气!嘀,他的脸皮倒是真厚,此后也竟然还装着像什么也没发生一样,不时来家里看看。来了就帮着我干活,一点儿也不生分,一副自家人的样子。到了这时,因怕他蹬鼻子上脸,做过分的事,我已经不能再给他好脸色看了。只要开门见是他,就一律冷色相对,但他一如既往,不看我的脸色,照样来,来了照样帮我干活。我心里暗想:你要想献殷勤你就献吧,但想要我心动,根本不可能!

理智归理智,可每当我看见他为洗刷我们的马桶和澡盆弄得一身大汗时,我还是有一点儿感动;看到他积极上前替我给萧伯伯洗澡,弄得满身是水时,我的心在发软;看到他趴在地板上同承才一起玩闹,逗得孩子哈哈大笑时,我感到了一种快乐。就在我的心在这件事上晃荡时,萧伯伯的身上又出现了一种新状况。

那是一个天朗气清的早晨,太阳好像比往日起身要早,承才的学校里要在这天组织春游,所以我兴冲冲地迎着朝阳把他送到了学校。因为天气好,我的心情也好,回到家里我边把萧伯伯往饭桌前推边高声对他说:吃了饭我推你去看千达广场。网上说千达广场上摆了上万盆郁金香,网友们说美艳至极,咱们也去一饱眼福吧。不料我的话音刚落,萧伯伯竟淡了声说:这样的鬼天气怎么能够看花展?云彩都压住地了,八成马上就会响春雷下大雨哩!我很意外地看了他一眼,他怎么能睁着眼说这话?明明是万里无云、阳光灿烂,为何偏说会响雷下雨?是因为心情不好?是不想去千达广场看郁金香?

伯伯,你是不愿去看花么?我试探着问,不想惹他生气。

想呀!可天暗成这个样子,咋看?他倒没有生气的样子,话说得也很平和。

这使我明白他是真的感到天色阴暗,心顿时一悬,一下子意识到:他的眼睛可能出了问题!我想起他这段日子总爱揉眼睛,为此我还制止过他:老是揉眼不好。可他说:有点不舒服,揉一揉好受些。我没有在意,现在看那是一个不好的先兆。

为了验证我的判断,我急忙拿过昨天才买的一个白色瓷盆,那盆上还绘有鲜艳的莲花图案,我把瓷盆放到他的面前问:伯伯,在你看来这是一个什么东西?

是承才玩的一个泥团?黑乎乎的。他边说边伸出那只能活动的手来摸。我急迫地抓住他的手说:伯伯,咱们得去医院!说罢,我就急忙抓过手机去拨120。

我们去医院还算及时,眼科医生对萧伯伯的双眼立刻进行了检查,只用了十多分钟便得出了结论:视网膜中央动脉栓塞。医生说:这是一种来势非常凶猛的眼病,瞬间即可致人失明。得这种病的主要原因是动脉硬化,动脉壁管增厚,管腔变窄,血液在动脉血管中逐渐形成血栓。这个过程是在人不知不觉中形成的,一旦血栓把视网膜中央动脉血管堵住,失明就发生了。萧伯伯早晨起床时眼睛还好好的,他突然感到天暗就是因为那个已形成的血栓突然堵死了他的视网膜动脉血管。

又是血管!萧伯伯身上的很多问题都出在血管上。年轻的我从没想过,血管对人是如此重要。医生向我解释道:人身上的血管很长,成年人的全部连接起来能长达15万多公里。血管用的年头儿多了,会和水管一样,发生杂物——血栓——堵塞的现象;一旦堵塞,人的身体就可能部分垮掉。血栓堵在颈动脉,会致急性脑梗;血栓堵在肠道,会造成肠梗肠坏死;血栓走到肾部,会致肾功能损害得尿毒症;血栓堵塞了视网膜动脉,人的视力就会受损。

太可怕了!

医生先用了一种急救血管扩张药——亚硝酸戊酯放在他的鼻部让他闻,之后开始给他输液,效果显现得也算快,他的左眼慢慢又恢复了视力,但右眼,却仍然看不见东西。

治疗在继续,我和医生都没有放弃希望。萧伯伯更是焦急,不停地把自己的左手拿到眼前晃,以检验视力。但是五天后,主治医生把我叫到他的办公室说,萧伯伯右眼的视力已经失去,他们已无力再帮助挽回了。

又是一个晴天霹雳。

我呆呆地看着医生的嘴,怎么总是坏消息?!那一刻我非常困惑:为什么我面对的医生们嘴里都出不来好消息呢?是萧伯伯运气不好?是我在医院选择上出了错误?我几乎是一步一挪地回到了病房。萧伯伯显然知道医生叫我去是说他的眼疾,所以他用他那只恢复了一部分视力的左眼紧张而可怜地看着我,就像一个做了错事的孩子等着大人宣布给他的惩罚一样。我不知该怎么开口给他说这个消息,这段日子他面临的打击太多,而且接连不断,他尚存的承受力能不能接纳这新的一击?万一因为我说完后他情绪激动,别处的血管再出问题可怎么办?就在我犹豫着怎么开口时,萧伯伯的神色突然变了。我刚来他家时他脸上常有的那股倔强又浮了出来,只听他说:笑漾,他们是不想给我治了吧?想赶我出院对吗?不治就不治吧,大不了让这只右眼瞎了,有什么了不起?现在的医生,有几个肯替病人着想?走,咱们走,回家,咱不求他们!

我上前抓住他的手急忙解释:不是医生不想治疗,是他们确实没有办法了……

当天夜里,我睡醒一觉起来,习惯性地去推萧伯伯虚掩的卧室门,想看看他睡得如何,却不料就在我的手要触到门时,听见他在自语:……我才八十多岁,那么多90岁的人都活得好好的,你为何偏对我下手?伏牛山里的雾儿爷90岁了还能当村长,我究竟在哪个方面得罪你了?你先让我瘫,再叫我聋,还要我瞎?你敢说你做得公正?你对我下如此的狠手,我恨你……

我闻声急忙缩回了手……

萧伯伯的86岁生日到了。为了改善他的心境,我决定好好为他办个生日聚会。

提前几天,我就悄悄通知了常在万寿公园与他聊天的几位老人,要他们在萧伯伯生日那天来家里吃顿家宴,热闹热闹。由于怕萧伯伯不愿办这种聚会,我置办家宴所需的各样东西时,都是避着他不声不响进行的。我想给他一个惊喜。他这段日子遇到的倒霉事太多了。

由于老想着自己身体上的毛病,萧伯伯把自己的生日也忘了。那天上午他见我在厨房又是蒸又是炸又是炒的,还问我:不年不节的,你做那么多菜干什么？我当时笑着说:是承才提出要改善生活的——那天是星期日,承才刚好在家。他一听是承才的要求,便没有再多说什么。

临近十一点半,我让承才到电梯口迎接客人。那天一共来了四位老人,都是我特意选择的80岁以上的男宾,为的是让他们有共同的话题。我在学校学陪护知识时,老师告诉过我,人过了60岁之后,十年为一个明显的年龄阶段。60至69这个年龄段的人关注的问题,与70至79岁的人不同;同样,80至89岁这个年龄段的人所关心和讨论的问题,与70至79岁的人也大不相同。我选择的这四个男宾,应该与萧伯伯有共同的话题来讨论。

头一个进门的是82岁的秦大叔,他手里拿着一幅自己的书法作品,进屋先抱拳说了一声:成杉仁兄生日快乐！随即就展开自书的对联高声念道:不再抱怨,世界不求我们监管;只需静养,人间自有新人出现。第二个进门的是81岁的单叔叔,单叔叔手提一个小红灯笼,进屋就展示给萧伯伯看。只见灯笼的三面分别写着三句警语:黎明,是一天最危险的时刻,易发缺血性中风;月中,是对生命最有威胁的日子,最可能发生心梗;年末,是一年中最可怕的月份,慢性病会加重。第三个进来的是86岁的魏伯伯,他手拎一个小蛋糕,走到萧伯伯面前笑道:萧老弟,生日好呀!我给你买了个无糖蛋糕,记住老哥我总结出的长寿之道:夜眠最好10点整,晨醒赖床5分钟。第四个进来的是87岁的郎大伯。他进来就叫:小萧,老哥只送你一句话——我们活在一个崇拜青春、厌弃老年的社会里,人的衰老速度其实与环境暗示关系很大,别总想着自己老了。萧伯伯本就没记住今天是自己的生日,更没想到一下子会来这么多在公园认识的朋友为自己祝贺生日,开心地笑着连连说:谢谢老兄老弟们……谢谢了……

那天的午宴我准备的菜全是好嚼的,几个老人的牙都不好用,得让他们吃好。我还给每个老人倒了一杯干红,让他们慢慢喝,且说明了只饮一杯,酒量再大也不给多添。他们一听都笑了,说:好好,知道你不是小气,是怕我们喝出事情。几个人都戴着助听器围着饭桌说笑,猛看上去,颇像是在开一个有同声翻译的会议。让我意外的是,他们在饭桌上讨论最多的问题,是如何学会撒尿。只听学过医的秦大叔说,活到我们这个年纪,需要重新学习撒尿,因为我们的前列腺或多或少都有增生,膀胱的弹性降低,这会影响到排尿,而且人老了腿脚行走不便,常常上厕所不及时。一是记住一有尿感就要去厕所,千万不能憋尿;憋尿之后上厕所突然松懈下来,脑神经中的迷走神经亢奋,会导致心律失常而猝死,还会造成膀胱内的压力增大,损伤肾脏排泄废物的代谢功能,让水和代谢废物在体内蓄积,容易引起肾功能衰竭,造成尿毒症;二是尿了就要尿净,别急着撒走;如果频繁尿不净,容易引起尿道炎、尿路感染甚至肾盂肾炎和肾功能不全等泌尿系统的疾病。86岁的魏伯伯点头说:对,对,我每次排尿都淋漓不净,明明感觉尿净了,可把家伙才收进裤子里,它就又出来一股,弄得裤头儿和衬裤都湿了,我不得不靠体温将裤头和衬裤暖干。你不可能每尿一次都换一次裤头和衬裤呀,我很痛苦。单叔叔说:我从去年开始老在夜里尿失禁,不知不觉就尿了床。年轻时是遗精,现在是遗尿,老得麻烦儿媳帮我晒被子,弄得我很羞愧。87岁的郎大伯接口道:你们遇到的那些问题我全遇到过,不瞒诸位,我现在是白天也尿失禁。告诉大家一个经验,那就是每天像儿童一样,老老实实穿上纸尿裤。有了纸尿裤,尿愿啥时候出来都可以,咱随它去。不必再操心撒尿这回事,中午换一次尿裤,晚上再换一次就行了……

那场午宴,我管在厨房里忙碌,承才管端盘子端碗往餐桌上送,虽然累一些,可听着萧伯伯和老友们的笑声,我们母子也很开心。

因了这个中午,萧伯伯的心情转好些了。当天晚上,我去照料他上床睡觉的时候,他感叹道:人过了80,遇到的问题都差不了太多。我在视力上虽比他们差些,可我在小便的问题上,比他们还相对好一些哩……

我悄悄嘘了一口气,总算又陪着萧伯伯游过了一个险滩。

原以为过了这个险滩,前边该是风平浪静的水面,能够放心休息休息身心,没想到,船进了这段水域之后,险滩竟会一个紧接着一个。

一个新的更大的险滩紧跟着就来了!

大概是在生日聚会过去的二十来天之后吧,我开始注意到,萧伯伯的记忆力衰退得很快,他忘事忘得很厉害。

我知道老年人的记忆力通常都会减退,有忘事的现象,所以当萧伯伯过去偶尔忘掉我交代他的某一件事时,我没有感到吃惊。但从此时起,他忘事忘到了很频繁的地步。比如到了他该吃药的时候,我把开水递到他手上,把药片填到他嘴里,然后看着他喝水吞下,我就去忙别的。仅仅过了半个小时,他就又大声向我喊道:笑漾,快端开水来,我的药还没吃哩。我只好向他说明:你已经吃过了!又比如过去每天早上他起床后,我把他抱到轮椅里,他会自己摇着轮椅去卫生间拿起电动剃须刀刮净胡子,但有一天早上,他自己摇着轮椅进了卫生间后,面对着镜子喊我过去,一脸茫然地问我:我来卫生间是要干啥?剃须。我见状心里"咯噔"了一下,边答边忙把电动剃须刀递到他的手里。更严重的是,有天晚餐时,承才可能因为玩篮球饿了,吃饭吃得狼吞虎咽,不小心把几粒米饭沾到了额头上。萧伯伯看见后忍不住笑了,而且一笑而不可收,以至于笑得浑身乱抖,萧伯伯少有的笑声也让我开心极了,但当承才在我的示意下将额上的米粒抹去后,仍然笑意满脸的萧伯伯忽然转向我问道:我刚才是为什么发笑?

我有点震惊。

忘得如此快速?这有点不同寻常!萧伯伯自己也感觉到了忘事忘得厉害,不安地问我:我的脑子是不是有点不太正常了?

我意识到又该去医院找医生了。医院,我们是真的离不开了。我也是那时开始理解很多老人何以愿意自家的房子离医院近些。

我决定第二天就去医院检查。未料就在要去医院的这天,出了一件几乎吓坏我的事。这天早饭后,我收拾好要带的东西,推上轮椅载了萧伯伯到了小区大门外。就在我要招手拦出租车的当儿,我的小腹突然一阵坠疼,我意识到因昨晚着凉,要拉肚子了,于是赶忙对萧伯伯说:你先坐在轮椅上等我一会儿,我去上个厕所就来。萧伯伯点点头说:好,你去吧。我急急忙忙地回身进了小区的公厕,拉完肚子洗了手出来一看,嗨,小区门外的街边竟然不见了萧伯伯。他这是去哪了?他那天坐的轮椅是他可以自己单手操控的那一种,我估计他是自己操控着轮椅先向医院的方向走了,就紧步向那个方向追去,不想直追出两站路,还没见他。我慌了,他操控着轮椅不可能走这样快呀！于是又反身往回找,直找到我们住的小区门口,依旧没见踪影。我开始跑步向反方向找他,跑出了三站路,也没看见他。我懵了,他这是去了哪儿？难道是他又返回了家里？我急匆匆又跑回到了家中,可家里也没人呐。我当时急得眼泪都出来了,一个大活人怎么就一下子不见了呢？我慌得又跑向小区大门口,逢人就问有没有见到萧伯伯,可人们都摇着头。正当我急得没有办法时,我的手机响了,掏出一看,是一个陌生的号码,刚按下了接听键,就听到了里边传出一个男人的声音:你是叫钟笑漾吗？我是菜市场大门口的保安员,你陪护的老人萧成杉来菜市场找你。我从他所坐轮椅后边挂着的布兜里,找到了你的陪护证,看到了你的手机号码,才给你打这个电话,请你快来把他领走！我一听这话,飞步过了马路向菜市场跑去。到了菜市场门口,看见萧伯伯,我扑到他身上就哭了起来,边哭边抱怨他:我不是让你等我一下嘛,你为何要来这菜市场？他喃喃地说:我忘了你交代的话,以为你又来这儿买菜了,就着急忙慌地摇着车子赶过来了……

我不敢再埋怨了,紧忙拦了出租车拉着他向医院跑去。

常去的这家医院我已经非常熟悉,很多医护人员也都认识,所以挂号就诊就很方便。医院的检查结果出来后令我非常意外:萧伯伯的脑部颞叶出现明显的萎缩,脑内神经细胞周围出现淀粉样老年斑,神经细胞内神经元纤维缠结,神经元丢失伴胶质细胞增生。医生说:结合他身上的其他症状,已经可以确定,他得的是阿尔茨海默病,也就是我们常说的老年性痴呆症。医生还告诉我,人过了85岁之后,得这种病的概率大概是23%;截至2015年底,全球老年痴呆症患者已达4680万人,仅2016年,全球就新增900多万痴呆病患者,平均每3秒增加一人,因此不要过于紧张。医生交代我,这种病的病因和发病机制目前还不清楚,加上起病隐袭,病人精神改变隐匿,很难早期发觉,萧伯伯的病程已进化到了这种病的第Ⅱ期。目前已知这种病的诱因很多,比如自由基对脑细胞的损伤,又比如供血障碍对脑细胞营养代谢的损害,再比如神经内分泌代谢紊乱等等。医生说:按照萧伯伯目前病状发展的速度,他极可能在6到10个月内完全失忆。他脑海中的"橡皮擦"将会一刻也不停地擦着他过往的记忆,有时甚至是成片成片地擦去,最后令他变成一名事实上的痴呆者。

医生还说:目前对这种病,我们还没有很好的治疗办法,药物治疗的结果很不理想。当然,该吃的药我还是给你开了。

我被吓愣了,靠在墙角许久都没有动弹。我原来只以为医生看后给他开点儿药就能使他的遗忘现象减轻,根本没想到会是这样一个可怕的结果。我不能想象,想要再写三部大书的萧伯伯会变成一个什么事情也不记得的痴呆者。我的天呀!我的眼泪止不住地流了出来。尽管我和萧伯伯毫无血缘关系,尽管我和他结婚是假的,但我还是感到了一种椎心的疼痛,上天不该这样对待一个孤单的老人。他已经失去了行走能力和大部分的听力、视力,为什么还要把这种病也加到他的身上呢?

原本等在诊室外的萧伯伯可能是看我久久没有出来,竟自己摇着轮椅进来了。我急忙去擦自己的眼泪,但是晚了,他瞥见了我脸上的泪痕。他掏出他很少戴的助听器,戴好后把轮椅向医生摇过去,正为另一名病人看病的医生停下了手,转向萧伯伯问道:老人家还有事吗?

我需要知道我的真实病情!他看定医生,庄重肃穆地要求道。

医生向我望过来,显然是想问我该不该给萧伯伯说真实情况。我还没有来得及开口,萧伯伯就又说道:你不必问她。她只是我的陪护者,并不真是我的家庭成员,我个人有权知道我的病情真相!我是一个退休法官,如果你对我隐瞒病情,你最后是要负法律责任的!

　　医生见他如此强调,无奈地看了我一眼,随后便只好把刚才给我说的那些情况又给他说了一遍。萧伯伯听完,并没有表示出特别震惊的样子,只是说了一声:谢谢你!然后就对着我平静地说:咱们走吧。

　　那天回到家,萧伯伯也没有表现出特别的不一样,没有像过去那样抱怨,更没有生气的样子,这让我多少有点意外。傍晚的时候,我发现他一个人在他的卧室里拨了几个电话。他在电话上说了什么我也没听清。我当时还没有从那个检查结果的打击中平复过来,还沉浸在对那件事的冥思苦想之中:人老了为何要出这么多的事情?一件连一件,连喘息的时间也不给?

　　第二天早上,我送承才去学校回来,意外地看见一个男人坐在客厅,萧伯伯戴着助听器正与他说着什么。这让我有点惊讶,很久以来,萧伯伯见什么人都是通过我来安排的,而这个人的到来,我预先竟一点也不知道。萧伯伯见我回来,招手让我过去,向我介绍说:这位是我请来的耿律师,来帮助办理离婚手续。

　　离婚?谁离婚?我一下子没听明白。

　　我们,你和我。

　　我被惊在那儿。

　　我们两个离了好!他简短地说明。

　　我觉得我似乎明白了他的用心:他担心他痴呆之后,我和他的假结婚就可能被我说成是真结婚,我和承才便会以妻子和儿子的身份合法继承他的全部财产;他不想让事情这样发展,所以要解除我与他的婚姻关系,以便对自己的财产传承预先做出安排。明白了这个之后,我倒没有任何不快,萧伯伯已经在我最困难的时候以结婚给了我极大的帮助,让我和承才在北京站住了脚。人不能要求太多,萧伯伯此时这样做完全应该。我当时没再多说别的话,只点点头问:什么时候去办?

萧伯伯说:现在,你拿上结婚证,我们这就走!

尽管我和萧伯伯的婚姻关系有名无实,可一听到要立马解除,我心里还是有些不好受。一旦解除了这种婚姻关系,我和承才在这个家里,就再次成了外人。但我没有在脸上露出什么,回我的卧室找出结婚证,就推着萧伯伯出门了。

我不能勉强老人。

耿律师见我很顺从地推萧伯伯去办手续,就也没有再跟着。萧伯伯原来可能以为我不会顺利答应办离婚手续,所以找来了他。

那天办离婚的人还挺多,排了一阵队才轮到我们。当工作人员询问离婚理由时,因为听力不好,习惯高声说话的萧伯伯用很大的声音答:我和妻子均觉得再保持婚姻关系对我们俩都是一种折磨!大厅里等待登记结婚和离婚的人,闻言都一下子停了说话,一时间全大厅静得能听见萧伯伯的喘息声。人们都转过脸来看我俩。大概是我太年轻的缘故,所有人的眼光里都有一种什么都明白的含意,连那位工作人员也表示他明白这句话的意思,不再问下去,甚至都不再问我一句话,只是朝我理解地点点头,便开始填写离婚证了。他们所有人肯定都认为萧伯伯说的意思是,他已经无能力做爱了,而我很不满意他不做爱的现状。可能没有一个人猜得到我们离婚的真正原因,没有一个人明白我们婚姻的全部真相。

一个人要完全理解别人的处境,其实是非常难的;我们永远都不能自信地说:我了解他人!

离婚手续办完,我在这个家里的身份,再一次成了一个纯粹的陪护员。当然,我实际上还是这个家的主人,这一点与过去没有不同。

小区里的人很快就知道我与萧伯伯离婚了,有两个老太太见了我还要给我介绍对象,这让我心里很烦,不知道是谁把这消息传播开来的。

这件事办完,我注意到萧伯伯又把那位耿律师叫来过一次,我不知道萧伯伯还要与他商量什么事情,但以我一个陪护员的身份,我不能过问。

有天傍晚,我由学校接承才回来,进到小区门口时,碰到了传达室的老董。老董问我:小钟呀,你们家住三楼,怎么家里又有老鼠了?是由二层那家沿卫生间的水管跑上去的?

我一愣,又问:谁说我们家有老鼠了?

萧法官呀,他刚刚给我打了电话,说家里进了老鼠,向我讨要灭鼠药。我这儿没有别的灭鼠药,还是那种已经禁用的毒鼠强,只剩下了一包,就给他送上去了。

哦,我吃了一惊。毒鼠强的功用我太清楚了。

那天我一进家门,开口第一句话问的就是:萧伯伯,咱们家进老鼠了?萧伯伯好像没有听见,未理会我。我上前把助听器给他戴上,又问:家里有老鼠了?

他神色有点不太自然,点点头回答:我看见一个老鼠从卫生间蹿了出来,可能又是从楼下那家沿上下水管道爬上来的。

你要了灭鼠药?我看定他的眼睛。

他不看我,含混地答了一句:呃。

放在哪里?

他不甚情愿地指了一下床头柜:我想在晚上睡觉时再把它摆放在床底下。你要得空,帮我把药袋的封口打开就行。

我上前拉开床头柜门,看见那包毒鼠强果然放在柜子最上边的抽屉里。我当时没说别的,但这件事有两个地方引起了我的怀疑。其一,若家里进了老鼠,正常情况下应该是萧伯伯发现后告诉我,由我来处理,可他竟然一声没吭;其二,即使需要投放灭鼠药,也应该由我去找或去买灭鼠药,而不应该由萧伯伯亲自打电话找来。这怀疑让我提高了警惕性,毕竟萧伯伯最近的身体状况和心情都不好,他会不会像我当初发现男朋友背叛之后,因绝望而想服毒自杀?想到这儿,我身子打了个哆嗦。我觉得我应该防患于未然,把防范措施做在前面。那天晚饭后,我借萧伯伯去卫生间洗漱的当儿,迅速对放在萧伯伯床头柜里的毒鼠强做了一点儿处理。

我的怀疑和猜测果然没错。当晚半夜时分,熟睡的我突然被床头报警器的响声惊醒,我惊得一下子翻身下床,连鞋也没穿就往萧伯伯的卧室里跑。我床头的报警器连在萧伯伯卧室床头的按钮上,是我特意买来的,目的是让萧伯伯在感到难受时随时按动按钮通知我。我跑进萧伯伯的卧室时,看见室内的几盏灯都亮着,萧伯伯穿着外衣戴着帽子,衣冠整齐地仰躺在床上。他看见我进来,肃穆地说:笑漾,抱歉半夜里用警铃把你叫醒。我用了全部的力气把衣服穿好了,我是想在此刻与你告别!

告什么别?我已经有点明白他的话意,却还故意问他。

萧伯伯平静地说:我已经把那包毒鼠强吃到了肚子里,几分钟后就会发作。这种药的厉害想必你也知道,我很快就要走了,走之前特想告诉你,我很感谢你当我的陪护员,照顾了我这么长的时间。你要好好生活,把承才养大,再找一个丈夫过日子。我看那个叫仇大犁的医院护工就不错。我所以与你办了离婚手续,就是为了让你成为一个离婚者而不是一位遗孀。遗孀这种身份不太好听,也不太利于再婚。

原来如此。我的心头滚过一个热浪。

来,把这两张纸拿住!他用那只能举起东西的左手把两张纸朝我递过来,我看了一眼,只见上边写着:自杀说明。

我没有哭天抹泪地要去抢救他,只问:你为什么要这样做?你说过你想长寿的!你要这样走了,别人会怎么说我?肯定会说我

天黑得很慢 | 243

没有把你陪护照顾好,甚至有人会说我虐待你才导致你这样做,你为何不能给我一个好名声?你想让我以后再也不能在陪护这个行当里工作了?

他满脸愧意地看着我。

你不能这样做你知道吧?!我对他强调。

他沉默了一霎,说:我主要是怕,害怕自己失去记忆力后,变成一个痴呆症患者。我过去见过这种病人,我受不了自己也变成那样的人。我害怕别人叫我:傻子!而且那也会给你带来很大的麻烦,成为一个你讨厌却无法丢开的累赘,因此,我必须提前走。我死后,警察肯定会来,甚至会怀疑到是你害了我。有了这个说明和我们此前的离婚,他们就不会再怀疑和为难你了。

他想得倒是很仔细。

你再看第二张,那是我的遗嘱!他示意我继续看下去。

我这才看清,原来另一张纸上真的写着"遗嘱"二字,内容是:我叫萧成杉,现住北京海淀区启瑞园16号楼302室,我一旦死去,留下的住房即启瑞园16号楼302室和银行存款并家中所有家具物品,均由钟笑漾女士和其子钟承才继承,我的任何远房族亲和已故前妻、女儿婆家的亲属不得提出反对意见……

我没有看完眼泪就流了出来,哽咽着说:萧伯伯,谢谢你对我们娘儿俩的关爱,可眼下你没必要这么做。你的身体并没有大的问题,你会长寿的,你一定要争取活到2029年。已经有不止一个预测学家说过,到那时就会看到用科技手段大幅度延长寿命的可能性了,你现在完全没必要去想这些令人伤感的事情!

萧伯伯通过助听器听到了我的话,只见他淡淡一笑说:遗嘱是托端方律师事务所的耿律师拟就的,一式三份,已经公证过,你留一份,律师事务所留一份,公证处留了一份。永生的事,我不再去想了;我已没有这个福气,很快就是我们永别的时候!

我平静地说:你不能就这样放弃生命!我也决不会让你走的!

萧伯伯凄然一笑:你拦不住的,毒药可能已经在腐蚀我的内脏,我很快就会走了。现在请去别的屋子,别吓着你!记住,我死后,用被单蒙住我的身体,直到灵车来把我拉走,千万不能让承才看见,那会让他做噩梦的!他说完闭上了眼睛,一副就要与人世作别的样子。

我只得开口说明:萧伯伯,几年前你教训我不能放弃生命;你把毒药倒掉,救了吕一伟和我还有承才的命。我这次也向你学习,换掉了你自杀的灭鼠药。你吃下去的不过是一点核桃粉,你根本走不了!起来吧,把衣服脱了好好睡觉!

什么?萧伯伯闻言一下子睁开眼睛瞪住我。

既然有我在,就不能让你用自杀去了断生命!

谁给你了这权力?没想到萧伯伯霎时恼了,几乎是吼叫着:你怎么敢违反我的意志,阻止我去安排我自己的人生?你知不知道很多痴呆症患者谁也不认识,啥也不懂得,只能像两岁小孩儿一样茫然地去应对世界?你知不知道痴呆症患者什么也干不了,只有同一个机械的动作?你知不知道他们大小便失禁且不知道避人、不懂得脏臭,经常把屎尿糊满身子?你想让人看我的笑话,当面叫我傻瓜?你想让人整天用怜悯的眼光看着我,帮我擦我的鼻涕涎水?你想让所有的邻居、朋友都鄙视我、讨厌我、反感我?!你凭什么要替我做决定?你不过就是一个假妻子、真陪护,你怎敢如此大胆?!

我未料到他会说出如此激烈的话。我感到了委屈,强忍住眼中的泪水说:伯伯,我是一个假妻子,也只是一个陪护员,但我是一个你再次给了我生命的女人。只要我活着,你即使完全失去记忆成了痴呆者,我也决不会让你屎尿满身!我会让你与今天意识清醒时一样,活得干干净净、气气派派,拥有完全的尊严!我不会让

天黑得很慢

任何人欺负你、侮辱你！我让你活着不是想让你受罪,而是为了等待,等待医学发展到可以治疗小脑萎缩病和老年痴呆症的时候！你知道医学在这些年里发生了多么大的变化？埃博拉病毒不是被打败了？乳腺癌不是已经被变成慢性病了？艾滋病不是已经可以控制其传播速度了？为什么就断定小脑萎缩和老年痴呆永远治不好呢？我们现在需要的就是时间,懂吗？你一定要活下去,活到上天确实不让你活的那一天再说。我坚决不让你提前走,我一定要让你看到自然生命最后一天的风景！

萧伯伯听了我这番话,也满脸是泪。我听见他喃喃着:我何尝不想多活一些日子,我哪能不怕死呢？一想到吃了毒鼠强就会进入那个永远黑暗的世界,我的身子就发抖;可我更害怕痴呆以后的那个境况呀。我痴呆以后就啥也不知道了,任人摆布啦！你只是我的一个陪护员,到那时,你烦了、累了怎么办？你打开桌上的电脑,点击我收藏的老年痴呆症患者家属的留言,你去好好看看就知道家里有一个老年痴呆症患者是多么的可怕！

我闻言转身上前把电脑打开,找出了萧伯伯收藏的东西,果然是老年痴呆症患者家属的留言——一个叫留芳的人写道:自母亲老年痴呆后,一顿饭得喂她70分钟,我变得生不如死,太累了太累了……一个叫房建言的人写道:父亲患了老年痴呆,不停地把家里的东西拿出去晾晒,连锅和碗也要拿出去晒,一天要折腾三遍。天呐,我在世上的好日子结束了……一个叫靳川的人写道:连续五个晚上了,奶奶都是半夜两点左右起来,惊慌地逐个房间敲门,硬说家里进来了杀人犯,要我们拿起棍子准备抵抗。全家人都快被搞疯了……一个叫廉杰的人写道:今天,我的几个同学来家里边喝咖啡边商量事情,痴呆了的爷爷竟然浑身抹满了自己的大便走到客厅里来,使得同学们都落荒而逃,他为什么不死呢……还有一个叫梁姐的女人写道:丈夫痴呆后,稍不留意就会跑出去,说是要躲炮弹,几乎天天都要找他。我真想用绳子把他捆起来,捆起他,外人又会说我在虐待他,但愿他再往外跑时被汽车一下子撞死……

看见了吧?你也想过他们的日子?萧伯伯仰躺在那儿发问。

我既然当了你的陪护,什么样的情况我都能够接受!

到了你盼我死而我却一时死不了那种时刻,你再去后悔?

我抓住他的手道:我明白了。说到底,你是不相信我会陪护着你走完生命全程,你害怕我会中途扔下你。你这样害怕也有道理,我与你既没有血缘关系也没有肉体关系,我们只是偶然相遇的两个人,我是为了挣钱才来到你身边的,你是为了找个陪护才允许我留下来的,但在我们之间发生了那么多的事情之后,我认为你已经是我的亲人了,是我除了爹、娘、儿子、弟弟、妹妹之外最亲的人了,我现在可以当着你的面对上天发誓:如果我在你痴呆之后抛弃了你,就让我不得好死,让天雷劈死了我!

萧伯伯闻言只是捏紧了我的手,没有再说话……

就是从这一天晚上起,我搬到萧伯伯的房间里住了,我得防着他再找其他机会寻死。毕竟,一个人若要寻死,办法是很多的,我应该时刻提防,决不让悲剧在这个家里再发生!萧伯伯睡的是一张双人床,我只需把被子搬过来就行,床的宽度足够了。萧伯伯见我把被子搬过来,很吃惊地说:你这是干什么?我不习惯与别人睡一张床!我故意笑着说:不管你习不习惯,我都要跟你睡一张床!反正我是你的前妻,别人都认为我在这张床上睡过,再接着睡下去有什么了不起?!

你?!萧伯伯瞪我一阵,随后闭上了眼睛。

萧伯伯已没有力量赶我走了。

我从此开始与萧伯伯形影不离,即使稍稍离开,他也在我的视线之内。我曾经半开玩笑地告诉他:你趁早彻底丢掉自杀的念头,

天黑得很慢　　247

我决不允许非自然死亡的事情在我面前发生。我一定要维护我这个陪护员的名声;你真要自杀了,所有人都会认为我是想早点继承你的财产折磨死你的,你不能让我背着这个名声活下去;再说了,医学正呈加速度发展,我们为何要悲观地自绝于人世呢?

大概是在二十多天后,萧伯伯终于对我说:好,好,我向你保证,我不寻死了,但你得答应我一个条件!

说吧,什么条件?我催他。

找一个爱你的人结婚!

我有点意外,问他:为何提这样一个条件?

他叹口气道:我变成痴呆者之后,还不知要活多长时间。我看网上有人说,人要痴呆了,因为心里不想其他事情,少了烦恼折磨,有时活的时间反倒会长一些。要是这样的话,你不能一直这样守着活寡过日子,这对你不公平。你应该再婚。吕一伟的事应该成为过去,要相信天下的好男人很多。再婚不仅对你自己好,对照顾我也好,你终归是又多了一个帮手。

原来他这样想。我当即对他说:第一,我不想再婚,我对年轻男人已经没有了信任;第二,我既然不让你自杀,就做好了长期照护你的精神准备,你没必要去想别的。

他一听我这样说,变了脸色道:你如果不答应这个条件,那我明确告诉你,我还要自杀!我只要不想活了,死的方法很多,你其实是拦不住我的!我想想也是,我不可能一直保持着很高的警惕性,不可能时时看管住他,跳楼、开煤气、上吊都可能要了他的命。嗨,他竟用这个办法逼我再婚。我只能苦笑着反问他:再婚哪是那么容易的?上哪里去找一个我爱他他也爱我的人?

他听我这样说,摇摇头道:你不能一朝被蛇咬,十年怕井绳,遇到了一个坏男人,就以为天下所有的男人都坏,其实,好男人多得是!我过去给你提过,在医院当护工的你那个老乡仇大犁,人就不错,而且能看出他对你也有爱意,我觉得你可以和他接触接触。在找对象的问题上,人当然要挑一挑,但也不要太挑剔。人生总共才那样长,你不能在这件事上耽误太多的时间。

我笑着回答他:对那个仇大犁,我是有一点儿好感,他过去也表示过对我的爱意,但真的说到结婚,我认为还有很远的距离。我可不敢再错一次,再尝一回苦痛味道!

那就让他来家里说说话,吃顿饭,就说是我请他来的,你们不接触怎么去加深感情。萧伯伯坚持着。

为了使萧伯伯安心,不让他真的再出意外,我答应让仇大犁来家里一趟。我的本意是应付性的,让萧伯伯知道我在与仇大犁接触就行了。没想到事情后来的发展,会失去了我的控制。

仇大犁接到我让他来家里一趟的电话后,有点喜出望外。这是因为我平日在与他的交往中一直保持着距离,他当初的表白,我也没有理睬。他没有问干什么就答应道:我马上就过来。

我赶紧想着该给他安排个活儿干,要不然来了说什么?我去卫生间把抽水马桶的开关弄坏,待他一进门我就说:抽水马桶坏了。小区里修马桶的工人一时不在岗,只好麻烦你跑来一趟。他说:这事好办。先朝萧伯伯问了声好,便转身去了卫生间忙活。

待他修好了马桶,我连说了几声"谢谢";把几个前一天蒸的猪肉馅大包子装在塑料袋里递给他,让他带回去尝尝;又给他倒了一杯茶水,指着萧伯伯说:你陪着他说一阵话,我去超市买点儿东西。你要是在医院有事,可以先走,不必等我回来。他点点头说:好。我随即就出门了。我当时心想:见面的事到此结束,我对萧伯伯也算有了个交代。

我那天上午在超市买了东西后,又有意去几家商店逛着以拖延回家的时间。11点左右,我想着他肯定早走了,这才往家里去。未料推开门一看,他竟然还坐在萧伯伯身边给萧伯伯按摩呢。我

天黑得很慢　　249

有点意外,就在脸上露了些冷淡和不快。他看出来了,忙解释说:老人家一直不让我走,我也不好违了他的心意。萧伯伯这时大声说:小漾呀,你做几个菜,咱回谢一下给咱们帮忙的大犁。我不好再说别的,只能应着:好好,我马上就去做。

菜和饭做好端上饭桌,仇大犁倒有眼色,马上端过碗,拿过筷子给萧伯伯喂了起来。萧伯伯边吃边说:大犁呀,有件事我要告诉你。我与小漾已经办了离婚手续,她这些年跟着我确实是活受罪,不过,我总算还她自由身了。

哦?!仇大犁先是一愣,随后看了我一眼,脸上分明有了些喜气。我则不快地瞪了萧伯伯一眼,对他在此刻说这件事表示不满。可惜萧伯伯只有一只眼的视力尚可,肯定没看清我的眼色,竟然继续露骨地说:这男人呀,遇见了自己心动的女人,要敢于去追;要不然,她就可能被别的男人抢走了……

吃饭吃饭——我只好直接开口打断萧伯伯这种善意的"推销",要不是萧伯伯,任何人这样说话都会令我恼怒。

仇大犁一定是从萧伯伯这话里听出了怂恿的味道,他借帮我端盘子的机会来到厨房里,急火火地说:我过去可都向你说过,我一直等着你;现在总算等来了这一天,你可得给我个机会!

啥机会?我翻他一眼。

让我照顾你们娘儿俩的机会呀!他讨好地笑着。

我冷声告诉他:今天让你在这儿吃饭,一个是因了老人对你的挽留,再一个是为了感谢你过去对我们的帮助,并没有别的意思。你可别想歪了!你在医院照护病人肯定很忙,我看你还是赶紧回医院去吧,别误了你的工作!

他听我下了逐客令,只好讪讪地告辞走了。我以为这件事到此就算结束了,萧伯伯也能放心了。谁知到了第二天,仇大犁竟然又不请自来了。这天是个星期六,承才没上学,是他为仇大犁开的门。他一打开门,仇大犁就塞给了他一个风筝,把承才高兴得欢天喜地,连声叫着:谢谢叔叔!谢谢叔叔!拉着他的手进到了客厅。仇大犁在客厅见到萧伯伯,忙上前鞠躬问好,把带来的一包香蕉递到萧伯伯手上说:老人家,我在医院里天天照顾病人,才知道病人每天吃一根香蕉,会促进肠子蠕动,利于排出大便,你记住每天吃一个!萧伯伯闻言含笑说:谢谢谢谢!看见这一老一少都欢迎他的到来,我也就不好再说什么,更不好立刻冷言赶他走,只能朝他点点头,算是打了招呼,接下来我就去厨房忙碌了。待我再出来时,他已经推着萧伯伯的轮椅到了门口,说要带着一老一少去万寿公园放风筝玩了。我刚开口阻止,才说了一句:去放什么风筝呀?!承才就连声叫了起来:就去就去就去!我见状没法,只好挥手让他们走了。他们三个一走,屋里一下子清静下来,我第一次有了点儿轻松的感觉。

仇大犁那天一直待到晚饭后,眼看着都要8点了,他还没有走的意思,还提出要帮着萧伯伯去洗澡。我见状有点急了,催他:你都忙了一天了,很感谢,你快走吧,给萧伯伯洗澡的事我能办。不料我这话刚出口,承才叫起来:不能让仇叔叔走,让他就睡在我们家里,明天继续陪我们去放风筝!我瞪了承才一眼,训他道:那怎么可以?未想到萧伯伯这时接了腔:那有啥不可以的?家里不是有一间客房嘛,让他就睡在客房里吧。仇大犁见状,立马顺坡下驴,表示说:行行,我就睡客房。见三个人都是这个态度,我也有点不好意思再坚持着赶他走,就很不情愿地去收拾了一下客房。

待我安顿萧伯伯和承才睡下,自己去洗手间洗漱时,原本进了客房的仇大犁忽然推开了洗手间的门。我吃了一惊,急忙漱了口问他有啥事,他并不答话,却忽然一下子朝我跪了下来。我骇然地后退了一步,正不知如何是好时,他竟猛地抱紧了我的两个小腿,嘴里喃喃着:让我照顾你们……我急忙弯腰去掰他的手,不想他竟

天黑得很慢

连我的手臂也抱住了。洗手间很窄,我想挣开他的搂抱。刚一挣就碰到了脸盆和牙具,弄得叮叮当当,我急忙停了下来,怕把承才惊醒。我这边一停了反抗,他受到了鼓励,得寸进尺地张臂把我的身子抱离了地面,我只能在不出声响的情况下捶他的后背,越捶他抱得越紧,还俯了脸过来亲我。今天在座的都是阿姨和姐妹们,我把后来的情况说给你们听也不怕你们笑话,那个晚上我本来心里是对他有气的,是准备反抗到底的。我拿着牙缸朝他的后背上狠砸,我和他的感情根本没到这一步嘛!可我毕竟是个好多年没同男人接触过的女人,他这样不停地在那个狭小的空间里折腾,又是亲又是摸的,弄得我最后没有了办法,身上也没有了力气,想想反正我对他这个人也不反感,就遂一回他的意吧,后来就让他得逞了……

第二天早上,我起来做早饭的时候,他追到厨房里说:咱俩干脆去婚姻登记处登记了吧,正正经经做夫妻!我本来想着反正身子已经给他了,登记就登记呗。可一看他脸上那副胸有成竹的样子,又有点不高兴,嗨,啥都是你来说了算?!就对他翻了一眼:急啥子?不登记就不能过日子了?他见我生了气,紧忙又点头道:好,好,那咱就先过日子后登记。

自此后,他算是开始在我们家生活了。他来我们家里后,很多照护萧伯伯的事情都是他来做,我的担子算是轻松了许多,获得了一段歇息的时间。

医生当初对萧伯伯病程的预测看来没错。我观察到,他的记忆力和辨识力分明在一天一天地变得更糟。起初,他只是对当天即时发生的事记不清楚;隔了不久,他就开始记错日子,算不清简单的家庭水电消费账目;又过了一段时间,由公园回家时,他开始指错方向;一个半月之后,他竟然在上下电梯时认不出熟悉的邻居;到两个月时,有天晚上,竟然问承才:你是谁家的孩子?当然,他过一阵很快又明白了,拍着自己的头恨自己道:我怎么这样糊涂?还能把承才给认错了?

他开始在清醒和失忆的两边游走,失忆和认知障碍间歇性发作。

我焦急万分!

我得找人想法阻止这种进程持续,起码要延缓病情的发展,要让他尽量保持一点儿清醒意识,以提高他的生活质量。

我首先去找的是著名的西医专家。我从网上找了京城里几乎所有神经内科和神经外科的名家,从中选了几个口碑最好的,去他们所在医院挂了号,当面咨询老年痴呆症的治疗方法。遗憾的是,他们都告诉我:这是一种中枢神经系统变性性疾病,是一种不可逆的进展性疾病,目前还没有有效的办法来遏制病情发展,只能做些对症治疗,开一些药物改善认知功能、记忆障碍和精神症状,解决不了根本问题。

我又慌慌地去找中医专家,把希望寄托到了中医身上。待在网上询问了不少老年痴呆症患者的家属之后,我推着轮椅带萧伯伯去见了一位专治此病的老中医。那老中医为萧伯伯把了脉后,开了一个药方,我如获至宝,至今还能记得那张药方的内容:当归15克、芍药12克、白术9克、茯苓12克、泽泻12克、川芎15克,水煎服,15天为一个疗程,连用3个疗程。我回家安顿好萧伯伯就拿着方子去同仁堂药店买药,当晚就煎了一剂让萧伯伯喝下了。让他喝药前,我用舌尖尝了一下,挺苦,但萧伯伯显然也抱着有效的希望,一点也没皱眉头就喝了下去。那些天,我天天煎,他天天喝,屋里弥漫着一股中药味,当然也弥漫着一股希望的味道。遗憾的是,一个半月过去,萧伯伯病情的进展并没有被阻止住,相反的,萧伯伯又开始出现了妄想症。有天上午,承才去上学了,仇大犁去医院上班了,我一个人正准备推上轮椅带萧伯伯去公园散心,萧伯伯忽然指着一扇开着的窗户大喊:有贼了!吓了我一大跳,慌忙拿了一根擀面杖去靠窗的那个房间查看,结果那屋里一个人也没有。我不放心,又挨个把每个房间都检查一遍,一个人影也没有。我正疑惑间,只听萧伯伯又指着大门叫:来了来了,快抓贼!大门那一刻是关死的,根本不可能有贼进来。我转身望着萧伯伯,不解地问:哪里有贼?萧伯伯并不答话,却又指着沙发突然说道:姚庭长,快请坐下!到了这一刻,我才算恍然间明白:萧伯伯是在说傻话!我高喊了他一声:伯伯,别瞎想了,没有人进咱家来!

萧伯伯闻声眨眨眼,似乎从一种状态中恢复了过来,长长地"哦"了一声。

我感觉到绝望涌进了我的心里,想要把我的整个胸腔占满。

萧伯伯残余的记忆力和认知力使他意识到了完全痴呆的危险正在向他逼近,他于是在一个晚饭后戴上助听器,把我叫到他的面前说:趁我这会儿还清醒,我把三件事做个交代:第一件,我的存折的密码是825673,82是指82年我才存下了第一笔钱,56是指我存第一笔钱的钱数56元,73是指馨馨的生日7月3日,说着把一份打开的存折递到了我手上,我看见存款的总额是68万元。他接着说:我的退休工资单位会在每个月底打到这个存折上。从今往后,这个家就全由你来当了。他用他那只好手抓住我的手用力摇了摇。我的眼泪禁不住流了下来。第二件,在我完全痴呆后,若遇到心脏病发作,你记住告诉医生,坚决反对再对我实行电击,不要抢救,更不能对我进行插管和气管切开术,要让我快点走。第三件,不论是为我四处求医治病还是为了给我改善生活,要记住一条原则,绝不能把存折上的钱用完。剩下20万是一条红线,到了20万就要停止再为我花钱,要留给承才上学用。这是一条死命令,如果你不遵守,就是对我的最大不恭。若承才将来在学业上获得了成功,我在天上也会感觉到我的生命增加了点儿意义……

我当时哽咽出声。为了不使他完全丧失治疗的信心,别自己先放弃希望,我提醒他:你的书还没有写完!他听后苦苦一笑说:大概上帝不喜欢读我写的书,不愿意我成为法学家,所以让我得了这种病,那咱就遵命不写了,甘心当一个退休法官吧……

这个晚上过去不到一个月,萧伯伯就完全失忆了,对再熟悉的事情都不复记忆,连家里的厕所都不知在哪里了。我帮他上完洗手间,他也已找不到自己的卧室。再一个月过去后,他连我也不认识了,常常望着我问:你是谁?你从哪里来的?

他们单位几个老同事来看他,他根本认不出了,还一个劲地怀疑人家是来害他的,指着其中的一个人说:你想干啥?你为何拿着手枪?你不是法警你为何持枪?是因为要开庭?我不信,你肯定是找借口从法警枪库里弄来的,你图谋不轨!我早就知道你想暗杀我,你的眼珠不停地转,肯定没安好心!就因为我给你判刑判重了?你杀了两口人,我当然要判你死刑!你不满你可以上诉,但你杀了我会使你罪加一等!罪加一等!我知道你枪里有子弹,子弹是 7.62 的,威力很大,弹头蹿出时会带出很大一块肉。我晓得你已经让子弹上了膛,你手指扣着扳机,你想吓唬我?想验证我的胆量?想看看我是不是一个男子汉?好,你开枪吧!开吧,大不了就是个死,怎么死不是死?人谁不死?死在你手里也好!好!好!直把对方说得哭笑不得。几个老同事那天告辞走时都不停地摇头叹气……

又过了几天,他开始与一个看不见的人拌嘴吵架,反复说着:你为什么强迫我吃辣椒?为了我好?哼!吃辣椒究竟有什么好?可以刺激食欲?我看不出!我的食欲本来就很好!可以去体内的湿气?不见得!再说人体内有多少湿气可去?可以让血流加快,吹牛吧,反正吹破了牛皮不让你赔钱,吹吧!我就是觉得辣舌头,还让胃里难受,关键是大便时肛门辣得受不了。你当然不疼,你只叫我吃,你当然不疼,可我疼!我疼!……

有一天,他似乎为停自行车的事与一个看不见的人吵:你凭什么不让我把车停在这儿?这是你家的街面?谁给你的权力来阻止我停车?你是不是存心要与我捣蛋?我告诉你,我立马就可以去法院起诉你!你不相信法院里会立案?好,咱们走着瞧,我一定要让你赔偿我的时间损失!一定要让你赔礼道歉,一定让你为你今天的行为后悔一辈子!你不信?好,你等着法院的传票!你等着……

有时他一吵就是一两个钟头,根本劝不住,你越劝,他越吵,特别是在半夜里,他吵起来你一点儿也没有办法,你只能听着,直到他吵累了,自己睡着了。

又过了几天,他好像是认为有一个人要伸手搔他的胸部。他不停地用他那只能动的手去挡开那只看不见的手,边做挡的动作边自言自语:你走吧,拿开你的手,我痒得厉害,我烦!你不能这样开玩笑,我讨厌!你走吧走吧,我不想看见你!到后来,他不再说话,只一个劲地做推挡的动作,直累得上气不接下气,脸煞白煞白。没办法,我只能抓紧他那只手,怕他累坏了。

病情再发展下来,就是他说话语无伦次,声音含混,声调一上一下,词语颠倒,你根本辨不清他在说什么。承才是与他最亲的,过去只要一放学,总要先跑到他面前叫几声爷爷,说一阵在学校里的情况。他也总要抚摸一阵他的脑袋,嘱他早做完作业。可现在,他望着承才一脸陌生,说的全是莫名其妙的听不懂的话。承才也有些害怕了,进屋望着爷爷却不敢走到他身边。承才哭着问我:爷爷这是咋着了?你快救救他!救救他呀!

我心急如焚,手足无措。

最令我震惊的事情发生在一个早晨。那天早晨,因为承才要参加学校组织的郊游,需要我亲自把他送到停在小区大门口的一辆大巴车上,所以我比平日晚了一会儿叫醒萧伯伯。待我送承才上了车返回家后,忙去打开萧伯伯的卧室门准备叫醒他。门一开,我突然闻到一股浓烈的臭味,浓到几乎把我熏得喘不过气来。细看时才发现,原来萧伯伯提前来了大便,痴呆的他大约直觉到了不舒服,便伸手去裆里抓摸自己的大便,抓一把朝自己的身上一抹,再抓一把再一抹,直抹得满身都是,连脖子里都有。天呀,这是我从事护理工作以来见过的最糟糕的事。我慌慌地打开窗户,急急地止住他乱抹的手,手忙脚乱地脱了他的睡衣,急切地把他抱到洗澡专用的轮椅上推去洗了个澡。待我把他擦洗干净,换上衣裤,再把自己洗净,将卧室打扫一遍,卧具换完,累得几乎要虚脱了。当我坐在一脸呆然的萧伯伯身边大口喘息时,我真想大哭一场!天呀,当初那么爱讲究的一个人,竟会变成了这个模样?那一刻,我想起了萧伯伯在我制止他自杀之后对我说过的那句话:总有一天,你会受不了的。

是的,我想过会有各种困难,想过他可能出现的症状,可的确没想到他会真的变到这一步!

人的智力会倒退至此,既让我感到惊骇,也使我倍觉凄凉。人的晚景里竟然还有这一场戏!老天爷呀,我老了你也会让我这样么?……

又一个月过去后,他就完全不说话了。他对周围的一切都不再感兴趣,甚至连看都不想看了,整日将双眼漠然地看着墙角或者看定一个地方,不仅身子不动,连眼珠都懒得翻动。不论是外边传来异常声响还是室内开灯关灯,他都不再关心。外界的气味、光线、声响变化对他已无意义,他对什么都不再理会了。渐渐地,连吃和喝都不知道了。你把食物填到他的嘴里,他就机械地吞咽;你不填,他也不知道喊饿要吃了;你让他喝水,他就喝;你不给他喝,他就不喝,完全不知道渴不渴了。大小便已经完全失禁,我给他戴的成人纸尿布他也常常胡乱抓掉。他这时倒是听话,任你摆布,像一个木偶,一点也不做反抗的动作了。

他已经重新变得像一个一岁左右的孩子,没有任何能力来应对生活和这个世界。尽管我对这种病的发展已经做了充足的思想准备,可萧伯伯的病状发展还是让我感到心惊不已。

不过,就是到了此时,我依然没有放弃对萧伯伯的治疗,仍旧希望他的病情有好转的可能。

既然正规的西医、中医治疗没有效果,我只好把希望寄托在民间使用的法子上。我暗暗祈祷能遇见一个民间的能人,好使萧伯伯的病情转轻。万寿公园西北角有个小树林,小树林里有片草地,那儿是附近的老年痴呆症患者家属的聚会之处。家属们常把病人推到那儿休息,也常在那儿交流关于治疗这种病的信息。有一天,我听一个患者的家属说食疗对这种病的病情会有改善作用,我马上问他:怎样食疗?他说:喝粥,根据病人的身体状况熬粥让他喝。我于是回家就按他教的法子,熬两种粥,一种叫扁豆米粥,扁豆20克,粳米50克;先把扁豆洗净,放锅里,加清水500毫升,再加粳米,急火煮开5分钟,改文火煎煮30分钟,成粥,让萧伯伯趁热食用。另一种叫核桃薏仁粥,核桃50克、薏仁30克、糯米10克、红枣5颗、枸杞20颗,将这些东西洗净,红枣去核,核桃掰成小块,一起放入陶锅中加水煮成粥,喂萧伯伯喝。这两种粥萧伯伯喝了近三个月,也没见任何效果。

对于治疗的无效,萧伯伯已经感觉不到了,他只是神情淡漠地坐在轮椅上,对一切都持无所谓的态度。

焦虑的是我。仇大犁见我焦虑得无心吃饭,劝我想开些,说:又不是我们不给他治,实在是没有治的法子呀!

我想得赶紧另找办法,而且这办法只可能在民间,因为正规的医院眼下的确没有回天之力了。我在我的微信朋友圈里发了求援信息。我的朋友圈不大,不过也有不少人表示愿意打听,可真正有价值的回音迟迟没有传来。

有一天傍晚,我心情沉重地推着萧伯伯由万寿公园回家,半路上遇到一个挂杖而行的白发老人。他看见双眼无神软塌塌地坐在轮椅上的萧伯伯,停了步问我道:他是不是得了老年痴呆病了?我点点头。他又问:已经完全不认识人了?我再点头。他跟着再问:想不想让他好一点呢?我闻言一下子来了精神,忙答:当然了,先生你有偏方?他摇摇头说:我倒没有,但我知道有一个人有,不知你愿不愿去试试。愿意,愿意,我连声应着。那老者摸着下巴上的胡须看定我问:你是他的什么人?

女儿!我急忙答。那老者淡了声说道:你既是女儿,倒应该再做点努力!山西吕梁山深处有一座青阳峰,峰顶有一个很小的道观,道长邬眉是当年燕京大学的心理学博士。听说他有一个能治这病的法子,邯郸我的一个朋友得的也是这病,用他的法子治已使症状有很大改善!当然,他那法子对治你父亲的病有无效果,还不好说,你要愿试,就去试试,倘是没有效果,也不要埋怨我让你跑了空腿。

当然,当然。我急忙向他鞠躬致谢,并问清了去山西吕梁山那道观的走法。

当晚,我给仇大犁商量,让他请几天假在家照料萧伯伯和承才,我要出一趟门,五天后回来。他很痛快地答应:行。你尽管放心走就是。

第二天一大早,我给仇大犁交代了家里的一应事务,包括萧伯伯的吃喝拉撒和承才上学放学的所有问题,然后就背了个包出发了。

在吕梁山青阳峰找到那个小道观已是第二天的傍晚了。道观的确很小,只有一个五开间的三清殿,供奉着玉清元始天尊、上清灵宝天尊、太清道德天尊三位尊神。三清殿大门上写着一副对联:赤足踏龙蛇万法总归三尺剑,散发冲斗牛五云展出七星旗。我进殿先朝三尊神叩了头,放下了提来的几样礼物,然后朝坐在殿门一侧的一个小道士抱拳问候:仙长慈悲,可否领我去见见邬道长,我有一个重症病人想请他帮助救治。那小道士点点头说:我师父年高,且道观事多,带你去见可以,不过万勿多占其时间,请随我去后寮吧。

在殿后的一间寮房里,我见到了白发白须、面容清瘦、身体虚弱的邬道长。道长原本在灯光下翻着一本什么书,见我进来,放下书静静地看定我。我先朝他跪下,之后就急切地说了一遍来见他的原委。他听后,微声说道:道观乃道人修炼之处,并非为人治病之所,但因吾等仰观天文,俯察地理,离境坐忘,主张身国同治、乐活长生,故对医理药法略通一些。这老年痴呆系人生一苦,谁尝谁不尝属天定之数,尝了的不必叫苦,没尝的不要高兴。念你不顾劳累大老远地由京城跑来这深山小观询问解苦之法,贫道就教你一招,且去试试。若无效果,则说明病者苦未吃尽,上天还不想放过他;若有一点疗效,则要记在三清尊神的慈悲账上。我急忙又叩头称是,之后紧张地等他开口。

他说:因道家讲究乐生,故贫道对医理也做过一点探究。以贫道看来,医学是一种必须不断发展的不完美的科学,能提供的只是一些概率,而任何一种病落到某个人身上,都有其特殊性,不能拿已有的医学结论来套,不能医书上说治不了就一定治不了。这老年痴呆,不管痴到何种程度,其脑部都没有全坏,总还有<u>丝丝缕缕</u>的神经是好的;其意识深处也都没有全然黑暗,总还有一点点清醒意识在。西医认为此病不可逆不可治,可贫道并不完全认同这说法。贫道这药,在于强化那些丝丝缕缕的好神经,拓展他尚有的清醒意识空间!说着,转身去打开身旁的一个柜子,我注意到那柜子里装的全是中草药,他在其中一个抽屉里摸了一阵,摸出一大包药递给我,叮嘱道:这是药粉,病人每日用两匙,早饭后和晚饭后各一匙,用温开水冲服,忌辛辣。回去后最好将药装在玻璃瓶中,以免跑味。

我接了药急忙又恳求说:北京离这儿太远,来一趟不容易,可否给我写一张药方,病人吃完这些药后,我可以在北京的中药房里再去买来。那道长摇头道:非是不愿帮忙,实在是其中的一些药你在北京的所有中药房里都买不到,而且还有些药的炮制也不是北京药房的药师所能做的。站在一旁的小道士这时插嘴说:其中的一些药是没有入药典的,是我师傅自己在这吕梁山里寻找到的,制作的方法也很复杂,你要用完了,只能再来取!我闻言急忙点头称是,就去掏钱付款。不想那道长摆手说:这药是不收钱的,它表达的是本观的一丝善念,但愿它能对你父亲的病起一点作用,不过我要说明,这药只是一味辅药,主药则是母亲!

母亲?我吃了一惊。

对,需要他的母亲出场。

可他的母亲早去世了。

别的女人可以充当,最好是年轻女人。

我?

那道长继续轻声说道:要把一个男人内心里尚存的一点清醒意识唤起并使其逐渐扩张,当然需要药物调理;但最好的手段是让他接触母亲,母子之间爱的力量是一种最巨大最原始的力量,只有它能透过厚重的无意识之墙,渗透到那尚在的一点点清醒意识层里。你明白我的话意了吗?

我似懂非懂地点了点头,但紧跟着问:让他们怎么接触?

吃奶!

我以为自己听错了:吃奶?

对!他点了点头。让病人噙住充当母亲的年轻女性的奶头。吃奶是人出了母腹之后学会的第一个动作,在这个属于本能的动作里,饱含着人对活着和延续生命的全部向往。这个动作男人一生中重复多次,最初是在母亲那里,后来是在情人那里,对它的记忆深入每个男人的骨髓,极其深刻,唤醒对这个动作的记忆最有可能!而一旦唤醒了对这个动作的记忆,就可能使其产生连带记忆,他忆起的内容就会逐渐增多。

哦?!我看定他微闭的双目。你不能不觉得他这话讲得有点道理。

你还想问什么?若没有,天已不早,就请去山下村子里找一农家借住,本观没有多余的寮房可让你留宿。

谢谢道长!

走吧。他朝我身旁的小道士挥了一下手,下了逐客令……

第二天往回走的路上,我就决定回到家试试这个法子。不成,也没有大的损失;万一有效,那对于萧伯伯,可就太重要了。

当然,这个独特的治疗法子需要我去克服思想障碍:我需要付出类似贞节一样的东西,这行吗?就是现在当我向你们说起这件事时,我也不是没有一点顾虑的。但后来我想,只要能让萧伯伯的记忆和生活质量得到一点改善,值得去试试。

治病总得有点儿付出。

一个陌生的道长尚且无偿地把自己制成的药送给萧伯伯治病,我就不能付出一点?

当仇大犁问我求来的治病法子时,我只让他看了道长交给我的草药粉,并未说出后边的内容,因为我觉得要让他相信那法子得费很多口舌。

第二天早饭后,待仇大犁和承才上班、上学走了,我让萧伯伯服了一匙邬道长交给的辅药。之后将屋门插好,我先把自己的奶头洗净,然后走到坐在轮椅里的萧伯伯面前。我虽知道他已对任何话都听不明白了,可我觉得还是先说明为好,我说:伯伯,咱们今天试行一种治疗法子,这种治法常人可能不理解,也可能不符合你的道德观,但不试就不知它有无效力。我说着,解开怀就把奶头往他的嘴里塞。第一次对着萧伯伯的眼睛袒胸露怀,你说我不紧张是不可能的,好在萧伯伯已对世上的任何事都不在意了。他那只有视力的左眼依旧目光散乱,漠然地坐在那儿一动不动,听凭我把奶头填到他的双唇间,我能感觉到,他的嘴唇纹丝未动,就好像我把奶头填到了两块木头之间。

我用手指将奶头在他的唇间抽动了几下,他依旧毫无反应。

我把他的头抱在怀里,将他的脸压紧在乳房上,仍然没有一丝反应。

我此时才想起,没有向邬道长问清每次的接触应该以多长时间为好。

这天,我在萧伯伯的轮椅前站了40分钟,待我把奶头由他的嘴里取出来时,我已经累得浑身大汗了。我坐在那儿喘息时,心里闪过了一个悲哀的问号:当初上天造人时会不会很不情愿?不然为何要费尽心机为一部分人设计出这样一种结局?

我心里当然明白,这种治法即使有效,也不可能立刻生效,既然试治开始了,就该坚持下去。由这天开始,我每天上午和下午在推萧伯伯去公园前,都让他噙一次,每次都在40分钟左右。差不多一个月过去,未见任何效果,我这时忽然意识到,会不会是我让他接触奶头的时间不对,也许夜间好些?自此,每天晚上,安排承才睡下之后,我告诉仇大犁要来陪伴萧伯伯一阵,他可以先上床歇

天黑得很慢 263

息。每晚我来到萧伯伯的卧室后,插好门,搂过萧伯伯,再把奶头塞到他的嘴里40分钟。每次把奶头塞进萧伯伯的嘴唇后,我都在心里默然祷告:神灵呀,请快点让这法子起作用吧……

可神灵好像没有听见我的祷告,一点点显灵的样子都没让我看到。

有天晚上,我进萧伯卧室时忘了插门,当我搂过萧伯伯把奶头塞进他的嘴唇后,仇大犁忽然推门进来了。当时室内的电灯在开着,仇大犁一眼就看清了我在做什么,他非常吃惊。我也没料到他会在此时闯进来,很是意外,只好去解释,可还没容我开口,他已把他看到的场面做了另外的理解,只听他冷冷地说:我没想到你这样变态,我嚼你的奶头还不够,你还要让一个老年痴呆者来嚼!是不是让一个傻子嚼住你有更大的快感?!这话像刀一样地戳到了我的心尖上,让我想解释的愿望在瞬间消失。我朝他低吼了一句:滚!你给我滚出去!他肯定是觉得他受到了伤害,更恶毒地对我说:你过去对我说你和萧成杉之间是清白的,你们并不是真正的夫妻,这他妈的不是骗人吗!他傻了你们还要保持这种关系,还要让他吃奶,那他没傻之前你们还不是要经常做爱?我现在敢肯定,钟承才就是萧成杉的儿子!你他娘的编一个故事来糊弄别人,来显示你们的崇高,鬼才信呢!

我当时被这话气蒙了,一下子由萧伯伯口中扯出奶头,翻身下床,拿过萧伯伯过去健身用的一把宝剑,"嗖"地拔出指着仇大犁的胸口低叫:你现在就快点儿滚出这所房子,不然我就戳死你!你信不信?!他被我的举动吓住了,连连倒退着说:好好,我走,我走,那我放在这儿的东西咋办?我咬着牙说:我会把这所房子里你所有的东西都收拾起来,明早7点准时包好放到门外,你到时来取走!从此以后,再不许你踏进这房子一步!

我用宝剑逼他倒退着走出家门,待我把屋门关上之后,我才任眼泪流了出来。这就是我已献身的男人！我的眼睛真的连狗眼也不如,总把滥人看成好人！我恨他竟把我想象得如此不堪,竟能用最恶毒的语言把我的心伤得如此深重！幸亏我当初没有与他办理结婚登记,要不然,岂不又要去办一次离婚手续？若是委屈自己跟这样一个心胸的男人生活在一起,那不是活活受罪？所幸的是,这场冲突没有把酣睡的承才惊醒,萧伯伯又没有清醒意识,知道的只有仇大犁和我两个人。还有就是他也没能更深地介入到我的生活里来,我还没来得及对他生出深情,他对我的伤害我自己还可以疗治。今天说出来,也算舒解一下我内心的压力。

还回到原来的话题。

时间在一天天过去,我心里的希望却在一点一点变小。快三个月过完,我感到萧伯伯嘴唇对奶头的感觉好像没有变化。眼见得邬道长给的那包辅药快吃完了,我就想:得再去青阳峰的小道观一次,一个是再讨要一些辅药,再一个就是问问邬道长,是不是我的法子不对？

我把萧伯伯送进了一个托老所,交了钱,委托他们照料萧伯伯五天。我托邻居送承才上学下学,给承才留下了钥匙和去小区食堂买饭的钱,交代了开门关门睡觉起床的问题,让他自己照料自己,然后就匆匆起程了。

我是在飘着雪粒的下午再一次走进青阳道观邬道长的寮房的。邬道长也病了,他半靠在小道士的胸前听我问完了话,之后微弱地喘息着说:把你……当初给孩子喂奶时的那份感情拿出来……你的动作没错……唯感情不足……时间还短……尚不足以撼动那种东西……继续下去吧……三清尊神在看着……他应该会决定显灵的时辰……

道长的身体状况让我不敢再打扰他,接下小道士递给我的辅药,我就下山去找住宿处了。

天黑得很慢　　265

这次回来,我再把奶头塞进萧伯伯的双唇间时,我完全把他想象成了一个孩子,是一个需要我照顾的孩子,我不再把他当成一个病人,一个老人。事实上,萧伯伯这时的确与一个孩子无异,他任你摆布,什么都不知道,什么都不懂得。有时在夜里,当我把他揽进怀里时,看见他那浑然无知的样子,想起他当初的那种自尊和要强,我会悲上心头,无声地哭起来。人呀,永远不要以为自己很强大,谁也不知道自己年老后会落到什么样的境地……当我一边流泪一边把奶头塞进他的嘴里时,我是真真把他当成了我的又一个孩子。

奇迹是在一个夜里出现的。

因为白天把房子彻底打扫一遍,我累坏了,安顿完承才睡下,我来到萧伯伯的卧室,插上门,上床照往常的做法,把奶头朝他的双唇间一塞就睡着了。不知道是在什么时候,我感到了自己的奶头在被吸吮。我当时还没有从沉睡中完全清醒,错以为是承才在吃奶,就习惯性地想拍拍他的身子。手一拍出去,那种感觉立刻让我完全清醒了,因为承才和萧伯伯的身子是完全不一样的。我在清醒的同时又跟着一惊:过去萧伯伯噙住奶头嘴唇是一动不动的,完全是机械的被动的,像一个木偶一样,怎么今天竟然跟一个孩子似的,分明是在主动地很快地吸吮着。我没敢挪动身子,只是借着夜灯的一点光线去看萧伯伯的脸,这一看更让我意外:原本一脸木呆的萧伯伯竟是满颊生动,脸上所有的皱纹好像都活了起来,分明露出了一点急切之意。我正不知这是好现象还是坏征兆时,忽然听见萧伯伯含混地喊了一声:娘……

这声喊让我一下子意识到:治疗的效果出现了,萧伯伯关于人生的一点微末记忆出现了。他记起了最爱他的母亲。几乎在我做出这个判断的同时,萧伯伯又喊了一声:娘——这一声喊得更清楚,与此同时,我发现他原本一直闭着的两眼慢慢睁开了,有视力的左眼和没视力的右眼都茫然地没有聚焦地看着我。

我呆在那儿,一时不知该怎么反应。邬道长没有告诉我当病人恢复了一点记忆后我该怎么做?我没敢乱动,我怕我万一应对得不妥,把他刚恢复的记忆再吓走了。

我也只能一动不动地看着他。

萧伯伯这时把我的奶头吐掉了,定定地却是无焦点地望着我,刹那之后,他忽然呜咽着把头重新埋在我的胸前含混地问:……你去哪里了?你为啥不要我了?……

这完全是一个孩子的抱怨,几乎没加考虑,我就把他重新搂进怀中,像当初安慰受了委屈的承才那样轻轻拍着他的后背。

……甘蔗……他在我怀里含混地说。

甘蔗?我在心里自语着,他记起了关于甘蔗的什么事情?

……姐姐……他接着说。

我记起我刚来萧家时,有一次馨馨姐告诉我,他爸爸曾经有过两个姐姐,可惜都在10岁之前相继因病去世了。他很可能是想起了他的某一个姐姐。

……我留了一截……他说得很含混,我努力去听去分辨。

……以为我全吃了……他再说,像是在说明一件事情。

……你生气了……

尽管都是零碎的句子,我觉得还是听明白了,他这是在向娘辩白:他没有把甘蔗全吃完,他给姐姐留了一截。

你们在座的诸位想象不到,当我听明白这些之后我是多么高兴,这是在明确地告诉我,邬道长说的这个法子不是瞎说,而是真的有效。就在今晚之前,萧伯伯还是一个完全的傻子,他一句话都不说也不会说,而现在,他竟然能想起幼年时的一件事情,而且能断断续续地向娘辩白。我当时觉得,我应该配合他把这件事回忆清楚,于是伸手去床头桌上取过了他的助听器。他当时侧身朝着我,我就把助听器安进了他朝上的那只尚有听力的耳朵里,然后轻轻地对着他的耳朵说:娘没生气。

……那你为啥转身走了……他在我怀里问。

娘去买别的东西了。我这样答,我想象着,这应该是一个他不熟悉的地方,要不然他不会惧怕娘走了,不要他了。很可能是在一个乡间的集市上,娘给他买了一根甘蔗,他在吃,转身却发现娘不见了。

……买豆腐?

对,豆腐。我在他耳边肯定地轻声答。

……三叔……

我知道你碰见三叔了。我只能这样猜着说。

……三叔说你不要我……

三叔是跟你开玩笑哩,娘怎会不要你?你是娘的宝贝。我拍着他的后背宽慰着。

……豆腐……他含混地说完这两个字,就又睡了过去并打起了鼾声。我这才轻轻坐起身,下床打开一盏台灯,好在灯光下仔细打量他,这次我看得更清了:他脸上原有的那副痴呆之相是真的有了变化。

这是很多天来我最高兴的一个晚上。

第二天早上醒来,他的记忆似乎还停留在昨夜他恢复起来的那个部分,只见他睁开眼后,没有像往日那样漠然而空茫地看着一个什么地方,而是看着我问:三叔?

我把助听器给他插好,轻声告诉他:我训你三叔了,他不该吓唬你。

姐姐……他又含混地叫。

你姐姐去你外婆家了。我这样回答,想扩大他的记忆面积。

外婆?他瞪着我。

外婆也喜欢你。

……是……他竟然点了点头,跟着说了一个字:……枣……

我不知他说出这个字是什么意思,是记起了外婆曾给过他枣子吃,还是他曾上树摘过枣?怕回应错了,我就也含混地说了一个字:枣。

枣树……他又说。

兴许是外婆家有一棵枣树,我就接着说:你外婆说要给你们去枣树上摘枣子吃。

他像孩子一样地笑了。

我猜对了。

那天早饭后送承才去了学校,回到家我就又让他吃了辅药,然后照往常那样,再把奶头填进了他的两唇之间。一填进去我就感到了不一样,他开始急切地吸吮,吸得我都有些疼了,正在我疼得咬起牙的时候,他松开奶头,清楚地叫了一声:娘——

我赶忙应道:哎。

他看定我,一副苦想什么的样子,之后说:爹——

我很高兴,他又想起了另外一个亲人。我估计他是在问他爹在哪儿。我知道萧伯伯老家在农村,农村孩子的爹应该在田里干活,于是就回他道:你爹去田里干活了!

……干活……他自言自语着。

你爹去掰包谷了。我想给他说一种具体的农活,以激起他更多的回忆。

……包谷……他重复着。

看来我没说错,陕西他老家那一带是也把玉米称作包谷的。

……兔子……他忽然又说,而且那只无病的胳膊还挥了一下。

我不知道他这是什么意思,一时无法应对。

……跑了……他的声音里有些懊恼。

他的回忆是不规则跳跃式的,会不会是在他小时候的某一天,他在包谷地里看到一只兔子,于是和他爹爹一起追,但最后让兔子跑了?我按照这种猜测安慰他:以后会抓住它的。

他竟然笑了一下。我很惊喜,他几个月前就不会笑了。

那一天,不管是在家里,还是在推他来万寿公园的路上,我都不停地同他说话,引他尽可能地回忆过去。他虽然说得片片断断零零碎碎,但我感觉到,他的意识像一只正觅食的小鸟一样,在他童年和少年的记忆草地上蹦蹦跳跳,不断扩大着活动和寻找的范围,童年和少年生活,应该是在他脑子里刻痕最深的内容。

大概是这个夜晚过去的五六天后,他的记忆又有了一次大的跃进。这次也是在夜里,记得是十点来钟的样子,我给他擦洗完身子,换上尿不湿,又喂他喝了几口水,安顿他侧躺在那儿,便把奶头填进他的嘴里,慢慢阖上眼准备睡了。就在我要沉入深度睡眠的时候,我感觉到他把奶头吐出来了。随着他童年和少年记忆的零碎恢复,这种情况近几天反复发生,我也没有太在意,模模糊糊地想:他可能也想睡了,那就让他睡吧。谁知就在这当儿,他叫了一声:夏柳——

我被惊了一下,睁开了眼睛,但没听明白他叫的含意,我估摸他是又想起了童年时的啥事情,就又迷糊着闭了眼想继续睡。不想他跟着又叫了一声:夏柳——

什么夏柳?我再次睁开眼,给他的左耳朵里塞上助听器,问了一句。他反复说这两个字,我不能不注意。

夏柳!他在夜暗里看着我,再次叫道。

我没有应声,猜测着他是不是想起了有关夏季在柳树下发生的什么事情。

我对不起你!他忽然说,与此同时,他把他那只能活动的手伸了过来,抚摸了一下我的头发,这让我一下子明白了,他是在叫一个人,那个人的名字叫夏柳,而且很可能是一个女人!

我对不起你……他摸着我的头发又重复说了一遍。

这使我确信,他忆起了一个女人,而且把我当成了那个女人。这个叫夏柳的女人显然不是馨馨姐的妈妈,因为萧伯伯与馨馨姐妈妈的结婚合影照片就挂在这间卧室的墙上,照片上清清楚楚写着"萧成杉、金思羽结婚纪念"一行字,我已看过不知多少遍了。

感激你给我的……他的声音很低,但还能听清楚。

这时我的睡意已全然没了。我觉得我应该给出回应,这是他回忆起青年时期事情的征兆。这个女人很可能曾是他的恋人,我应该促使他把回忆的成果扩大。于是我含混地"嗯"了一声,表示:那没什么。

给我的太多……他又摸了一下我的头发。

我估摸着这话的含意,是指女的已让他抚摸亲吻奶头了?男人好像不会把这视为"给的太多",极可能是女的已把身子给了他。

我答应结婚……他再说道。

他这话让我觉得我的判断准确,那女的应是先于馨馨妈妈的他的恋人,他们的关系已经到了谈婚论嫁的地步。

当然应该!我得表态。

可你家的成分……他嗫嚅着。

成分?这说的应该是出身,夏柳极可能是出身于"地主、富农"家庭,成分不好,这是萧伯伯青年时期找对象的大忌。我听老年人说过,那时特别强调革命队伍的纯洁,与成分不好的人家做亲会带来灾难。

我无法选择父母。我替那女子说得理直气壮。

结婚就会被开除……他说得毫无底气。

天黑得很慢

他在向她说明和解释,很可能那也是当时的领导找萧伯伯谈话的内容。

那你怎么就不想想我的处境？我引他继续回忆。

爹娘咋办？……他像在辩解,为他变心不与她结婚辩解。

那我咋办？我替多少年前的那个姑娘逼他,逼一逼也许会使他想起更多的东西。

对不起！……他的声音里有了哽咽的成分。

说一声"对不起"就完了？我继续刺激他。

娘要跳河……他喃喃地又说。

我猜测着这话的含意:他娘在得知他与夏柳结婚会影响到他的前途后,决然反对,并以跳河自杀来制止他？我试着说:你只要想抛弃我,理由总是很好找的!

真的抱歉……

哼！我替那个夏柳鄙夷地叫了一声。

该恨我……

当然要恨你！借着夜光灯,我看见他的眼角滚出了一个泪珠。

对不起！……你成家时,我寄去过……50块……

那是我的卖身费！我想,那个叫夏柳的女人,此时应该这样表态。

只是……一点儿心意……

这样你就可以安心地去与别的女人谈情说爱了！去找那个金思羽了！我按我的心思去替那个夏柳发出抱怨。

金思羽知道你……

是为了显示你的本领吧,曾经征服过一个叫夏柳的女人?！我挖苦他。

是因为梦里叫过名字……

嘀,他对那个夏柳还真的是一往情深呀！还能在梦里叫出对方的名字。

她逼问……

他于是只好向金思羽说明自己的过去,好复杂的事情呀!

那天晚上,我就引着他围绕着夏柳这个女人,记起了好多事情,直到他太累,闭了眼睡过去……

两个月以后,他慢慢记起了他的女儿馨馨,记起了馨馨上中学的事情。

三个多月以后,他就接近认出我了。我现在还记得那天的情形。那是一个上午,我照往日的生活程序,先送承才去学校,之后喂他吃辅助药,然后把他揽在怀里让他噙住奶头。大约十几分钟过后,他忽然吐掉奶头,由我怀里抬起头问我:孩子会不会突然回来?

我当时一愣:孩子?他问这话是什么意思?

我怕馨馨撞见……

馨馨撞见?这么说他有了羞耻意识?我很惊喜。

白天不好……他又说道。

我那刻明白他把我当成了他的妻子金思羽,他认为金思羽这是在白天与他亲热。

我因为高兴而笑了,他把我为给他治病而采取的动作视作夫妻间的亲密行为,这表明他的意识又恢复了很多。不料因了我的笑而使他发出了新的疑问:你是谁?

我是你的妻子思羽呀!我笑道。

你不是!他断然否定。

为什么?我反问他。

思羽这个时刻只会害羞不会笑。

哦?他能记起金思羽当初与他亲热时的羞态。

天黑得很慢

你是谁？他再次催问我。

你想想！我看定他的眼睛。

他茫然地眨着眼皮，显然在记忆簿上极力搜索。

有一个人雇了我。我提示他。

金思羽……他一边自语一边皱了眉回忆，足有十几分钟之久，他一直没有说话，就在我以为他仍不可能认出我时，他突然间指着我叫：小龚！

我意外地看着他：小龚？！

你快走！

他面露慌张地指着门口：快走！千万不能让思羽看见你！

我明白了，这是他生活中的又一个女人，他很害怕被妻子金思羽发现。

我不走！我假装生气。

求你了！……他可怜巴巴地说。

我笑了，他总算又想起了一个人……

但也是从这天开始，他再也不许我把奶头塞进他的嘴里了，而且不断地催我走。

直到今天，他的记忆还停留在那个小龚身上。

我不知他何时才能真的认出我是谁。

我殷切地期盼着。

今天黄昏，我让我的儿子承才把他萧爷爷推到了咱们露天剧场的门外，目的是想让大家认识一下他，现在，请工作人员把大门打开！承才，把你萧爷爷推进来。

大家看见他了吧？

可我想恳请你们不要惊扰他，不要企图与他对话，我担心那对他的恢复记忆会有负面影响。

我不知道他的记忆力最终能恢复到什么程度，不知道老年痴呆病在他身上会不会还有反复,但我知道,我会一直陪着他。

这就是我的陪护故事。感谢诸位花了三个黄昏来听我啰嗦。

再一次谢谢你们!

小龚,你快走!

看,他又在催我了。

好的,我这就走……

2017.4.10 第一稿
2017.5.29 第二稿
2017.8.4 第三稿
2017.9.8 第四稿
2017.10.8 第五稿